ODISSEIA ESTELAR

KIM BO-YOUNG 김보영

ODISSEIA ESTELAR

TRADUÇÃO DO COREANO
Luis Girão

Publicado mediante acordo com Greenbook Agency.

Esta publicação recebeu o apoio de Literature Translation Institute of Korea (LTI Korea).

Grafia atualizada segundo o Acordo Ortográfico da Língua Portuguesa de 1990, que entrou em vigor no Brasil em 2009.

Nas páginas 87, 90, 156, 160, 166, 167 e 182 foram usadas citações de *Fausto* (trad. de João Barrento. Belo Horizonte: Autêntica, 2023).

Título original
Stellar Odyssey Trilogy

Capa e ilustração de capa
Luísa Fantinel

Ilustrações de miolo
Kim Bo-Young

Preparação
Ciça Caropreso

Revisão
Natália Mori
Nestor Turano Jr.

Dados Internacionais de Catalogação na Publicação (CIP)
(Câmara Brasileira do Livro, SP, Brasil)

Bo-Young, Kim
Odisseia estelar / Kim Bo-Young ; tradução do coreano Luis Girão. — 1ª ed. — Rio de Janeiro : Suma, 2025.

Título original : Stellar Odyssey Trilogy.
ISBN 978-85-5651-277-2

1. Ficção científica sul-coreana 2. Ficção sul-coreana I. Título.

25-282140 CDD-895.73

Índice para catálogo sistemático:
1. Ficção : Literatura sul-coreana 895.73

Cibele Maria Dias – Bibliotecária – CRB-8/9427

EDITORA SCHWARCZ S.A.
Praça Floriano, 19, sala 3001 — Cinelândia
20031-050 — Rio de Janeiro — RJ
Telefone: (21) 3993-7510
www.companhiadasletras.com.br
www.blogdacompanhia.com.br
facebook.com/editorasuma
instagram.com/editorasuma
x.com/editorasuma

SUMÁRIO

I
ESTOU ESPERANDO POR VOCÊ

PRIMEIRA CARTA

Primeiro dia de viagem, um dia na Terra

Despedi-me dos meus amigos, já que não voltaremos a nos ver até o dia do casamento. Daqui a quatro anos e seis meses, para ser exato. Todos disseram que viriam. Tiramos fotos e dei a cada um deles uma pequena moldura presa a um cordão, para que as guardem como lembrança. O local do casamento ofereceu os cordões de graça quando paguei a reserva da data. Eu disse a eles que venham à cerimônia com as fotos penduradas no pescoço, assim eu não terei que perguntar quem cada um é. Eles tiraram sarro de mim.

— Deve ser ótimo estar se casando. Deixar todos os amigos para trás, hein?

— Vocês, dos casamentos interestelares, são todos uns traidores.

Eu disse a eles que também não seria fácil para mim. Quase me bateram quando acrescentei que eu levaria dois meses inteiros para chegar ao dia do casamento. Um mês para atingir a velocidade da luz e um mês para desacelerar o suficiente para fazer um pouso seguro de volta à Terra. E isso com o motor e o controlador de gravidade de última geração. Sempre leva pelo menos dois meses, não importa o quanto a nave seja de ponta.

Lembro da sua preocupação quando partiu com seus pais para Alpha Centauri.

— Tem certeza de que vai ficar tudo bem? — você me perguntou. — Vão ser só quatro meses para mim, porém mais de quatro anos e meio para você. E isso supondo que você fará uma viagem espacial para reduzir o tempo de espera pela metade. Não dá para levar na brincadeira, sabe.

Naquele instante, recostei minha testa na sua e disse:

— Minha jovem senhora, você realmente deu sorte, não foi? Quando nos encontrarmos de novo, eu serei dois anos mais velho que você.

Ao ouvir isso, você abriu um sorriso, ainda que um pouco triste.

— Ei, você sabe o que costumam dizer, né? — meus amigos provocaram. — As pessoas realmente encontram paz depois de uma viagem interestelar. Ou então enlouquecem. Deve ter alguma coisa a ver com passar meses inteiros sem fazer nada.

Eu disse a eles que não teria tempo de ficar à toa. Que terei trabalho suficiente para me ocupar por dois meses: diferentes registros para organizar, análises de contas, pesquisas sobre os concorrentes da minha empresa, números de vendas etc. Para ser sincero, tudo isso estará desatualizado em quatro anos e meio. Porém, como disseram no escritório, eles realmente não esperam muita coisa. Só querem avaliar o quanto me esforcei.

Conheci outros noivos na nave e todos nós decidimos compartilhar uma cabine. Conversávamos toda noite, brincando e nos gabando de nossas noivas. Você não acredita como esses caras são bregas; eles conseguiram a proeza de fazer a cabine parecer um bolo de casamento. Até penduraram fitas e flores de papel ao redor da porta, e os atendentes da nave tiveram que prender tudo nas paredes com velcro. Um deles explicou que, quando a aceleração parasse e estivéssemos em gravidade zero, a cabine viraria um caos.

Ah, por falar em breguice, comprei uma coisa para você no mercado de pulgas a bordo. O vendedor chamou de “anel musical” e disse que eu poderia pôr o que eu quisesse nele. Pensei em algumas e pedi que ele incluísse para você. Quando a gente aperta o anel, ele toca uma das músicas. Quer dar uma escutada?

A nave é do tamanho de uma cidade pequena. Tem o mercado de pulgas e até mesmo cafés. É verdade que a empresa para a qual trabalho produz peças para naves espaciais, mas eu só as via isoladas, nunca tinha visto o conjunto da obra em operação. Fiquei muito satisfeito de ver as instruções de uso de várias delas em adesivos espalhados por toda a nave. Fui eu quem as editou. Até tirei algumas fotos para mostrar aos meus amigos como meu trabalho está sendo utilizado.

Por maior que seja a nave, depois de apenas um dia a bordo, você já está cansado do ambiente. Pensei que, quando estivesse no espaço, eu veria um monte de estrelas, mas não consegui ver nenhuma quando enfim tive a oportunidade de olhar por uma escotilha. Sabe quando a gente está em uma casa muito iluminada e não dá para ver nada na noite lá fora? Bem, é sempre noite no espaço. Mas tudo bem. Afinal, são apenas dois meses.

As pessoas a bordo chamam essa rota de "Órbita de Espera". Ela desenha uma elipse ao redor do Sol e depois retorna ao lugar de partida.

Todos que embarcaram nesta nave estão emigrando para um tempo diferente, não para um lugar diferente. Por algum motivo, estão tentando chegar ao futuro mais rápido. Alguns estão viajando para o ano em que seu plano de aposentadoria vai dar frutos, outros esperam que os impostos sobre imóveis diminuam enquanto estão fora. Há também artistas convencidos de que nasceram na era errada. Até conheci um estudante do ensino médio esperando pelo novo vestibular, que deve ser implementado em breve. E, claro, há outros tolos como eu, viajando para voltar à Terra ao mesmo tempo que sua noiva vindo de outros sistemas estelares.

Não importa o ano em que chegarmos, o mundo estará melhor do que aquele que deixamos. A discriminação contra pessoas que retornam de outros sistemas estelares já deve ter diminuído, e a previdência social e os planos de aposentadoria do governo devem ter melhorado. A sempre ocupada colmeia de pessoas na Terra continuará correndo de um lado para o outro, montando, desmontando e consertando coisas, bem a tempo de nos beneficiar. Vamos colher os frutos do trabalho alheio.

Pode parecer exagero, mas a ideia de que logo estarei casado com você me deixa tão animado que não consigo dormir. Rolo na cama como uma criança, abraçando meu travesseiro com força e cantarolando baixinho até pegar no sono. Quando abro os olhos de manhã, fantasio você deitada ao meu lado. Só de nos imaginar assim já fico tão feliz... Às vezes, me escondo sob as cobertas e sonho como seria ser pai. Até imagino um bebê se mexendo na cama entre nós. Como vou conseguir esperar dois meses? Um dia a mais, para mim, já é difícil de suportar. Queria estar com você agora.

Eu te amo.

SEGUNDA CARTA

Um mês de viagem,
aproximadamente quatro anos e quatro meses na Terra

Só recebi sua mensagem quando atingimos a velocidade da luz. Então, você vai chegar à Terra dois meses depois do planejado? Não, três meses depois no tempo da Terra.

Tudo bem. Não tinha o que fazer quando sua nave recebeu um sinal de socorro, ninguém mais estava por perto para responder ao chamado. Um dos atendentes aqui me disse que não é algo comum, mas que também não é tão raro. O que isso significa? Disseram que, mesmo em um universo infinito, as rotas de viagem seguem coordenadas fixas, então às vezes esse tipo de coisa acontece.

Perguntei se poderiam estender um pouco a nossa viagem, para que eu não tivesse que esperar três meses na Terra, mas disseram que não é possível. O cronograma da nave é fixo, não há outra opção. Deprimido, eu estava olhando pela janela, quando vi outra nave ancorada à nossa. Caixas de lanches e sacos de encomendas iam e vinham entre elas. Fiquei observando essa cena por um tempo, e de repente me toquei. Perguntei para onde aquela nave estava indo e alguém da tripulação me explicou que eram mercadores, que circulavam negociando itens com outras naves. Perguntei que dia ela retornaria à Terra e, acredite, era dali a exatos três meses! Eu tinha ganhado na loteria.

Causei uma pequena cena quando disse ao capitão que planejava embarcar na nave mercante. Ele se opôs, mas não consegui entender qual era o problema.

— Por que não posso simplesmente trocar de nave? — perguntei. — Ela está bem ali, ancorada em nós.

— Aquela nave parece estacionária — rebateu o capitão da nossa nave com frieza —, mas estamos nos movendo a 293 mil quilômetros por segundo. Tufões que destroem blocos de apartamentos se movem a, no máximo, algumas dezenas de quilômetros por segundo.

Ele era um tipo tão alto que me intimidava e parecia um guerreiro implacável. Eu queria poder mostrar a você a expressão que tinha no rosto. Ele se encaixaria perfeitamente em uma planície da Manchúria, decapitando inimigos à esquerda e à direita do alto de seu cavalo galopante. Se ao menos tivesse nascido na época certa...

Quando perguntei por que as pessoas não podiam ir de uma nave para outra, já que objetos podiam, ele disse que não era permitido. Perguntei por que não, e ele respondeu que nunca havia sido feito.

Eu me recusei a desistir e continuei. Disse que a Terra se move ao redor do Sol a trinta quilômetros por segundo e que o Sol se move ao redor da galáxia a duzentos e vinte quilômetros por segundo. Que a nossa galáxia está voando em direção ao Aglomerado de Virgem a seiscentos quilômetros por segundo, mas que isso não destrói blocos de apartamentos na Terra. Apesar de todos os meus esforços, ele continuou insistindo que não havia menção disso nos regulamentos.

Nunca imaginei que teria que viver mais três meses sem você. Expliquei ao capitão que estava indo me encontrar com a minha noiva e que, se tivesse que esperar mais três meses, provavelmente iria definhar e morrer. Acabaria me tornando um espírito de solteiro vingativo, condenado a vagar insatisfeito pelo universo para sempre e assombraria os sonhos dele todas as noites. Ele pareceu não entender uma palavra sequer.

Só depois que consegui minha transferência para a nave mercante é que comecei a me perguntar se eu havia cometido um erro. O local do nosso casamento já estava reservado para aquela data e eu já tinha adiantado um depósito enorme. Será que a mensagem de que precisaremos adiar por três meses chegará a tempo? O que faremos se eles se recusarem a devolver o nosso depósito?

Pensar nisso me fez lembrar dos inquilinos a quem havia alugado meu apartamento. O contrato foi assinado para que eles morassem lá por quatro anos e meio, depois deixariam o imóvel. Mas e se eles, pelas minhas costas, reivindicarem direitos sobre a propriedade porque eu não voltei quando disse que voltaria? Acho que terei que ir direto para casa assim que chegar.

Quando você está a bordo de uma nave, não tem a sensação de estar se movendo. Não há vento nem barulho nenhum. As estrelas estão todas inclinadas para um lado, riscando faixas escuras pela janela. Todas as estrelas do universo cintilando ao mesmo tempo. Quando se está aqui, a sensação é de que o universo inteiro, a Terra, minha casa, meus amigos, tudo passa por mim na velocidade da luz, enquanto permaneço perfeitamente imóvel. É como se o meu tempo também estivesse congelado.

Alguém disse certa vez que espaço e tempo são, na verdade, a mesma coisa. Isso significaria que ir para um tempo diferente seria o mesmo que ir para um lugar diferente.

Meu pai viveu a vida inteira em sua cidade natal, porém, quando morreu, era como se ele tivesse viajado pelo mundo todo. De certa forma, ele realmente viajou. Quando ele se foi, nossa cidade natal era um lugar completamente diferente daquele onde ele nasceu. Prédios foram levantados, estradas foram abertas, montanhas foram aplanadas e cursos de rios foram desviados. O tempo levou meu pai a um lugar completamente diferente. Quem poderia dizer que ele viveu no mesmo lugar a vida inteira?

O capitão da nave mercante me questionou, então contei a ele sobre você. Ele queria saber como eu ainda podia estar apaixonado depois de esperar por tanto tempo. Expliquei que eu já havia esperado vinte e cinco anos da minha vida até te encontrar.

Quanto mais eu penso nisso, mais incrível parece. Não vai demorar muito agora. Sei que você estará exatamente como me recordo. Não terá mudado nada.

— Os caras que pegam essas naves, eles não têm arrependimentos — disse o capitão enquanto me servia outra bebida. Até aí, tudo bem, mas quando ele continuou, dizendo: — Eles não têm amigos, não têm família ou, se têm, não gostam muito deles... — preferi me recolher e voltei para minha cabine.

TERCEIRA CARTA

Um mês e três dias de viagem, quatro anos e oito meses na Terra

Sinto muito, querida.

Sinto muito mesmo. Eu realmente não poderia imaginar que isso ia acontecer.

O capitão disse que cometeu um erro infeliz, que calculou errado o tempo e a aceleração. Alguém perguntou quanto a mais demoraria, e ele disse que para nós seriam apenas alguns minutos. Porém, acrescentou que nossa chegada à Terra atrasaria três anos. Depois disso, voltou para sua cabine com expressão totalmente impassível, como se fosse um piloto de avião que tivesse acabado de anunciar um atraso de dez minutos na aterrissagem devido ao mau tempo. Até os comerciantes, com trajes de estilo árabe e indiano, foram se levantando um por um e retornando a suas cabines sem expressar qualquer preocupação. Como se pensassem: "Três anos, hein? Não é tão ruim assim. Achei que seriam pelo menos cinco anos fora do curso".

Pouco depois, um membro da tripulação passou entregando papel de carta e caneta, a fim de que escrevêssemos para nossa família ou amigos próximos. Quando perguntei se não poderíamos usar o correio quântico ou algo do tipo, ele explicou que as únicas partes da nave feitas no século XXI eram o casco e o motor. Ao que parece, até o sistema de alerta de vento solar funciona como um despertador de dar corda. Ele acrescentou:

— Quando se trata de máquinas, as mais simples duram mais tempo. — Como se isso explicasse tudo.

Eu perguntei como minha carta seria enviada e ele respondeu que ela seria convertida em código Morse e depois transmitida para o universo. Naves que passassem por perto captariam os sinais, os amplificariam e os enviariam de novo. As naves que recebessem os sinais amplificados fariam a mesma coisa, transmitindo a mensagem adiante. Pontuei sarcasticamente:

— Uau! Que maneira infalível de garantir uma entrega! Por que será que os carteiros nunca pensaram em arremessar cartas de um caminhão em alta velocidade para outro?

Expliquei que eu tinha reservado um local para o meu casamento e que minha noiva já estava a caminho, viajando 4,37 anos-luz para chegar lá. Como um noivo podia chegar três anos atrasado para o próprio casamento? Ele fez uma cara que dizia "pobre coitado", mas não pareceu se importar. Deu uns tapinhas no meu ombro e disse:

— Se você tem um compromisso tão importante, é sempre melhor embarcar em naves de grandes corporações e contratar um bom seguro.

Acordei dez vezes durante a noite. E se a minha carta não chegar? E se você a receber e decidir voltar, cheia de raiva? E se você ficar brava, voltar, mas nem se der ao trabalho de me escrever? E se você me escrever uma resposta e eu não a receber?

Toda vez que eu voltava a dormir, o mesmo pesadelo me despertava. Eu desembarco na Terra e vejo você vindo na minha direção com um dos meus amigos e um bebê nos braços. Então você diz: "Carta? Não recebi carta nenhuma", e começa a rir. Depois estou em um bar com meus amigos. Todos conversam alegremente e eu estou sentado num canto, sozinho, me afogando em copos e mais copos de soju.

Não ria. Estou falando sério. O que pode ser mais patético do que isso?

Estou implorando, querida.

Espere por mim.

Só três anos. Por favor. Só três anos. Prometo que serei bom pelo resto da nossa vida. O que você me diz, hein?

QUARTA CARTA

Um mês e vinte e cinco dias de viagem,
sete anos, oito meses e vinte e cinco dias na Terra

Recebi sua carta.

Então é realmente possível enviar cartas por esse meio... Foi uma grande surpresa. Para ser sincero, é ainda mais surpreendente que sua resposta tenha chegado até mim, aqui nesta nave velha. Nós tivemos sorte, né? Embora pareça estúpido dizer isso nas atuais circunstâncias.

Não faço ideia dos processos pelos quais sua carta passou, mas a recebi como mensagem de voz. Foi bem estranho ouvir suas palavras na voz de um homem. Parecia um estrangeiro que não entendia o conteúdo do que estava lendo, como se estivesse apenas olhando para símbolos fonéticos e os pronunciando. Foi difícil decifrar, então ouvi a mensagem várias vezes. Depois que entendi o significado, continuei ouvindo de novo e de novo.

Eu entendo. Tudo isso é culpa minha. Não foi culpa sua. Você fez a coisa certa ao trocar de nave. Eu troquei porque não conseguia suportar a ideia de esperar mais três meses para ver você. Mas, para você, seriam três anos.

Você disse que, assim que desembarcou na Terra, pegou a próxima nave que partia. Que estava com tanta pressa que comprou a primeira passagem que conseguiu e embarcou em uma nave de pesquisa, saindo em uma expedição, em vez de pegar uma na Órbita de

Espera. Ouvi dizer que essas naves de pesquisa são antigas demais, que muitas continuam em operação, quando já deveriam ter sido vendidas como sucata.

Fico feliz que você tenha conseguido se abrigar depois do acidente, mesmo que a sua instalação seja afastada das rotas usuais.

Não chore, meu amor. No meio da sua mensagem, ouvi um som estranho de "hul-huk-hul" e por muito tempo fiquei me perguntando o que seria. Em algum momento, uma máquina deve ter transcrito seu choro dessa forma.

Mas onze anos,
onze longos anos...

Escuto sua carta novamente.

Estou bem. Só alguns arranhões. Mas um dos tripulantes morreu enquanto consertava a nave. Estão dizendo que, se não fosse por ele, não teríamos chegado até aqui.

O capitão da nave disse que só transportadoras de carga ou naves de pesquisa usam essa rota. E elas só podem levar um certo número de pessoas, então tivemos que fazer um sorteio. Meu número saiu com duas opções: eu poderia esperar por mais dois meses e depois embarcar em uma nave de velocidade da luz de volta para Alpha Centauri, ou pegar uma transportadora de carga em modo de hibernação para a Terra, que chegará por aqui no próximo mês.

Perguntei quando a transportadora de carga chegaria à Terra e me disseram que daqui a onze anos.

O capitão disse para eu embarcar na nave de velocidade da luz e reencontrar minha família em Alpha Centauri, argumentando que, daqui a onze anos, a Terra não será um lugar onde alguém vá querer viver. Que será inabitável para as pessoas que moraram lá a vida toda e mais ainda para quem está voltando depois de anos fora.

Eu disse que precisava ir para a Terra de qualquer maneira. Todos os outros passageiros riram quando expliquei que meu noivo estaria me esperando. Segundo eles, não há um único homem vivo que esperaria onze anos para se casar.

Sei que pode soar estranho, mas... não estou indo apenas porque acho que você vai estar me esperando.

Quando você receber esta carta, já estarei em sono profundo. Me escreva. Lerei qualquer coisa que você tiver me enviado quando eu acordar. Seja qual for sua decisão, tentarei não ficar magoada. Eu tomei minha decisão e você terá tomado a sua.

Hul-huk-hul.

Não. Isso não é verdade.

Nenhuma palavra pode descrever o quanto estou torcendo para que você me espere. É tão forte que não ouso desejar isso. Agora vou dormir. Assim, os pensamentos dolorosos vão parar de me assombrar.

Você virá me encontrar? Qualquer que seja sua decisão, qualquer que seja o estado em que você estiver, não vou me importar. Acho que ficarei muito triste se não houver ninguém esperando quando eu chegar. Se você não estiver lá no porto, irei ao local do casamento. Ainda que eu esteja sozinha, quero ao menos ir e fingir que estou comemorando.

Em seguida a mensagem termina com uma voz sintética dizendo: "*Hul-hu-ru-huk-hul-hul*".

Me desculpe.

Minha querida.

Me desculpe, de verdade.

Mas não posso esperar onze anos.

Já estamos três anos atrasados. Na Terra se passaram sete anos e meio. Por mais que eu volte agora, não há garantia de que meu apartamento ou meu emprego ainda estejam lá me esperando. Quando alguém deixa de fazer contato por mais de três anos, é o mesmo que estar morto. Se meus tios tiverem esvaziado minha conta bancária e dividido o dinheiro entre meus sobrinhos e sobrinhas, não poderei obrigá-los a me devolver. Se meu inquilino alegar que o apartamento agora é dele, não há nada que eu possa fazer. Não será estranho se a empresa em que trabalho tiver falido, considerando como a economia estava quando parti. E se a empresa tiver sido comprada, não haverá a menor chance de eles recontratarem um ex-funcionário como eu.

Onze anos? Não, dezoito anos! Em dezoito anos, todos os meus amigos estarão velhos e não terei ninguém com quem sair. De que serviriam conhecimentos que estão desatualizados há dezoito anos? Tudo o que eu sei será completamente obsoleto. Como ter certeza de que trabalhadores comuns de empresas de fornecimento de peças ainda conseguirão ganhar a vida? Depois de dezoito anos sem saber o que está acontecendo no mundo, o que eu poderei fazer para me sustentar?

Sinto muito.

Vou voltar para casa. Isso não está certo. Claro, podemos nos encontrar daqui a onze anos, mas de que servirá um casamento se o noivo for um vagabundo sem teto e sem um centavo? Talvez não estivéssemos destinados a ficar juntos. Não sei em que momento as coisas degringolaram, mas agora tudo está uma bagunça.

Por favor, mantenha-se saudável. Cuide bem de si mesma. Dizem que as viagens em modo de hibernação afetam o corpo. Quando você chegar à Terra, vou presenteá-la com muitas comidas boas. Estarei lá para encontrá-la. Isso eu posso prometer. Estarei lá, não vou esquecer. Dou minha palavra. Eu te amo.

QUINTA CARTA

Dois meses de viagem,
sete anos e nove meses na Terra

Como você tem estado?

Ainda não leu minha última carta, certo?

Não, claro que não. Levará mais alguns anos. De todo modo, já terá lido aquela carta quando ler esta aqui.

Eu... bem... voltei para casa. Não, na verdade só até o porto da Terra. Não consegui ir para casa.

Para ser sincero, nem consegui ir até o porto. Fiquei preso na nave por uma semana, sem conseguir pisar em terra firme. Eles nos submeteram a todo tipo de testes: controle sanitário, vacinação, até mesmo uma avaliação psicológica. Preenchi vinte páginas de formulários e tive que refazer tudo três vezes. Quando eu disse "Mas eu já preenchi isso", eles caíram com tudo em cima de mim. Parecia haver trinta departamentos diferentes trabalhando no processamento dos recém-chegados. A televisão da nave só mostrava o noticiário, e de um só canal. Todos os portais de internet estavam fora do ar também, então não consegui acessar meus e-mails.

Ficamos nessa por uma semana, até que um garoto ousado, com cara de quem não tinha lá muita experiência, apareceu escoltado por um bando de recrutas e começou a esbravejar. Ele parecia mal, como se estivesse com dor de barriga. Falou sem parar sobre como tudo é culpa nossa, da velha geração, e que foi por preguiça e inação de pessoas como nós que o país havia mergulhado nesse caos. Achei um pouco exagerado, para ser sincero. Afinal, só se passaram sete anos.

De acordo com esse sujeito, um grupo terrorista havia tomado Seul. Mas a cidade ainda estava segura. Eu não consegui entender o que isso significava. Ele disse que nossas corajosas forças nacionais logo conteriam a insurreição, mas que não poderíamos ter nossa papelada processada corretamente para entrarmos no porto naquele momento, que deveríamos ir embora e voltar mais tarde. Houve uma grande confusão, com pessoas protestando e exigindo sair e ir para casa, mas o garoto pretensioso e sua comitiva simplesmente foram embora.

Pouco depois, uma pessoa da Cruz Vermelha, ou de alguma organização cívica, ou coisa do tipo, apareceu e nos informou que tinha havido um golpe militar. O partido que perdeu as eleições proclamou a lei marcial e assumiu o controle da Assembleia Nacional, mas os cidadãos estavam resistindo. Quando alguém perguntou o que a ONU estava fazendo a respeito, essa pessoa explicou que os Estados Unidos haviam declarado falência no ano anterior e que, como consequência, o mundo inteiro entrou em colapso econômico. Em suma, a situação não estava nada boa.

Essa pessoa nos disse que a economia global provavelmente estaria mais bem controlada e as coisas muito mais estáveis se voltássemos em cerca de dez anos. Ela insistiu para nos mexermos, pois aquela era nossa última chance de escapar enquanto o país ainda estava relativamente seguro. Se esperássemos mais tempo e uma declaração fosse feita restringindo o tráfego no porto, ficaríamos realmente presos.

Consegui chamar a atenção de um oficial e expliquei que havia reservado um local para o meu casamento. Perguntei se ele não podia verificar se eu conseguiria meu depósito de volta, mas ele apenas me encarou um momento antes de se virar e sair sem me responder.

Ah, quer saber?

Enquanto deixávamos o porto, eu só desejava uma coisa.

Que a última carta que enviei a você não chegasse!

Eu devia ter esperado alguns dias para enviá-la. Ter chegado à Terra e avaliado a situação. O que era tão urgente para eu precisar responder imediatamente? De todo modo, você só irá recebê-la daqui a alguns anos!

Teria sido melhor se eu não tivesse enviado nada. Teria uma desculpa pronta para me safar toda vez que chegasse tarde em casa depois de umas bebidas com os colegas de trabalho. "Ah, o que são algumas horas de vez em quando? Já se esqueceu que esperei você por onze anos?"

Devaneios como esse fazem eu me sentir melhor. Mas logo em seguida lembro do que fiz, que minha carta já foi enviada, e torno a ficar deprimido.

Até pensei se eu não conseguiria de alguma forma ludibriar a capitã da sua nave e fazê-la destruir a carta. Soube que ela é uma inteligência artificial, né? Como a gente engana um computador? Talvez eu possa tentar bajulá-la, prometendo chips de memória de última geração.

Mas veja só, minha querida. Não seria hilário se nós dois desembarcássemos no porto ao mesmo tempo? No exato momento em que eu a vir, vou abraçá-la bem forte, dizer que amo muito você e implorar seu perdão. E, para celebrar nosso reencontro, vamos acender uma fogueira e mandar todos os rastros das nossas cartas para o céu como fumaça.

SEXTA CARTA

Quatro meses de viagem,
treze anos e nove meses na Terra

Quanto tempo!

Espere, você não saberia se já faz tempo ou não, saberia? Ouvi dizer que você não recebeu minha última carta. Ou melhor, recebi uma mensagem dizendo que o destinatário estava em sono profundo. Que as cartas seriam cuidadosamente coletadas e entregues todas de uma vez quando você acordasse. Essa sua capitã é realmente eficiente, faz as coisas direitinho. Você está em boas mãos.

Eu voltei para a Terra.

Um pouco mais cedo do que os dez anos previstos. A nave inteira estava um alvoroço por causa da escassez de suprimentos depois que saímos com tanta pressa da última vez. Ficou insustentável! A reclamação mais estridente foi a de uma senhora que insistia que a pele dela ficaria arruinada se não pudesse comprar e estocar seu hidratante favorito. Uma pessoa ameaçou processar a companhia de seguros da nave, enquanto outra falou sobre como ele era amigo de um congressista em seu terceiro mandato. Quando as pessoas protestaram, também me juntei à multidão. Claro, eu estava preocupado com várias coisas: meu apartamento, minha conta bancária e meu emprego. Tive que preparar tantos documentos que organizar tudo foi uma tarefa difícil. Comprovantes de identidade e de residência e faturas de litígios por aluguéis não pagos do meu inquilino. Também tive que aprontar uma papelada para recuperar meus bens caso alguém tivesse fugido com eles.

Quanto ao nosso capitão, ele não tinha pressa. Na verdade, não parecia muito interessado em voltar. Pensando agora, a tripulação provavelmente já sabia de alguma coisa.

No fim, voltamos ao porto seis anos depois, embora para nós tivessem sido apenas dois meses.

Conforme nos aproximávamos da Terra, algo pareceu estranho. Eu não conseguia ver a Coreia. Demorei um pouco para entender o motivo. Não havia luzes. À noite, a península coreana sempre brilhava, como se estivesse polvilhada com ouro. Mas agora estava escura, como se ninguém tivesse acendido as luzes. Como se não houvesse ninguém ali.

A aterrissagem foi difícil. Fomos jogados de um lado para o outro, a nave sacudindo com violência. Quando os passageiros, já com os nervos à flor da pele, reclamaram, o capitão disse que a pista de pouso estava em péssimo estado. Todos desembarcaram murmurando coisas como "Que absurdo!", mas realmente estava um caos. Ervas daninhas cresciam nos trechos de solo entre as faixas de asfalto rachadas. A placa completamente enferrujada no porto tinha envergado e tombado.

Esperamos ao lado da nave, mas nenhum ônibus de translado apareceu. Todos começaram a caminhar até o saguão do terminal, mas o chão estava coberto por uma lama pegajosa. Alguém resmungou sobre a falta de manutenção do porto.

O saguão estava deserto. Lá dentro, tudo estava coberto por uma camada de poeira marrom e o chão, meio afundado, cheio de água. Plantas aquáticas cresciam na grande poça malcheirosa, com insetos depositando ovos e voando por toda parte. A senhora que vinha exigindo a plenos pulmões saber onde ficava uma loja *duty-free* caiu em silêncio, boquiaberta.

Minha mente voltou a um pensamento que tive antes, de que viajar no tempo não é diferente de viajar no espaço. Foi aí que me dei conta. Eu não podia voltar para casa. A casa de onde eu havia partido se foi, deixada em algum lugar no passado. Não havia como eu voltar.

Todos estávamos parados ali, em choque, segurando nossas malas, quando alguém ao meu lado desabou no chão. Não entendi por que a pessoa tinha caído daquele jeito, já que não havia onde tropeçar. Todos apenas olharam, assim como eu. Até que a poça de água começou a ficar vermelha. E, em segundos, outra pessoa caiu.

Em meio ao caos de empurrões e gritaria, o tempo parecia se arrastar em câmera lenta e, em outros momentos, tão rápido que eu não conseguia entender nada. Corri, empurrei e chutei pessoas para abrir espaço e me escondi. Mesmo depois que recuperei os sentidos, ainda estava fora de mim. Fiquei parado por um longo tempo apesar de tudo estar silencioso. Quando finalmente saí rastejando do meu esconderijo, havia corpos espalhados por todos os lados.

Uma voz ordenou que quem não estivesse ferido ajudasse os que estavam. Obedeci e me movi como um fantasma para perto dos outros. A senhora que tinha procurado hidratante gemia e reclamava enquanto eu colocava curativo em seus ferimentos. Quando ela ficou em silêncio, percebi que estava morta.

Como da última vez, um grupo de homens armados nos reuniu e um deles fez um discurso lamurioso. Eles alegaram que, se não tivessem vindo nos resgatar, todos nós teríamos morrido. Bem, talvez estivessem certos. Um deles ficou bravo, dizendo que as pessoas do passado não tinham noção de nada. O grupo se autodenominava uma milícia civil e nos alertou para não voltarmos mais, pois havia gangues de ladrões vagando pelo porto, caçando viajantes desavisados.

Disseram ainda que tivemos sorte. Mas eu não conseguia me ver como sortudo. Aparentemente, eles eram os únicos cuidando dos tolos que chegavam do passado. Em seguida, saquearam nossas malas e a nave inteira, levando tudo. Apesar disso, talvez eles fossem, de fato, os mocinhos da história, pois deixaram as coisas que imploramos para que não levassem. Eu quase não consegui ficar com o anel musical que comprei para você. Expliquei ao sujeito que vasculhou minha bolsa que o anel não era uma joia, que era apenas um brinquedo. Apertei para tocar uma música, e o verso "Minha querida, o quanto eu te amo..." começou. Ele riu, jogou o anel na minha cara e foi embora.

Fui atrás dele. Não tive coragem suficiente para perguntar sobre o local do meu casamento, disse gaguejando que uma nave mercante chegaria em cinco anos e pedi para ele ficar de olho nela. O sujeito imediatamente olhou para trás e disse que ela não viria. Que todas as naves que receberam as notícias foram redirecionadas. Mencionei que minha noiva não ficaria sabendo disso, por estar dormindo. Ele então perguntou por que você estava dormindo, mas foi embora antes que eu pudesse responder.

Por muito tempo, ficamos todos vagando por ali como ex-funcionários demitidos sem aviso-prévio em uma reestruturação da empresa. Algumas pessoas apenas foram embora, dizendo que estavam indo para casa, com suas malas surradas batendo no chão enquanto caminhavam.

Conseguimos consertar o rádio da nave e ouvimos as notícias. Era o tipo de rádio no qual você tem que levantar uma antena e ajustar a frequência manualmente, um modelo que só se vê em museus. Ainda assim, naquela situação, era a única coisa que funcionava.

Descobrimos que tinha havido uma explosão em uma usina nuclear no sul. O comando da lei marcial havia executado vários técnicos nucleares e, no dia seguinte, ocorreu a catástrofe. Depois disso a mídia foi silenciada por um mês e todos os especialistas e funcionários da usina fugiram. Com mais vinte e duas usinas nucleares no país e ninguém mais cuidando delas, disseram que outra poderia explodir a qualquer momento. A península coreana foi declarada zona de desastre e outros países aprovaram decretos proibindo viagens para toda a região.

O capitão e sua tripulação anunciaram que estavam indo para outro sistema estelar. Eu disse a eles que precisava voltar a este porto em cinco anos, pois minha noiva estava a caminho. Claro, também mencionei a reserva do local do casamento e que já havia distribuído os brindes da festa aos meus amigos.

Acho que o capitão me achou patético, pois tirou uma pequena nave de dentro da maior e me ofereceu. Parecia ter sido feita por volta do século XX.

— É simples, mas resistente — disse o capitão.

A nave era do tamanho de um pequeno quarto e parecia adequada para uma pessoa viver. O capitão disse que eu não aguentaria muito tempo nela, então deveria ir a um lugar razoável, não muito longe da

Terra, e me estabelecer por lá. Eu disse que ficaria bem, que quando estava desempregado fiquei trancado em meu quarto por meses, só jogando video game. Assim, sem dizer uma palavra, o capitão pôs a mão no meu ombro e me fez sentar.

Ele abriu um bloco de notas e começou a desenhar diagramas e curvas, explicando o que eu precisaria fazer.

Com essa nave minúscula, eu não conseguiria ir para outro sistema estelar. Ele disse que seria como tentar cruzar o oceano Pacífico em uma canoa. Lembrei a ele que eu não precisava ir para outro sistema estelar, afinal minha futura esposa estava a caminho... Ele me interrompeu com um "sei, sei" e explicou que a minha nave acelerava usando vento solar e painéis solares. Recomendou que eu aproveitasse a órbita de Júpiter, pois a força gravitacional ajudaria na propulsão. Até calculou quanta propulsão isso me daria.

Também calculou quanta aceleração a nave, assim como meu corpo, poderia suportar. Depois de levar tudo em consideração, ele disse que a máxima propulsão seria a aceleração gravitacional. Eu não lembrava bem o que significava "aceleração gravitacional". Ele então explicou que a aceleração seria de cerca de dez metros por segundo ao quadrado, e a velocidade da luz em torno de trezentos mil quilômetros por segundo. Como eu ainda parecia completamente perdido, ele explicou que, para atingir a velocidade da luz na minha nave, eu precisaria acelerar por um ano. Para avançar cinco anos, ou quantos anos fossem, levaria dois anos, considerando os tempos de aceleração e desaceleração.

Nesse momento o capitão se mostrou categórico, ou seja, disse que eu não conseguiria fazer isso. Que não havia como carregar comida para dois anos na nave. Que mesmo que fosse possível carregar tudo, os alimentos estragariam antes do tempo. E que, de toda forma, a nave não decolaria se estivesse carregada com comida suficiente para dois anos.

SÉTIMA CARTA

Um ano e um mês de viagem (incluindo a parada na Terra),
catorze anos e seis meses na Terra

Desculpe ter demorado tanto para escrever.

Para ser sincero, levei bastante tempo para descobrir como enviar uma carta. No começo parecia absurdo, mas depois que entendi os princípios percebi que seria possível enviar cartas mesmo que toda a civilização humana tivesse desaparecido.

A princípio, eu parti sem pensar duas vezes. Mas quando meus suprimentos de comida estavam pela metade, voltei à Terra. Vasculhei lojas abandonadas e peguei alimentos enlatados, depois voltei para o espaço. Fiz isso algumas vezes.

Acredite, nas condições em que eu estava, foi o melhor que pude fazer.

Também tentei ir para outro país, só por desencargo de consciência, mas sem grandes expectativas. Uma pessoa que conheci lá disse que minha nave não ter sido derrubada e saqueada por piratas era um golpe de sorte que só acontece uma vez a cada cem anos. Indaguei o que aquilo significava, e ela disse que não fazia nem um século que as viagens interestelares começaram e que, provavelmente, por minha nave ser tão pequena, os piratas não perceberam que era uma nave de verdade. Que coisa "simpática" de dizer.

Ainda assim, graças a esse encontro, consegui uma máquina geradora de alimentos. Funciona quase como uma impressora 3-D. É uma tecnologia que não existia há dez anos. O que for que você coloque nela — terra, pedras, qualquer coisa — é decomposto em nível molecular e depois recombinado. Quando está pronto, sai algo comestível, parecido com ração de cachorro.

Ao me dar essa máquina geradora de alimentos, a pessoa disse que eu era um tipo realmente sortudo, que só aparece uma vez por milênio. E acrescentou que, se esse não fosse o caso, eu certamente morreria na minha próxima viagem. Ainda me perguntou no que eu estava pensando ao entrar em uma nave minúscula como esta para viajar pelo espaço. Quando respondi que não pensei em nada, ela disse que já esperava por essa resposta.

Na terceira vez que voltei à Terra, encontrei um carro e dirigi até meu antigo local de trabalho. As ruas estavam quietas, mas eu sentia como se estivesse sob ataque. A estrada estava cheia de buracos enormes, sombrios como crateras, e as vitrines das lojas, como órbitas oculares vazias, pareciam me encarar. Matilhas de cães vagavam pelas ruas, agindo como se nunca tivessem sido domesticados. Eles rosnavam ferozmente na minha direção, como que para provar que os cães nunca poderiam ter se comportado de outra maneira.

Eu estava à procura de um dispositivo para coletar matéria espacial. Lá fora há hidrogênio, oxigênio, cálcio, sódio, água e material orgânico também. Só que em quantidades incrivelmente pequenas. Mas se essa matéria espacial for coletada na velocidade da luz, ela se acumula e a coisa muda. Eu devo passar pelo espaço muito rápido. Imaginei que eu estava criando um aspirador de pó gigante. Fui até a oficina da fábrica para pegar as peças de que precisava, conferi duas vezes todos os nomes e liguei as máquinas com o gerador de emergência. Não faço ideia do resto, mas o manual da fábrica ainda estava salvo na minha senha antiga. Tive que fazer o dispositivo o mais simples possível, para que eu pudesse consertá-lo sozinho.

Enquanto eu trabalhava, percebi ao longe, pela janela, que um arranha-céu começava a se inclinar.

A princípio, pensei que era meu corpo pendendo para um lado, mas então a poeira se levantou e o prédio enorme desabou sem fazer ruído algum. Como um castelo de areia levado pela maré alta, como uma árvore seca que tomba de repente.

— Mas que coisa! — murmurei enquanto observava. — E pensar que, na época em que estava sendo construído, todos diziam que esse prédio não duraria dez anos.

Lembrei daquela vez em que fomos à casa de campo que sua família havia deixado vazia por alguns anos. Em um período curtíssimo, a casa tinha se tornado um horror. O vaso sanitário estava entupido, os canos de esgoto e o aquecedor tinham rachado e estourado. Os lugares onde o sol batia estavam ressecados e esfarelando, enquanto os lugares onde não batia sol estavam úmidos e cobertos de mofo.

Parecia que, por causa da solidão, a casa havia envelhecido até se tornar uma crosta podre. Era como se estivesse dizendo: "Qual o sentido de continuar existindo nesse isolamento?". Como se, em poucos anos, a casa tivesse vivido sozinha por duas décadas.

— Se não tem ninguém vivendo em uma casa, ela desmorona rapidinho — você disse enquanto acariciava o batente descolorido da porta. E acrescentou: — Eu deveria ter estado aqui para cuidar dela.

Tive a impressão de que você estava acariciando meu cabelo, e não o batente. Como se estivesse falando com uma versão passada de mim, tão solitário antes de conhecer você. Falando comigo, que estava sempre sozinho.

Agora já se passaram três meses desde que parti.

Levei três meses para recuperar o juízo. Agora que o recuperei, começo a perceber como foi insano o que eu fiz.

Lembra de eu ter contado a você daquela vez que passei alguns meses sozinho no meu quarto, sem sair de casa nem um só dia?

Acho que agora eu entendo. Aquilo não era viver sozinho. Eu nunca, nem uma vez, vivi realmente sozinho. Alguém sempre recolhia o lixo que eu deixava para a coleta, esvaziava a fossa séptica, operava as usinas de energia e conectava os fios, inspecionava as válvulas de gás, trocava o galão de água e desentupia os ralos. Em algum lugar, alguém cozinhava macarrão, colocava no prato e me entregava, depois vinha buscar os pratos vazios, lavava e os usava de novo. Eu jamais vivi sozinho; nem uma vez. Como seria possível viver realmente sozinho?

Naquela época, o simples fato de estar vivo significava que eu não estava sozinho.

Agora, toda vez que eu acordo, penso: "Isto não faz o menor sentido. Eu vou morrer. Se não for hoje, será amanhã".

Não consigo mais segurar a ração no estômago. Vomito tudo toda vez que tento comer. Bato nas paredes, gritando: "Quero voltar para casa! Alguém me salve!". Contudo, por mais que eu queira voltar agora, ainda preciso passar tanto tempo quanto já passei aqui desacelerando.

Está tudo bem.

Está tudo bem. São só dois anos.

Mas e se, por minha causa, por causa da minha estupidez, você estiver vindo para esta era perigosa, sem saber o que vai encontrar? E se você vier sem saber o que a espera e algo terrível acontecer com você, como aconteceu comigo?

OITAVA CARTA

Três anos, dois meses e três dias de viagem,
dezenove anos, dois meses e três dias na Terra

Fui até o porto no dia em que você deveria chegar à Terra.

Achei que, se um grupo de piratas ou milícias civis aparecesse, eu seria morto na hora. Mas ninguém apareceu.

Nesse meio-tempo, deve ter havido uma enchente ou algo do tipo, pois o porto estava coberto de lama e tinha se tornado um pântano. No solo lamacento cresciam artemísias e flores de crisântemo selvagem, densas e exuberantes. Isso me lembrou da vez em que fui ao escritório do distrito reclamar que não tinham ido fazer reparos rápido o bastante após uma enchente no meu antigo vilarejo.

Não tinha percebido que um pequeno riacho passava bem no meio do porto. Acho que a água tinha sido desviada para o mar com uma bomba ou algo assim. O saguão do terminal estava coberto de trepadeiras e parecia um pequeno monte. As janelas estavam todas quebradas ou estouradas, restando apenas as molduras vazias. Apesar de tudo, ainda havia embalagens de biscoito espalhadas e vestígios de onde fazíamos refeições ali cinco anos antes. Tive que rir.

Você não veio.

Esperei a noite toda e o dia seguinte também, mas você não veio.

Deitei-me no campo e fiquei observando as estrelas surgirem e depois desaparecerem. Vi o mar de estrelas flutuando ao redor da Terra. Imaginei que estava em um barco gigantesco. De certa forma, não era só imaginação. "Está tudo bem", pensei. "Se fosse uma jornada que leva cerca de uma hora, não seria estranho um atraso de dez minutos. Em uma viagem de dez anos, seria normal se atrasar um ano."

Não esperei um ano. Mas esperei quatro meses e três dias. Dormi na nave e fiz refeições com terra, usando a geradora de alimentos.

Você não veio.

Ainda assim, por algum motivo, não fiquei triste. Bom, também não fiquei feliz.

Senti apenas uma espécie de calma. Parecia um desfecho inevitável, natural até. Se você tivesse aparecido entre os juncos, eu provavelmente teria dito algo como: "Uau. Quem diria que uma coisa tão absurda assim poderia acontecer? É estranho demais. Você vai ter que dar meia-volta e reaparecer um pouco mais tarde".

Depois disso, parti.

Para ser sincero, não havia uma razão real para partir. Eu não tinha mais motivo para ir para o futuro. Mas também não sabia o que fazer se ficasse. Pelo menos, se eu fosse para o futuro, a poluição teria diminuído e o meio ambiente seria habitável novamente. Não pensei muito além disso. Na verdade, não tive coragem de pensar em nada.

Achei que qualquer lugar seria melhor do que o aqui e agora. Um lugar onde eu não fosse lembrado de nada disso. Nem de você.

NONA CARTA

Cinco anos e dois meses de viagem,
(talvez) setenta e quatro anos na Terra

Desculpe ter ficado tanto tempo sem escrever. Mas você sabe que eu não estava bem quando enviei a última carta. Não queria pensar em você. Acho que o mais exato seria dizer que eu não tinha forças para pensar em absolutamente nada. Às vezes, me sentia tão traído por meus pensamentos que meu corpo inteiro tremia, e em outras vezes devaneios me faziam chorar.

Pensei que talvez você não estivesse conseguindo enviar cartas. Ou que ainda estivesse escrevendo e-mails para o meu antigo endereço do Hanmail. Depois, no momento seguinte, fiquei bravo por você não ter enviado nenhuma notícia. Também pensei que talvez você não tivesse recebido minhas cartas. E logo em seguida fiquei bravo de novo, pensando que isso era impossível. E depois eu comecei a chorar outra vez.

Devo admitir. Por muito tempo, apenas me deixei levar.

Um dia, enquanto separava minhas coisas, encontrei todos aqueles documentos que eu havia preparado antes, como o livro de contas e a papelada jurídica que organizei. Isso deve ter despertado algo dentro de mim, pois rasguei tudo em pedacinhos e chorei até não poder mais. Depois, devo ter perdido a consciência.

Outro dia, simplesmente mijei nas paredes da nave. Deixei as gotas de urina flutuando no ar, enquanto èntravam em meu nariz e boca e se infiltravam em todas as frestas da maquinaria. Eu estava completamente impotente, como um paciente terminal.

Então, fiquei muito doente. Qualquer coisa que passasse pelos meus lábios saía imediatamente, de um jeito ou de outro. Eu não conseguia lidar com isso. Sentia como se tudo em mim estivesse transbordando e que eu logo desapareceria. Eu mal conseguia respirar e toda vez que inspirava era um ar impregnado de urina. Foi só quando gotas começaram a se acumular em minhas narinas e bloquear as vias aéreas é que voltei a mim. Tateei pelo painel de controle e liguei o acelerador. Quando a gravidade entrou em ação, a urina caiu como chuva. Tudo o que estava flutuando desabou e eu desmaiei nessa pilha.

Não sei por que sobrevivi. Mas, pensando bem, também não sei por que estava tentando morrer. Não, pensando melhor, quando uma pessoa não faz nada, ela morre. Como aquela cidade deserta. Para estar vivo, você precisa estar fazendo alguma coisa, qualquer coisa. Você precisa ter algum tipo de vontade, não desistir.

Sofri com uma febre terrível, e só quando meu corpo começou a melhorar é que me lembrei de que estava viajando na velocidade da luz. Quanto tempo fiquei inconsciente? Uma hora? Um dia? Um mês? Um ano? Quanto tempo se passou lá fora? A paisagem à minha volta não me dava nenhuma pista. Sacudi o relógio que o capitão tinha deixado comigo, mas como eu não havia dado corda na mola aquela coisa estúpida não estava funcionando. Não havia mais como eu saber o quão longe eu tinha viajado no tempo.

Reduzi a velocidade da nave e, quando vi a Terra, um pressentimento ruim que eu tinha se transformou em horror. A Terra parecia a Lua. Escura e irregular, como se nunca tivesse existido vida ali.

Foi só quando me aproximei mais que percebi que a superfície sombria e áspera era, na verdade, um composto de nuvens densas e escuras. Toda a Terra estava encoberta. Não havia como saber onde pousar. Só se via um redemoinho opaco de escuridão.

Só depois de algum tempo percebi que estava gritando. Então, encostei a cabeça no painel de controle e chorei. Quando eu era pequeno, presenciei um deslizamento de terra próximo à parte de trás da nossa casa. Outra casa foi completamente arrastada pelo solo. Por sorte, não havia ninguém dentro dela naquele momento, mas gritei enquanto assistia àquilo. Minha mãe disse que precisou me abraçar apertado por cerca de uma hora até eu me acalmar. Eu sempre gritava diante de coisas desaparecendo. De coisas sendo destruídas, quebrando, envelhecendo, tornando-se obsoletas, decompondo-se, morrendo e colapsando. Eu lamentava, incrédulo, as coisas perdidas de uma só vez, de forma monstruosa, e que jamais poderiam ser recuperadas.

Pensei que pudesse ter acontecido uma guerra. Alguma bomba terrível de algum laboratório de pesquisa devia ter lançado cinzas até a estratosfera, e essas cinzas continuaram ali, cobrindo a Terra. Ou talvez, nesse meio-tempo, um asteroide ou algum grande objeto estranho tivesse colidido com o planeta. Ouvi dizer que o efeito seria semelhante. Ou então...

Por que estou aqui? Por que tenho que ser eu a ver uma coisa dessa?

Quero ir para casa. Tentei imaginar que havia entrado em uma máquina do tempo e vindo dar uma olhada no futuro. Eu poderia simplesmente dizer a mim mesmo: "Uau! Então é assim que é o futuro", e depois voltar para o meu tempo e me gabar com meus amigos. "Vocês não vão acreditar! Viajei para o futuro." Eles diriam: "Nossa, que incrível! Você pegou os números da loteria?". Ao que eu responderia: "Ah, que droga. Esqueci de ver". E ouviria em resposta: "Ha-ha-ha. É a sua cara!".

Mas não posso voltar no tempo. Como eu voltaria? E se eu voltasse para casa, teria algo que pudesse fazer?

Eu tinha reservado um local para o casamento. Estava planejando me casar com você. O que poderíamos fazer para nos encontrar lá a tempo?

Desci até o porto. Conforme atravessava a atmosfera, consegui ver o relevo da Terra. Pensei em simplesmente retornar ao espaço e não pousar. Mas tantos pensamentos atormentavam minha mente, eu imaginava cenários tão terríveis, que achei melhor ver com os próprios olhos o que realmente havia acontecido.

Era dia, mas não parecia diferente da noite. O porto estava enterrado na neve e uma nevasca rugia como uma tempestade de areia branca, tornando impossível enxergar qualquer coisa. Gelo havia se formado ao longo da costa, tornando impossível identificar a antiga topografia. Preocupado que o motor da minha nave congelasse no frio, pensei novamente em retornar ao espaço.

Então me deparei com algo no meio do caminho.

Vestígios de aterrissagem. Uma área congelada estava derretida no formato de uma nave. Não exatamente derretida, mas compactada, como se uma tigela enorme tivesse sido colocada sobre o gelo. A forte nevasca cobria os vestígios rapidamente. Devia ter estado ali fazia pouco tempo. Talvez algumas semanas, no máximo, ou alguns dias ou até mesmo algumas horas.

Corri até lá, os pés afundando na neve a cada passo, e cada vez mais fundo. Comecei a cavar dentro do buraco, acreditando que, se eu cavasse o suficiente, a encontraria. Curiosamente, fui descobrindo outros vestígios à medida que ia mais fundo. Como se a mesma nave houvesse pousado ali antes. E não apenas uma vez, mas muitas outras antes disso.

Continuei cavando e lutando contra a neve como um louco, tentando chegar a algum lugar. Meus pés afundavam e a ela bloqueava meu caminho, me fazendo cair. Gritei seu nome com todas as minhas forças, mas a tempestade violenta engoliu minha voz. Para além de toda aquela névoa, via-se uma série de arranha-céus, como uma multidão de fantasmas.

Não havia garantia de que eram vestígios da sua nave. Mas também não havia garantia de que não eram.

Voltei correndo para a minha nave para escrever esta carta. Voltarei ao porto daqui a exatos dez anos. Se você analisar o lugar e a data desta carta, poderá calcular o momento certo. Se recebê-la, por favor, venha ao porto.

Estarei esperando.

DÉCIMA CARTA

Sete anos e dois meses de viagem, (possivelmente) oitenta e quatro anos na Terra

Você não veio.

Em vez disso, fui recebido por uma nave que eu já havia esquecido completamente. Parece que eles vieram depois de receber minhas cartas. Sabe a primeira nave em que embarquei? Aquela que eu disse que era como uma pequena cidade, com cafés e um mercado de pulgas.

Consegui reconhecê-la, mas de alguma forma estava diferente. O passar do tempo produziu uma crosta estranha nela, como se fosse musgo ou mofo. Estava mais amarelada, decadente e com um cheiro pior do que quando estive lá.

Quando vi as pessoas a bordo, lembrei do que meus amigos me disseram antes de eu partir pela primeira vez. Aquilo, sabe, de que as pessoas que fazem viagens interestelares ficam ou muito calmas ou completamente loucas. Acho que as pessoas a bordo se encaixariam na categoria dos loucos. Não que eu esteja muito diferente delas.

Antes mesmo de eu sair da minha nave, as pessoas já estavam furiosas comigo.

Acho que jamais poderiam imaginar que alguém conseguiria viajar em uma nave tão pequena e surrada, ainda mais sozinho, e chegar até aqui. E por "aqui" não quero dizer apenas neste lugar, mas neste tempo. Tenho certeza de que todos estavam convencidos de que fossem encontrar uma nave enorme, como um supermercado espacial, cheia de macarrão instantâneo, carne congelada e suprimentos.

As pessoas me arrastaram para fora da minha nave e a tombaram.

Arrancaram as peças, puxaram os fios, desmontaram o painel de controle, o radar, e jogaram tudo na neve. Quando tentei impedi-las, me deram uma surra. Cada vez que eu tentava pará-las, elas me batiam com mais força. Então, depois de um tempo fiquei paralisado, observando-as depenar o resto. Mas isso não significa que pararam de me bater. Após vasculharem tudo e virarem a nave do avesso, elas pareciam duas vezes mais irritadas. Tudo cheirava a urina e não havia nada ali que fosse comestível.

Provavelmente esperavam uma enorme nave de batalha e estavam prontas para lutar, mas a única coisa que tinham para derrotar era eu, então a raiva dessas pessoas parecia ter triplicado. Eu tinha certeza de que ia morrer, mas talvez tenham achado que seria um desperdício me matar. Se eu morresse, não poderiam mais bater em mim. Ou talvez não fosse tão divertido me bater depois que eu desmaiei e parei de reagir. Seja como for, me deixaram viver.

Fui colocado em uma cela na nave grande, onde reencontrei o capitão. Sabe aquele sujeito que eu disse que aparentava estar na época errada? Parece que ele finalmente tinha encontrado a era perfeita para ele. Ele parecia um velho leão que sobreviveu no meio da savana. Estava elegante, esguio e cheio de uma autoconfiança que me inquietava. Seus olhos tinham o brilho de alguém que acreditava que sua sobrevivência se devia à providência divina.

Ao que parece, ele recebeu todas as minhas cartas. E releu cada uma delas em voz alta, comigo ali, meu corpo latejando tanto que eu mal conseguia me mover. Enquanto lia, o capitão dava risadas baixinho. Explicou que, como não pôde assistir a nenhum programa de TV nos últimos tempos, minhas cartas tinha sido uma rara fonte de alegria. Ele até pediu para eu escrever mais algumas. Estremeci com a ideia esmagadora de que eu precisava acabar com esse desgraçado de uma vez por todas. Na minha cabeça, pipocavam falas como as dos quadrinhos: "Fui exposto. Agora só me resta eliminá-lo". Sabe, esse tipo de coisa.

Então ele me perguntou como eu havia chegado tão longe sozinho, e como não respondi ele começou a me estrangular. Depois acabou afrouxando o aperto em meu pescoço, como se estivesse satisfeito com o fato de a vida de alguém estar em suas mãos. Sua expressão era insuportável.

Quando perguntei por que não tinham ido para outro sistema estelar com uma nave tão grande, ele me disse que estavam voltando para casa. Quando o lembrei que não existia mais "casa", ele disse que não tinha importância, que eles voltariam mesmo assim. Que todos na nave, sem exceção, queriam voltar para casa. Isso me levou a pensar que alguém que controlava o destino das pessoas e tinha o poder sobre a vida ou a morte delas jamais poderia realmente saber o que elas queriam.

Depois de um tempo, ele me deixou sair da cela para dar uma volta pela nave. Tenho certeza de que me libertar lhe deu tanto prazer quanto se tivesse me matado, já que assim ele demonstrava seu poder. Decidi ficar na nave até que meus ferimentos estivessem melhores; depois eu partiria novamente. Quando fui ver a médica a bordo, pedi a ela que enfaixasse minhas feridas. Mesmo achando um absurdo, ela me ajudou. Eu tinha a sensação de que ela iria me ajudar. Afinal, as pessoas na nave não bateram em mim esperando ganhar alguma coisa. Se eu também tivesse viajado com elas naquela nave, quem sabe o que eu poderia ter feito com algum viajante solitário?

"Que bom que você não veio", pensei.

Então me dei conta de que eu nunca mais conseguiria ver você novamente.

Percebi que, para você continuar navegando, precisaria embarcar em uma nave realmente grande. E que, se estivesse em uma nave desse tamanho, você não poderia escolher para onde a nave iria. Uma nave dessa magnitude não mudaria de curso só para permitir que você se encontrasse com um homem, principalmente com um homem em um estado tão miserável quanto o meu.

Você não vai poder vir se encontrar comigo.

Nós somos como as pessoas que torcem para esbarrar umas nas outras por acaso enquanto são levadas por um rio infinitamente largo que segue em uma única direção. Esse rio nunca acaba e não há como nadar contra a corrente.

Um cientista que viveu no século XX disse uma vez que, com certeza, deve haver alienígenas por aí, mas que nunca poderíamos encontrá-los.

Que não é o espaço que separa as estrelas, e sim o tempo. Que apesar de a Terra existir há 4,5 bilhões de anos, a humanidade surgiu há meros 2 milhões de anos e só faz vinte mil anos que começamos a nos sentar em torno de uma mesa para comer e ter conversas significativas. Então, mesmo que um alienígena quisesse nos encontrar para tomarmos uma xícara de chá, ele teria que viajar uma distância vasta demais e chegar a esse ponto de encontro em uma janela de tempo incrivelmente curta.

Enquanto os tripulantes da nave iam e vinham para a beira do mar enfileirados como pinguins, lançando redes e puxando suas capturas, voltei para a minha nave destruída. Juntei todas as coisas que tinham sido jogadas a esmo e comecei a montá-la de novo. Felizmente, o sol decidiu aparecer, caso contrário, as peças teriam congelado no lugar onde estavam e se transformado em fósseis.

Com o passar do tempo, acabei reunindo uma plateia. As pessoas até trouxeram peças que eu não tinha. Quando precisava de um componente, eu dizia o nome do material em voz alta. Chegaram a tirar pedaços dos brinquedos das crianças e botões de roupas para eu usar. Entre essas pessoas, havia algumas que tinham me batido até eu desmaiar. Não trocamos uma palavra. Se os papéis estivessem invertidos, quem sabe eu não fosse um daqueles que participaram do espancamento? E provavelmente teria empregado toda a minha força, tentando causar uma boa impressão.

Quando essas pessoas abasteceram o estoque da nave grande com comida, embarquei na minha nave. Enquanto eu fechava a escotilha, pensei ter ouvido você dizer: "Por que não vai com eles? Assim poderá viver por mais algum tempo". Senti como se você estivesse segurando minha mão, me impedindo de fechar a escotilha. "Por mais longe que você chegue, não conseguiremos nos encontrar. Você deveria fazer o possível para sobreviver."

Retruquei que o capitão tinha interceptado todas as minhas cartas. Por isso eu não poderia ir com eles.

DÉCIMA PRIMEIRA CARTA

Oito anos e oito meses de viagem, (mais ou menos) cento e quarenta e cinco anos na Terra

Quando voltei, a Terra estava congelada, com exceção da zona equatorial. As nuvens tinham se dissipado, mas imagino que isso foi resultado do resfriamento climático anterior, causado pelas próprias nuvens.

Certa vez ouvi que a Terra estava muito próxima de se transformar em um planeta de gelo. Que a humanidade, em essência, era como uma planta com um ciclo de vida de um dia, florescendo durante um verão muito curto. Também ouvi dizer que uma era do gelo podia ser desencadeada por um inverno ligeiramente mais longo. Por exemplo, se caísse um pouco mais de neve do que no ano anterior e o pergelissolo crescesse só um pouco, o aumento da neve esfriaria a Terra um tanto mais, no ano seguinte cairia mais de neve do que no ano anterior, e esse ciclo se repetiria até uma glaciação generalizada.

Aquelas nuvens escuras provavelmente haviam bloqueado o sol por um ano. Isso seria mais do que suficiente para desencadear uma era do gelo.

A linha costeira teria recuado, mais geleiras se formado, e o mapa da Terra que conhecíamos teria se transformado totalmente. As correntes oceânicas deviam ter mudado, e essas mudanças esculpido o relevo terrestre de maneiras distintas. As novas geleiras teriam pressionado os terrenos e modificado a topografia, transformando-a de maneira irreversível. O lento avanço das geleiras teria reduzido a pó todos os vestígios da vida humana, com seus corpos de gelo pesando centenas de milhões de toneladas. E reduzido a pó até mesmo os últimos e patéticos vestígios que mal conseguiram se segurar entre as algas e os juncos.

De longe, reduzi a velocidade apenas o suficiente para confirmar tudo isso e em seguida acelerei de novo. Decidi que seria melhor voltar quando o mundo tivesse esquentado um pouco mais.

Afinal, não vai demorar tanto assim.

DÉCIMA SEGUNDA CARTA

Nove anos e dois meses de viagem,
(mais ou menos) cento e setenta anos na Terra

Estou esperando por você.

Mesmo que você já não exista neste mundo. Mesmo que tenha se estabelecido há muito tempo em alguma estrela distante, conhecido um bom homem, tido dez filhos e vivido seus dias cercada por uma família amorosa. Ou mesmo que você esteja viajando em alguma trajetória de luz longínqua, esperando que a Terra se recupere. Ou talvez, de alguma forma, desembarcando de uma nave em um sistema estelar distante, se lembrando de mim como uma memória alegre da sua juventude. "Ah, claro, conheci um homem assim uma vez. Mas ele deve ter morrido há muito tempo em uma outra linha temporal."

É necessário um dia inteiro de trabalho árduo para sobreviver outro dia.

Se eu perder o foco e deixar as coisas de lado mesmo que só por um dia, o tempo se expande infinitamente. Tenho a impressão de que o momento em que eu não puder mais controlar esse tempo que se expande sem parar será o meu fim.

Ajusto um despertador para tocar em intervalos regulares. Não importa que horas sejam lá fora, eu durmo sempre no mesmo horário e acordo no mesmo horário. Faço exercícios no mesmo horário todos os dias, além de comer a mesma quantidade de comida na mesma hora. Afinal, não há ninguém para consertar meu corpo caso ele quebre.

A nave continua rangendo em algum lugar. Tenho quase certeza de que a umidade de quando urinei por toda parte ainda está causando problemas no maquinário. Se tento consertar alguma coisa, o dia vai embora. Diariamente estudo o manual de instruções da nave. Afinal, ninguém vai descobrir o que há de errado e consertar para mim.

Comecei a cultivar plantas na nave. A partir de uma única semente, depois de alguns meses, é possível obter centenas de outras plantas. Preciso do oxigênio natural que elas produzem. No início, a maioria morreu, mas agora parece que se adaptaram razoavelmente. O que significa que agora estou conseguindo comer algo além da ração feita pela máquina geradora de alimentos.

Um dia, acordei com a sensação de que não conseguia respirar. Pensei: "Preciso abrir a janela". Eu tinha que deixar o ar entrar. Estava escuro lá fora. Deduzi que eu tinha dormido demais. Então me dei conta: "Droga! Hoje é o dia do casamento. Tenho muita coisa para preparar". Fui até a janela e tentei abri-la. Ela não abria. Mas que tipo de janela mais estúpida esta, que não tem um puxador? Então peguei a chave inglesa que guardo no bolso. Pensei: "Vou ter que quebrá-la". Eu tinha certeza de que morreria asfixiado se tivesse que suportar mais um minuto com aquela maldita janela fechada. Fazia quanto tempo que a nave não era arejada? O lugar fedia a suor e urina. Estava prestes a quebrar a janela quando minha outra mão agarrou a mão que brandia a chave inglesa. Apertando minha mão trêmula, permaneci encolhido até me acalmar e recuperar a razão.

"Eu estou aqui.
Estou esperando por você."

Confesso que eu não teria conseguido me recompor se não tivesse tido esse pensamento.

Você me salvou. Seja qual for a era em que você está agora, esteja morta ou viva em algum lugar, viajando em um mar infinito de estrelas.

DÉCIMA TERCEIRA CARTA

Nove anos e sete meses de viagem,
(possivelmente) duzentos e vinte e três anos na Terra

Enquanto eu dormia, a nave começou a vibrar. Parecia que não era apenas a minha nave sendo sacudida com força, mas todo o sistema solar. Olhei pela janela e vi um meteoro gigantesco colidindo com a Terra. Ele devia ter vindo a uma velocidade assustadora, mas era tão, tão grande que pareceu avançar em câmera lenta. Por mais que eu estivesse longe, foi possível ver os oceanos subindo com o impacto. A água em erupção se espalhou por toda parte e, em um instante, se transformou em um vento quente e vermelho que engolfou todo o planeta. Mas a Terra parecia tão pequena daqui que eu não consegui mensurar a dimensão do desastre.

Quando ainda estava repleta de pessoas, elas poderiam ter se preparado e feito alguma coisa.

Enquanto eu olhava fixamente para a Terra, ela se tornou uma bola de fogo. Naquele estágio, toda a atmosfera devia ter sido queimada. E os oceanos deviam ter evaporado. Não devia mais restar um único traço de vida...

Então acordei.

Porém, uma vez acordado, não consegui distinguir onde terminava o sonho e começava a realidade. Quando tenho sonhos vívidos como esse, costumo me perguntar qual parte é completamente absurda, e então penso: "Ah, certo, a parte absurda demais só pode ter sido imaginada". Mas dessa vez não consegui distinguir entre sonho e realidade.

Uma música ecoava do anel que eu tinha deixado na mesa. "O anel está cantando. Isso deve ser sonho", pensei. Quando olhei em volta, os noivos, que logo seriam recém-casados e que haviam embarcado na mesma nave que eu, estavam roncando tranquilamente, enroscados um no outro no chão. Havia flores e fitas penduradas nas paredes e faixas com os dizeres VIVA OS NOIVOS! espalhadas por todo lado.

Saí da cabine para dar uma volta pelo interior da nave que parecia uma pequena cidade. As pessoas andavam por ali vestidas como se estivessem indo a um piquenique de verão. Todas pareciam animadas e felizes. "Ah! Era tudo um sonho", pensei. "Ainda bem que não passou de um sonho." No teto da nave, junto ao rosto do capitão que nos observava, havia um letreiro neon brilhante que dizia ESTAMOS INDO PARA CASA. Então pensei: "Espera aí, isso é impossível".

Encontrei você sentada junto a um grupo de pessoas, com a mesma aparência de quando partiu. Não, na verdade, você estava como quando nos encontramos pela primeira vez. Exatamente como quando eu, sem querer, derrubei sorvete na sua roupa nova enquanto trabalhava meio período em um café.

Fui eu que comecei a chorar naquele dia, temendo ter que entregar todo o meu salário como compensação pelos danos que causei. E foi você que me levou ao banheiro, dizendo que não precisávamos contar ao meu gerente o que havia acontecido. Unimos forças para tentar remover aquela mancha teimosa de chocolate.

— Nossa! Olhem só aquele homem.

As pessoas que estavam sentadas com você apontavam para mim, provocadoras.

— O noivo parece tão mais velho. O que ela vai fazer, pobrezinha? Deve ser muito constrangedor.

Sem saber como reagir, você só abaixou a cabeça. Com bandagens encharcadas de sangue enroladas ao redor do estômago, a mulher que estava procurando hidratante cochichou alguma coisa em seu ouvido.

— O jovem por quem você se apaixonou não existe mais. Mesmo que você o reencontre, ele já não será a mesma pessoa. O tempo é impiedoso, sabe?

Abri caminho pela multidão, segurei sua mão e te puxei, para que ficasse de pé.

— Venha. Precisamos sair daqui. Sair de perto desses palhaços. Eles estão presos no passado. Não cresceram nem envelheceram um dia sequer.

Eu envelheci. Dia após dia, mês após mês, ano após ano. Vivi com o tempo se acumulando dentro do meu corpo. Isso significa que agora sou a pessoa certa para você. Tornei-me alguém mais adequado do que eu era dez anos atrás. Tornei-me uma pessoa mais completa do que há centenas de anos. Amanhã serei alguém um dia mais apropriado para você. No ano que vem, serei um ano mais.

E quando abri os olhos estava novamente dentro da minha nave. Estava flutuando, junto com tudo que havia lá dentro. Apenas o anel tocando uma canção era o mesmo do sonho.

Fechei os olhos e os abri novamente. Você estava aqui comigo. Estava deitada em cima de mim. Bem, dependendo do ponto de vista, pode-se dizer que era eu quem estava em cima de você.

Você me disse:

— Vamos fazer um bebê aqui.

— Aqui? — Eu ri.

— Sim, neste mundo que flui à velocidade da luz. Um mundo onde o tempo não passa. A criança não vai achar estranho. Essa corrente temporal será o lar dela, será tudo o que ela irá conhecer.

Você fez uma pausa, depois sussurrou em meu ouvido:

— Em vez disso, essa criança achará outras linhas do tempo, que fluem mais lentamente, estranhas. Ela não vai se assustar nem se sentir deslocada como nós toda vez que chegar a uma nova linha do tempo. Assim como você não achou estranho ir dos vinte para os vinte e um anos, ela achará totalmente natural o tempo passar mil ou dois mil anos. Ela não ficará triste pelo tempo que passou. Não vai chorar ao ver as coisas desaparecerem. Ela pensará que é natural e inevitável. Essa criança não vai ter que ficar tateando o caminho como nós. Não irá vagar presa pela gravidade. Ela voará até os confins do infinito. Ela verá todas as coisas que não podemos ver.

Sim, será incrível.

Se ao menos conseguirmos nos encontrar.

DÉCIMA QUARTA CARTA

Dez anos e dois meses de viagem,
tempo desconhecido na Terra

Eu estava fora da nave, tentando consertar a vela, quando um alarme disparou. Uma tempestade solar se aproximava. Mesmo depois de ouvir o alarme, permaneci olhando para o espaço. Apenas olhando para aquele aglomerado infinito de estrelas caindo.

— Ok, já entendi — eu disse ao alarme.

Eu não tinha a intenção de morrer. Sabia que dispunha de cinco minutos e poderia me abrigar facilmente nesse espaço de tempo. Ou talvez não soubesse. Lá estava eu, olhando as estrelas. Pensando nas inúmeras vidas brilhantes no outro lado distante do tempo.

Voltei para a nave quatro minutos depois. Entrei na cápsula-abrigo em um minuto e, imediatamente, caí no sono. Não sei o que aconteceu depois, mas quando tentei sair, a porta estava trancada.

Não chorei. Só pensei que seria bem desagradável morrer preso aqui. Lembrando de todas as vezes em que eu poderia ter morrido, pensei se não teria sido melhor se isso tivesse acontecido. Mas não, morrer não teria sido fácil, independentemente de como acontecesse. Então adormeci novamente.

Assim que adormeci, você apareceu. Quando a cumprimentei com um animado "você está aqui!", você de repente começou a me repreender, dizendo:

— Eu fui à igreja no dia do nosso casamento. Onde você esteve esse tempo todo? Que tipo de homem humilha a noiva assim?

Fiquei desolado, e fiz o que pude para consolá-la.

Quando me dei conta, finalmente havia voltado a mim. E aí você também se acalmou.

— Você prendeu seu estojo de ferramentas na perna, lembra? — você disse. — Prendeu com velcro.

— Ah, sim. Tem razão. Realmente não estou raciocinando direito.

E quando estendi a mão você acrescentou:

— Cuidado para não deixar cair. Você não vai conseguir pegá-lo de novo aqui dentro.

Com a chave de fenda, mexi pela fresta da porta e encontrei a trava que tinha descido do outro lado. Exatamente como quando tínhamos tentado limpar a mancha de chocolate, nós dois nos concentramos e suamos muito para abrir aquela maldita porta.

— A trava está totalmente presa. E se a chave de fenda quebrar primeiro?

— É possível — eu disse. — Mas prefiro pensar nisso depois que acontecer. Se sofrermos antes da hora, sofreremos em dobro.

Foi quando percebi que eu estava repetindo exatamente o que você havia dito naquele dia, palavra por palavra. Lembrei também de como fiquei te encarando. Naquele exato momento, me apaixonei por você.

— Engraçado — eu disse.

— O quê? — você perguntou.

— Por mais que estejamos separados assim, estou cada vez mais parecido com você.

— Não estamos separados — você disse, olhando para a trava pela fresta da porta. — Estamos vivendo na mesma linha temporal. Por mais que não estejamos juntos de forma física, estamos vivos ao mesmo tempo. Envelhecendo e crescendo juntos.

Abri um sorriso vazio e você continuou:

— Assim como quando vivíamos naquela nave espacial chamada Terra. Naquela imensa nave, com galáxias passando por nós, comíamos, dormíamos, crescíamos e envelhecíamos juntos.

— Não é verdade — murmurei.

— Nós sempre viajamos juntos, mesmo antes de nos conhecer. Só que naquela época a nave era um pouco maior.

— Não é verdade! — gritei. — Você não está aqui. Ainda que estivesse, não tem a intenção de me encontrar. Senão teria me enviado algum sinal, de um jeito ou de outro. Escrito um número de telefone em um monte de pedras no porto para que eu visse do céu. Ou feito um comunicado de pessoa desaparecida em uma transmissão de rádio...

Você parecia se esforçar para manter a boca fechada e, de repente, desapareceu diante dos meus olhos. Simultaneamente, a trava da porta se abriu.

Escapei da cápsula-abrigo encharcado de suor.

Um pensamento me ocorreu, o de que a partir de agora eu não conseguiria mais ver você nem na minha imaginação. Assim que pensei nisso, comecei a perder a vontade de viver. Tentei me recompor e lutar contra esse sentimento, negá-lo. A esperança de reencontrá-la era o que me mantinha vivo.

Mas acabou.

Eu sabia. Agora tinha acabado.

"Vamos para casa", pensei.

Não achei que seria capaz de continuar vivendo por mais tempo. Eu estava muito solitário, muito sozinho. Tinha me tornado uma ruína, como aquela casa de campo da sua família. Pensei em acabar com tudo ali mesmo. Mas me dei conta de que, se eu fosse acabar com tudo, poderia ao menos voltar para casa e fazer isso lá.

Quando pensei nisso, um lugar específico me veio à mente. Parecia apropriado para dar um ponto-final.

DÉCIMA QUINTA CARTA

Não havia sobrado mais nada que pudesse ser chamado de porto. Só cheguei lá porque calculei a latitude e a longitude. Havia uma floresta exuberante de pinheiros ao longo da costa. Era a primeira vez que eu via uma floresta tão grande e bonita.

Mesmo que você tentasse vir agora, não acho que conseguiria encontrar esse lugar.

Não acredito que ainda considero essa possibilidade.

Acabei precisando fazer um pouso de emergência. A topografia havia mudado demais. A linha costeira estava em um lugar estranho e o nível do solo era muito elevado. Virei o leme em direção ao mar, para suavizar o impacto, mas o nível da água era bem mais baixo do que eu esperava. Se eu não tivesse corrido para a cápsula-abrigo, teria sido esmagado junto com a nave. E se o mecanismo de trava da cápsula não tivesse sido esmagado na queda, eu teria ficado preso novamente e morrido lá dentro.

Nadando, cheguei à praia. Engasguei por um longo tempo antes de vomitar uma quantidade enorme de água salgada. Observei minha nave afundar nas ondas.

"Está tudo bem", pensei. "Sim, está tudo bem. A nave conseguiu chegar até aqui. Isso já é mais do que suficiente."

A areia grudava no meu sapato molhado, dificultando a caminhada. Acabei jogando o sapato fora e comecei a andar descalço.

Uma névoa branca se espalhava pelo chão da floresta de pinheiros e raios de sol atravessavam a névoa e me ofuscavam, fartos e cheios de vida. Gotas de orvalho formavam pequenas pérolas na ponta dos meus dedos. Entre os galhos, um bando de pássaros azuis levantou voo, batendo as asas em conjunto, e, assustado pelo som, um grande rebanho de corças saiu em disparada, saltando pelo matagal. Eram todos vigorosos, com cores vibrantes e cheios de vida. Pareciam nunca ter sido incomodados por humanos em toda a sua existência. Como se nenhum deles conhecesse o sentido de "se esconder de alguém". Todos coloridos como pavões.

Na minha mente, apaguei a floresta de pinheiros e trouxe de volta a planície que um dia existiu ali. Aquela campina de ervas selvagens que não conseguiam criar raízes profundas por causa do asfalto que ainda persistia por baixo. A planície cheia de aromas de margaridas gigantes e dedaleiras. Apaguei isso também e pensei no saguão do terminal. Imaginei arrancar as videiras emaranhadas que se torciam pelas paredes e levantar o balcão caído de volta ao lugar onde ficava. Repintar as paredes onde a tinta estava descascada e secar o chão, que agora era uma poça enorme. E trazer de volta as pessoas. Pensei em pessoas se aproximando, conversando ruidosamente. E em pessoas esperando.

Pensei em mim, esperando ali.

Minhas pernas cederam e eu desabei. Fiquei deitado, como um monte no chão, por um longo tempo. Depois, me levantei e comecei a andar de novo. Quando não conseguia mais continuar, desabava ao pé de uma árvore e dormia. Dormia de dia e caminhava à noite. Fazer isso ajudava a manter meu corpo aquecido.

Conforme eu avançava para o interior, destroços da cidade começaram a aparecer aos poucos. Estavam cobertos por vegetação, mas ainda havia traços de uma cidade ali.

Um por um, fui reconstruindo os prédios decadentes e em ruínas. Coloquei janelas onde elas haviam explodido, lustrei e pintei tudo novamente, acendi as luzes. Liguei os motores dos carros abandonados que estavam enfileirados nas estradas. Endireitei os sinais de trânsito tortos, recoloquei os números nos ônibus e liguei os faróis. Pensei nas pessoas descendo no ponto de ônibus.

E pensei em mim, esperando naquele ponto.

Vi você descendo do ônibus, o rosto enterrado em um livro. Vi você tentando descobrir onde estava, olhando ao redor, desorientada. Então, quando me viu, você se aproximou com uma expressão de alegria estampada no rosto.

Passei por um parque temático em que a estátua de um mascote tinha os olhos arregalados. Água havia se acumulado na atração do navio viking e brotos de ervas aquáticas escorriam pelas laterais do barco suspenso. Caminhei junto aos trilhos de trem, onde flores vermelhas haviam crescido muito altas. Passei por um túnel de metrô parcialmente inundado. Um trem se aproximou, atravessando a água, e de dentro dele saíram passageiros encharcados até os ossos, torcendo a água lamacenta de suas roupas.

Você também desembarcou do trem, perdida em pensamentos. Preocupada por talvez ter descido na estação errada, você olhou em volta, até que eu me aproximei de você, com minhas roupas velhas manchadas de óleo, e cutuquei sua bochecha.

Os convidados chegam em carros cobertos de trepadeiras floridas. Eles saem do carro, removendo a grama e os carrapichos presos às roupas. Colhem algumas flores silvestres, carregando-as no lugar dos tradicionais envelopes de felicitação com dinheiro, e entram no prédio coberto de musgo, hera e glórias-da-manhã.

Você está lá, parada na entrada. Jogando o peso do corpo de uma perna para a outra, indagando-se como é possível se mexer com um vestido desses. Assim que me vê chegando em meio aos convidados, você começa a me repreender com os olhos.

— Você está atrasado.

— Eu sei — respondo, limpando a areia dos meus pés descalços. — Acho que fiquei nervoso, sabe? Afinal, é a primeira vez.

Permaneci imóvel no lugar.

A igreja onde iríamos nos casar estava bem ali, diante dos meus olhos.

Eu estava tão surpreso que tudo que consegui fazer foi olhar ao redor. A igreja era o único edifício ainda de pé, literalmente, no meio de uma cidade em ruínas. Como se dissesse que todas aquelas centenas de anos não eram nada. Como se risse de todos os tufões, chuvas, nevascas e guerras. Como se nada disso fosse páreo para ela. Como se aquele único edifício tivesse viajado em uma linha de tempo completamente diferente. Estava desgastada e deteriorada, com um canto do telhado desabado, mas permanecia firme e forte.

Subi as escadas e acariciei o batente da porta, escurecido pelo tempo. Tive que tocá-lo, pois achei que ainda poderia estar preso em alguma ilusão. Então me lembrei de você acariciando o batente da porta daquela casa no campo. Lembrei também do que você tinha dito.

— Uma casa onde as pessoas entram e saem permanecem no tempo.

Uma casa onde alguém abre e fecha as portas, que é arejada, onde se arrumam as camas, se deita, dorme e acorda, onde se acende o fogão e se prepara uma refeição, onde se varre a poeira e se limpa a umidade.

Só então me lembrei da sua carta.

Devo tê-la ouvido pelo menos cinquenta vezes. Como eu não tinha pensado nisso até agora? O que foi mesmo que você disse no final?

Se você não estiver lá no porto...

Alguma coisa caiu do batente da porta com um baque suave. Parecia que os cordões de tecido antigos que prendiam essa coisa tinham se rompido. Peguei o que havia caído. Estavam velhos e mofados, mas reconheci o que eram. Eram as molduras de couro presas em cordões que eu tinha dado aos meus amigos. Com as mãos trêmulas, peguei as fotografias de dentro das molduras. Atrás da primeira foto que tiramos havia outra que parecia ter sido feita na igreja no dia que deveria ter sido o do nosso casamento.

Ao que parece, meus amigos continuaram voltando aqui mesmo depois. Havia mais fotos, tiradas com seus amores, com seus filhos. Havia também uma fotografia de um homem velho deitado em uma cama, fazendo o V da vitória para a câmera. Atrás da foto estava escrito: "Eu vou primeiro, seu traste".

Se você não estiver lá no porto...

Você sussurra em meu ouvido... *irei ao local do casamento. Ainda que eu esteja sozinha, quero ao menos ir e fingir que estou comemorando.*

O carpete apodrecido rangeu sob meus pés descalços. A cada passo que eu dava, uma poeira branca subia, como fumaça de incenso. As cadeiras estavam enferrujadas e desgastadas, mas todas ainda perfeitamente alinhadas.

Camadas e mais camadas de pedaços desbotados de papel presos na parede atrás do altar chamaram minha atenção. Tive a impressão de que um dia foram papéis coloridos, que agora estavam acinzentados. Ali, escritas à mão, com a tinta borrada de água, havia inúmeras mensagens semelhantes que se repetiam e se repetiam.

다릴게
①
다시 올게
②
또
고 있어
③
왔다 가
④
나를 기억
⑤

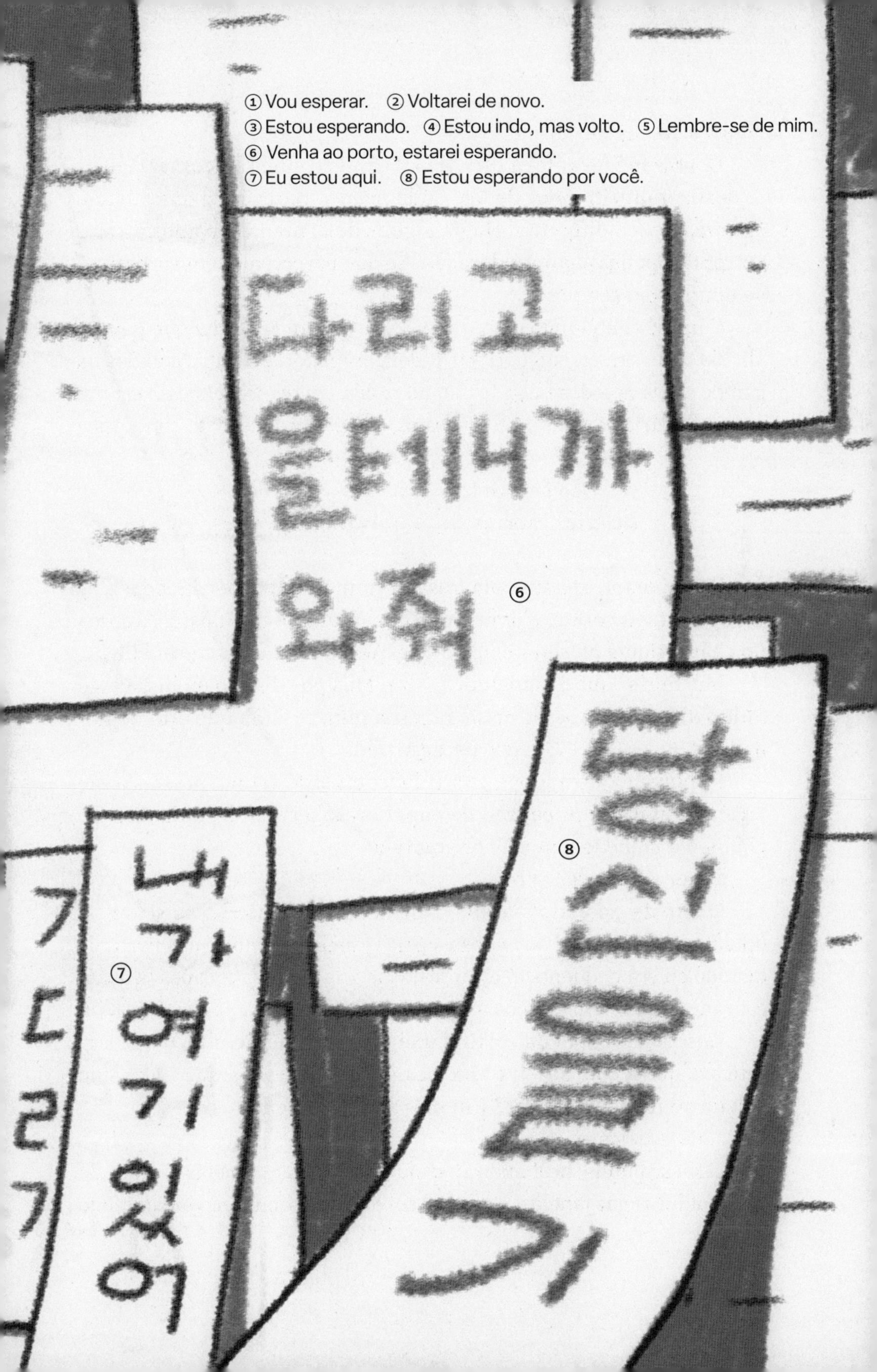

① Vou esperar. ② Voltarei de novo.
③ Estou esperando. ④ Estou indo, mas volto. ⑤ Lembre-se de mim.
⑥ Venha ao porto, estarei esperando.
⑦ Eu estou aqui. ⑧ Estou esperando por você.

Fiquei sem chão e caí.

Depois me levantei e fui até lá. Frágeis e quebradiços, os papéis se desfizeram em meus dedos. Cada pedaço parecia ter sido colado em uma época diferente. Havia alguns de centenas de anos atrás e outros de apenas algumas décadas. Ao que parece, alguém vinha aqui de tempos em tempos.

Caminhei ao longo da parede e agarrei uma cortina que pendia ali. Ela caiu sem resistência. Atrás dela, os papéis e as fitas colados na parede estavam todos rasgados, como se alguém tivesse feito isso em um acesso de fúria. Por cima desses restos, alguém havia escrito com spray:

Isso é uma loucura. Ele já se foi.
Deve ter morrido há um milhão de anos.

Fiquei diante dessas palavras por muito tempo, petrificado. Elas cortaram meu coração, impedindo que o sangue circulasse. Afundei no chão e fiquei ali sentado pelo que me pareceu uma eternidade.

Murmurei que era melhor assim. Mas por dentro eu disse algo muito diferente. Apesar disso, repeti a mim mesmo que era melhor assim. Que era melhor você ter desistido.

Depois de outra longa eternidade, quando estava prestes a me levantar, avistei um pedaço de papel preso à cortina caída. Ele me chamou a atenção por sua cor amarela.

Ele era amarelo.

O fato de a cor ainda estar lá significava que não havia sido desbotada pela luz do sol que entrava pelas janelas. Lembrei dos livros de quando eu era pequeno na estante ao lado da janela. As capas ficavam esbranquiçadas em poucos anos.

Descolei o papel da cortina. Ele não saiu facilmente, o que significava que a cola adesiva ainda estava intacta. Será que tinha sido colado ali no ano anterior? Um mês antes? Ontem?

Agora mesmo?

O sol se punha, brilhando diretamente contra as janelas. Drapejado nas molduras das janelas, o mesmo sol entrava como um véu prateado de luz, e tudo lá dentro se tornou visível. O chão estava recém-varrido, o altar coberto com um novo papel, o vaso colocado no altar, as marcas de uma fogueira acendida por alguém e até mesmo uma panelinha de alumínio deixada com todo o cuidado sobre ela. Agora era possível ver as pegadas de alguém que havia caminhado em círculos por ali e sinais de roupas de cama que haviam sido estendidas ali.

Uma rajada de vento entrou pela porta aberta, soltando os papéis desbotados e quebradiços das paredes, que flutuaram com um farfalhar suave até o chão. Enquanto os raios de sol iam sumindo, as letras nos papéis brilhavam douradas.

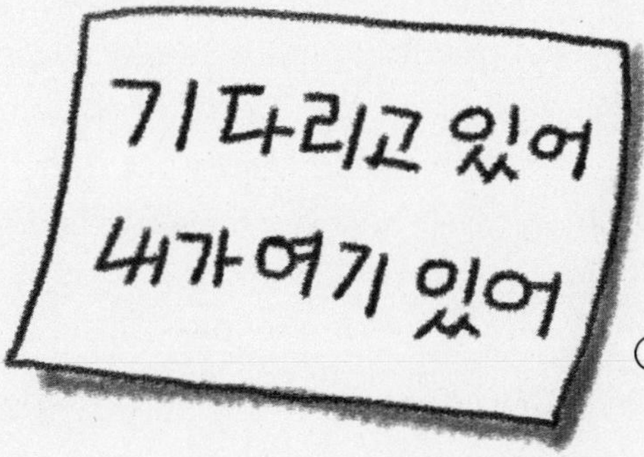

①

②

① Espere por mim. ② Eu estou aqui.

HISTÓRIAS FORA DA HISTÓRIA

PALAVRAS DA AUTORA

Não faz muito tempo, recebi um e-mail educado de um velho conhecido. Ele disse ter reencontrado alguém que amava e que estava planejando se casar. Tanto ele quanto sua futura esposa eram fãs do meu trabalho, e ele me perguntou se eu poderia escrever uma história que ele pudesse usar para pedi-la em casamento. Algo que pudesse ser lido em voz alta durante o pedido. No e-mail ele me pedia sinceras desculpas antecipadas, caso aquele fosse um pedido rude ou desrespeitoso.

Confesso que ri enquanto lia o e-mail. Mas fiquei intrigada! Pedir a uma escritora que nunca escreveu uma história na qual um homem e uma mulher ficam juntos, muito menos um romance, para escrever uma história sobre um pedido de casamento... Ainda que eu duvidasse que fosse capaz de escrever algo assim, pensei que poderia ser uma experiência divertida. No final das contas, era uma encomenda clara e bem específica, e eu receberia o mesmo pagamento de qualquer outro trabalho encomendado. Eu realmente queria parabenizá-los e me ocorreu que eu poderia escrever uma história capaz de deixar um homem envergonhado, a ponto de fazê-lo querer escapar da atmosfera da Terra depois de ler.

— Então você quer uma história de pedido de casamento de ficção científica?

— E há mais alguma coisa que você consiga escrever além de ficção científica?

— Justo.

Antes de começar a escrever, como referência pesquisei romances de ficção científica com pedidos de casamento. Após reler os contos "O pedido", de Bae Myung-hoon (publicado no jornal *Munye Joongang*), e "Gostaria mesmo de me casar com você", de Kwak Jaesik (publicado em coletânea de título homônimo pela OnUJu), notei que ambas as publicações contavam histórias de personagens indo para algum lugar. Com isso em mente, decidi tentar escrever uma história sobre esperar. Também escolhi explorar como os pais da protagonista de um trabalho meu anterior, "Pessoas a caminho do futuro" (presente na coletânea de contos *Histórias que vão longe*, publicada pela Happy Reading Books), haviam se juntado — ideia que queria escrever fazia algum tempo.

Como a história tinha que ser escrita para ser lida em voz alta, pedi algumas sugestões para música de fundo. A música escolhida pelo meu cliente foi "Just Pure Love", do cantor Yoo Young-suk (quando ele era integrante do W.H.I.T.E). Talvez você curta ouvi-la enquanto lê a história. Outras músicas que ouvi enquanto escrevia foram "Love Is the Flower of Life", interpretada por Im Tae-kyung, e originalmente por Patti Kim, e "Lie, Lie, Lie", de Lee Juck.

Escrevi "Estou esperando por você" tendo em mente que a história seria conhecida por apenas duas pessoas, sem nenhuma ambição de publicar. Foi uma abordagem despreocupada, mas que me trouxe um tipo único de pressão. Afinal, embora eu só precisasse satisfazer dois leitores, eles tinham que ficar totalmente satisfeitos.

Embora eu nunca tivesse escrito um romance, acreditava que, se o fizesse adequadamente, algo dentro de mim mudaria no processo. Pensei que, se eu não sentisse vontade de amar alguém depois de escrever essa história, então não a teria escrito direito. Quando a terminei, descobri que realmente me sentia assim. Escrever para uma pessoa, ou até duas, tornou o processo muito mais tranquilo. Isso me fez pensar o quanto escrever para alguém que você ama, ou viver pensando em apenas uma pessoa, pode transformar sua vida. Essa percepção me mostrou como eu havia mudado e, naquele momento, eu soube que tinha escrito bem a história.

O pedido de casamento foi um sucesso, e o casal vive feliz junto. Quando, ocasionalmente, tenho vislumbres da vida deles nas redes sociais, ou ouço as conversas que têm um com o outro, parece que estou vendo uma continuação da minha história, o que me enche de alegria e felicidade.

Tive uma reunião editorial perfeita com meus dois únicos leitores e recebi muito mais gratidão do que eu esperava pelo esforço investido na escrita. Escrever é realmente uma coisa maravilhosa. Simplesmente coloco palavras em uma página, mas elas também me permitem participar de momentos importantes na vida das pessoas.

Kim Bo-Young
Abril de 2015

PALAVRAS DO LEITOR

Vínhamos planejando nosso casamento fazia muito tempo, até recebemos a bênção das duas famílias, mas eu ainda não havia conseguido me decidir sobre como fazer o pedido. Sim, eu sei que o correto antes de buscar a aprovação dos pais é ter o consentimento da pessoa com quem você deseja se casar. No entanto, as coisas se embaralharam por um motivo ou outro.

Quando perguntei às pessoas ao meu redor sobre o assunto, a maioria me deu conselhos semelhantes: para resolver de forma simples, basta ir a um bom restaurante, desfrutar de uma boa refeição e entregar o anel de noivado com algumas palavras eloquentes. Mas quanto mais eu pensava sobre isso, mais parecia que essa abordagem não funcionaria para mim. Minha eloquência é algo em que dificilmente se pode confiar, e me pareceu que eu acabaria adotando uma versão não muito diferente do tradicional anel no bolso e depois o "Quer casar comigo?" durante um jantar caro.

Então me disseram que, se eu não tenho eloquência, o melhor seria confiar em um serviço de planejamento de pedidos de casamento. Por exemplo, eu poderia alugar uma casa de campo fora da cidade, sair com minha namorada por algumas horas e, quando voltássemos, o lugar estaria decorado com dezenas de balões, velas e um bolo, como uma festa-surpresa. Ou eu poderia usar um pedido de casamento de rádio, pré-gravado por um locutor profissional, ou contratar uma banda para tocar ao vivo durante um cruzeiro pelo rio Han, ou ainda surpreendê-la com rosas e balões no porta-malas do carro dela — um pouco clichê e cafona, mas surpreendentemente eficaz, segundo me disseram. Ainda assim, nenhuma dessas ideias me pareceu adequada. Simplesmente gastar dinheiro sem fazer um esforço especial não parecia a maneira certa de expressar meus sentimentos.

Depois de meses matutando, tive uma ideia: poderíamos fazer algo juntos, que seria o símbolo dos nossos votos. Mas como isso exigia a colaboração dela, tive que explicar a ideia de antemão e minha tentativa de convencê-la falhou. Fiquei desesperado.

Passei mais um mês pensando. Depois de ter minha melhor ideia rejeitada, parecia impossível inventar algo melhor. Revisitei então uma ideia que inicialmente eu havia descartado por parecer muito além da minha capacidade: gravar a minha leitura de uma história sobre um pedido de casamento e depois tocar a gravação para ela. Minha voz não é particularmente cativante e nunca tive nenhum treinamento em locução, então duvidei que eu conseguiria fazer isso. Porém, de todas as ideias de pedidos que eu tinha considerado, essa era a única que me parecia viável. Achei que, se eu contasse essa ideia para alguém, a reação seria algo como: "Hein? Mas isso parece horrível". Então dessa vez preferi não pedir o conselho de ninguém.

A primeira história que me veio à mente foi "O pedido", de Bae Myung-hoon. Ela foi publicada originalmente como um conto na revista on-line *Mirror Zine* e depois publicada em formato impresso, como uma novela. Era longa demais para eu gravar, e gravar toda a história seria trabalhoso. Decidi continuar procurando.

Em seguida, pensei em "Gostaria mesmo de me casar com você", de Kwak Jaesik. Mas esse conto era ainda mais longo que "O pedido". Por que será que todas as histórias sobre pedidos de casamento têm que ser tão longas?

Para não me desencorajar, fiz uma gravação rápida de um segmento curto e estimei que levaria pelo menos cinco ou seis horas para gravar a coisa toda. Claro, eu poderia tecnicamente conseguir gravar na íntegra "O pedido" ou "Gostaria mesmo de me casar com você", mas propor uma narração de cinco ou seis horas como um pedido de casamento... Isso estava mais para uma maratona de *pansori*. E por mais que quem ouvisse começasse até querendo se casar, provavelmente desistiria da ideia no meio do caminho, por exaustão.

E agora, o que eu faria?

Se a história certa não existia, eu precisaria encontrar uma nova. Minha namorada tinha dois autores favoritos e, por sorte, eu conhecia um deles. Essa escritora mora na província de Gangwon, cultivando vegetais e escrevendo, e eu a conhecia o suficiente para visitá-la algumas vezes durante o verão.

Hesitei em enviar um pedido assim, temendo que ela se ofendesse com uma encomenda tão pessoal, não feita por um editor. Mas com meu tempo se esgotando, e uma tarefa tão importante nas mãos, decidi arriscar e enviei um e-mail para ela:

> Olá, tudo bem? Estou planejando me casar em breve, mas sendo bem sincero, ainda não consegui fazer o pedido. Quero me gravar lendo uma história sobre um pedido de casamento, mas não consigo encontrar nada adequado. Como minha namorada é uma grande fã do seu trabalho, me pergunto se você não poderia escrever uma história para nós. Isso seria possível?

Para meu imenso alívio, ela aceitou a encomenda. Depois de me fazer algumas perguntas, mencionou que tinha uma história em mente e prometeu trabalhar nela. Alguns dias depois, durante o verão, fui visitá-la com alguns amigos, ocasião em que aproveitei para discutir o projeto discretamente com ela, sem chamar a atenção dos amigos com quem tinha viajado, pois eles não sabiam dos meus planos.

Meses depois, o manuscrito chegou.

Quando comecei a ler, fui tomado por uma enorme gratidão e, sem perceber, fiquei completamente absorto na história. Era um grande conto de ficção científica, o romance ardente de um homem que deseja se casar com o amor da sua vida lutando contra todas as probabilidades.

Limpei a garganta, preparei a voz e comecei a gravar a história. Enquanto narrava em voz alta, me vi envolvido pelas emoções da história — rindo alegremente, tremendo de pavor, chorando de soluçar e me resignando ao destino que os aguardava. Li a história dezenas de vezes enquanto a revisava, editava e gravava e, a cada vez, ficava profundamente comovido. Era inevitável. Afinal, a história tinha sido escrita só para nós.

Um dia, perto da meia-noite, combinei de levar minha namorada para casa depois do trabalho, estacionei próximo ao rio Han e pus para tocar o arquivo de MP3 salvo no meu smartphone. Envergonhado pelo som da minha voz, enterrei o rosto nas mãos e, depois de um tempo, cochilei. Minha namorada nem percebeu que eu havia cochilado e seguiu ouvindo a história. Quando acordei com a música que tocava no final da gravação, vi lágrimas nos olhos dela.

O pedido de casamento foi um sucesso.

Como eu estava preocupado que minha narração ruim pudesse não transmitir a beleza da história, formatei o texto com cuidado e o imprimi. Também recortei as páginas, costurei a lombada, encadernei e fiz um pequeno livro artesanal da história como lembrança. Minha namorada amou o livro tanto quanto amou minha gravação, e eu fiquei muito feliz.

Fiz duas cópias do livro: uma para nós guardarmos para sempre e outra para enviar à maravilhosa autora, que foi tão gentil em escrever nossa história.

Não consigo expressar minha gratidão o suficiente. Graças a Kim Bo-Young, agora temos uma lembrança única e inesquecível de nosso pedido de casamento, completamente diferente das de outros casais. Saber que nossa escritora favorita abençoou nosso casamento dessa forma, com uma história sua, parece um privilégio raro.

Viveremos uma vida linda. Estou muito feliz. Obrigado.

PALAVRAS DA LEITORA

Uma vez, quando me perguntaram se eu achava realmente necessário um pedido de casamento, respondi algo como: "Depende, mas se uma das partes quiser, você deve fazer". Para algumas pessoas, pode não ser tão importante, mas, para outras, pode ser um momento único na vida que elas realmente desejam vivenciar. Imagino que, para alguém que sente que deveria receber um pedido de casamento, caso isso não aconteça, pode acabar se tornando algo que esse alguém carregará contra o parceiro pelo resto da vida. Acho que vale o esforço, não? Nem que seja apenas para garantir um futuro pacífico para o casal. Naquela época, como eu nunca tinha pensado seriamente em me casar, considerava pedidos de casamento algo completamente irrelevante para mim.

Mas então, quando chegou a hora de decidir se eu queria receber um pedido de casamento, pensei: "Por que rejeitar um pedido se não tenho nada contra? Se eu puder ser pedida, vou aceitar!". Sem um segundo de hesitação, disse ao meu namorado, que perguntou se eu queria ser pedida em casamento de forma adequada, para ir em frente. Ele pareceu momentaneamente surpreso, mas depois se animou e começou a compartilhar comigo seus planos para o pedido. Eram tão absurdos que eu imediatamente respondi: "Não se preocupe. Não precisa fazer isso". Depois, esqueci completamente do assunto.

Num dia agitado, em meio a todo o caos dos preparativos do casamento, meu namorado, depois de sair do trabalho, estava me levando para casa e pôs para tocar uma gravação que ele havia feito. Sim, isso mesmo: era a história de "Estou esperando por você" — a mesma deste livro. No fim, recebi um pedido de casamento que não esquecerei pelo resto da minha vida. Meu namorado estava tão envergonhado que fechou os olhos e dormiu tão profundamente que até roncou. Mesmo assim fiquei comovida. E me senti muito, muito grata.

Aproveitando esta oportunidade, quero agradecer sinceramente à Kim Bo-Young por ter elaborado uma peça escrita tão maravilhosa para um plano tão bobo. Também quero dizer ao meu agora marido o quanto aprecio seus esforços. O que começou como algo tão íntimo entre duas pessoas se transformou em algo bom demais para que o mantivéssemos apenas entre nós, e estou realmente emocionada que agora essa história esteja publicada em um livro. Obrigada por ler.

Amar uma pessoa é amar o universo,
e uma ação para uma pessoa é uma ação para o universo.
Um presente para uma pessoa não seria um
presente para o universo?

Espero então que esta história se torne um
presente maravilhoso para você também.

Kim Bo-Young

2
ESTOU INDO ATÉ VOCÊ

PRIMEIRA CARTA

Primeiro dia de viagem, um dia na Terra

Como você tem passado?

Estou a caminho agora.

Escrevi isso e depois coloquei o lápis de lado por um momento. Olhei pela janela. O embarque ainda não terminou, então estou esperando.

Posso ver uma fila longa de pessoas lá fora, todas carregando sacolas nas costas ou acima da cabeça. Há crianças brincando e se divertindo, e outras, exaustas, agarradas à mão da mãe, fazendo birra e lutando contra o sono. Vejo um casal de velhinhos se apoiando um no outro até a entrada, de mãos dadas, e pessoas da minha idade lanchando e conversando entusiasmadas sobre isso e aquilo. Em outro canto, há uma multidão de pessoas se abraçando apertado e se despedindo demoradamente.

Não trouxe muita coisa comigo, porque não quis correr o risco de ser pega fugindo. Só consegui trazer um leitor digital. É bem barato, com a tela do tamanho de um relógio de pulso, pequeno demais para ler, mas suficiente para ouvir audiolivros. Ainda assim, baixei uns cem títulos clássicos, então não vou me entediar muito nos próximos dois meses.

Acho que você vai ficar bem surpreso de receber uma carta escrita à mão, né? Se bem que, quando você a receber, é capaz de ela ter sido convertida em mensagem de voz.

Também fiquei surpresa quando me deram papel e lápis. Perguntei a um membro da tripulação:

— Para que isso?

Ele me respondeu:

— É possível escrever com lápis mesmo quando não há gravidade.

Em seguida fez um gesto como se estivesse segurando o lápis com a ponta para baixo e acrescentou:

— Sabe, se você tentar escrever com uma caneta esferográfica voltada para baixo, ela não vai funcionar, mas um lápis, sim.

Então eu disse que não, que a questão não era essa, e perguntei por que usar papel. Ao que ele respondeu:

— Bem, a tecnologia está sempre mudando.

Como eu ainda não tinha entendido, ele explicou que, por mais simples que seja um dispositivo, sempre há pessoas que não sabem usá-lo. Idosos, crianças, gente de outros sistemas estelares e, de vez em quando, pessoas pobres. Mas que qualquer um poderia escrever uma carta.

Então, quando eu escrever neste papel eles vão capturar uma imagem e a transmitir, e onde quer que ela seja recebida eles a converterão no formato mais apropriado.

Mais cedo, eu estava vagando pela nave, bisbilhotando em diversos lugares, e acabei sendo flagrada. Fui repreendida por um membro da tripulação, e foi tão constrangedor que voltei e fiquei enfurnada no meu quarto até agora. Você sabe como eu sou. Preciso inspecionar todo o ambiente assim que chego a um lugar desconhecido. Não consigo me sentir à vontade até encontrar um local para me esconder ou uma rota de fuga. Acho que viver com a minha família me deixou assim.

Fico surpresa toda vez que a IA de navegação faz um anúncio. Ela usa as frases que eu pensei, do jeitinho que eu escrevi. É loucura pensar que ainda estejam usando esse roteiro, é de um trabalho que fiz há tanto tempo, que nem lembro quando.

Neste momento, por já estarmos ficando entediadas, minhas colegas de quarto e eu estamos no meio de um jogo de "cozinhar ou limpar"... Você conhece? Eu brincava o tempo todo quando era pequena.

É mais um jogo de meninas, então talvez você nunca tenha ouvido falar. Sempre que roteiristas de diálogos para IA se reúnem, eles jogam esse jogo como se a vida deles dependesse da vitória.

Caso você nunca tenha jogado, vou explicar como é: duas pessoas dão um comando a uma IA ao mesmo tempo. Uma ordena que ela faça a limpeza e a outra ordena que ela prepare uma refeição. O vencedor é aquele cujo comando a IA priorize. As mais antigas sempre executavam os comandos na ordem em que eram dados, mas hoje em dia elas tomam decisões de maneira bem mais complexa. Por exemplo, o comando "Faça a limpeza até as sete e meia da noite" tem prioridade sobre comandos mais simples como "Prepare a comida". Delimitar um tempo dá à máquina um senso de urgência. Na verdade, há quem diga que o conhecimento necessário para vencer o jogo é semelhante àquele necessário para delegar tarefas domésticas a um marido. Há até um boato de que o jogo foi inventado para que as meninas pudessem treinar estratégias mais eficazes de fazer seus futuros maridos realizarem tarefas em casa.

É difícil acreditar que estou em um lugar tão distante que preciso voar por quatro anos, quatro meses e doze dias à velocidade da luz para chegar até você. Isso significa que eu tenho que viajar 9,5 trilhões de quilômetros quatro vezes e, depois, mais um terço dessa distância para nos encontrarmos.

Claro que o tempo fica parado quando a nave atinge a velocidade da luz, então todo esse tempo vai parecer apenas dois meses para mim: o mês que leva para acelerar até a velocidade da luz e o mês que leva para desacelerar.

Lembro de quando eu disse a você que precisava ir a Alpha Centauri.

Eu disse que só iria acompanhar minha família quando eles emigrassem e que voltaria assim que pisasse lá. Expliquei a você que, como qualquer pessoa que viaja para outro sistema estelar, eu receberia um visto de residência interplanetária, o que tornaria mais fácil eu encontrar um trabalho decente quando voltasse. E que, além disso, havia diversas vantagens em relação a impostos e coisas do tipo. Só era preciso aguentar firme por quatro meses.

— Isso do seu ponto de vista. — Foi o que você disse, me olhando enquanto calculava o tempo nos dedos. — Eu vou ter que esperar nove anos no total, que são oito anos e oito meses a mais do que os seus quatro meses.

— Sim, é verdade.

Depois de responder, fechei os olhos, aguardando o que você iria dizer. Esperava algo como: "Você realmente deu uma volta e tanto para dizer que quer terminar comigo. Sendo assim, é melhor dizer tchau. Vou achar uma nova namorada".

Mas, em vez de dizer isso, no dia seguinte você apareceu com uma pilha de folhetos sobre casamento interestelar. Disse que, se economizássemos dinheiro por uns quatro anos, poderíamos comprar uma passagem para o que chamam de Órbita de Espera. Explicou que se tratava de uma nave que orbitava ao redor do Sol na velocidade da luz, para que os passageiros pudessem sincronizar o tempo com o das pessoas que chegavam de outros sistemas.

— Então eu só teria que esperar um pouco mais de quatro anos e meio.

Assim que você disse essas palavras, eu o abracei e comecei a chorar.

Você me disse que seria incrível. Que, de uma forma ou de outra, o bem-estar social estava melhorando ano após ano e que novas tecnologias continuariam surgindo. Que ir alguns anos para o futuro era uma aposta mais certeira do que fazer um seguro.

Parecia que você entendia que eu precisava desesperadamente deixar minha família em outro lado do universo.

Dividir o mesmo sistema solar com eles? Impossível. Hoje em dia, as pessoas podem se encontrar em tempo real pela internet até do outro lado de um mesmo planeta. Para eu de fato, em definitivo, me afastar deles, não havia escolha senão deixá-los em um tempo e espaço completamente diferentes. Por mais que depois eles viessem atrás de mim na velocidade da luz, levaria anos. Com essa distância entre nós, os momentos em que meu pai ficasse furioso e gritasse "Diga onde você está agora!" seriam de pura frustração para ele, pois eu responderia um "Ah, bem... não sei ao certo", mensagem que levaria oito anos, oito meses e vinte e quatro dias para chegar a ele.

Lembro com frequência daquela época, não muito tempo depois que começamos a sair juntos. Eu continuava cancelando com você no último instante e desaparecia por dias. Achei que você perderia o interesse e me deixaria, como todos os outros. Até que um dia você me enviou uma mensagem de texto pedindo que eu fosse me encontrar com você, não importava como eu estivesse. Você disse que esperaria.

Dias depois, quando finalmente fui ao café, lá estava você, sentado próximo à porta, com uma aparência bem desleixada. Para ser sincera, parecia que você havia passado as últimas noites dormindo na rua. Minha aparência não estava muito melhor. Fazia um calor escaldante e eu fui de chapéu, casaco e um tapa-olho, e ainda com um cachecol enrolado em metade do meu rosto. Consegui cobrir os hematomas no corpo com as roupas, mas minhas bochechas inchadas e os olhos vermelhos não deu para esconder. Estava me sentindo muito humilhada naquele dia e odiei você por ter insistido em querer me ver e me ressenti por você ser tão paciente. Acabei não tendo escolha a não ser sair, apesar do meu estado humilhante.

Mas você não me perguntou nada. Em vez disso, ficou falando sem parar sobre maneiras de reduzir o inchaço e sobre remédios caseiros para hematomas, e depois adormeceu ali mesmo, no sofá do café.

— Família não é nada demais, sabe.

Foi o que você disse quando nos encontramos na outra vez.

— Quando o assunto é família, você sempre pode fazer uma nova, do zero. É por isso que o mundo tem esse sistema incrível chamado casamento. Já que a expectativa de vida continua aumentando, provavelmente viveremos até os cem. Se a partir de agora eu passar o resto desse tempo com você, serei quatro vezes mais sua família do que sua família original foi.

Nesse momento você me pressionou, dizendo:

— Então vamos nos apressar e nos casar! O quanto antes, que tal?

E agora aqui estou eu, a caminho de você.

Para me tornar quatro vezes mais família da pessoa que escolhi.

Por favor, continue me esperando.

SEGUNDA CARTA

Um mês de viagem, um ano e quatro meses na Terra

Ai, estou tão chateada...

Fiz o maior esforço para escrever uma carta bem sincera, cheia de emoções, algo que fizesse você chorar, e agora olha só para isto. É muito injusto.

Desculpe, querido. Eu sinto muito mesmo.

Vou explicar. O que aconteceu foi que quando alcançamos a velocidade da luz nos avisaram que tínhamos recebido um sinal de socorro. Uma nave próxima havia sofrido um acidente e estava à deriva. A capitã fez o anúncio com um tom de comando:

— De acordo com o regulamento interestelar, começaremos a desaceleração agora para realizarmos uma operação de resgate.

Simples assim! Uma decisão unilateral, sem sequer nos consultar ou pedir nosso consentimento. Com toda esta vastidão de universo, por que é que essa nave teve que sofrer um acidente bem perto da nossa?

Não estou dizendo que não devíamos fazer o resgate. Eu sei, eu sei. É o código de ética dos viajantes espaciais. Não é como se eles pudessem simplesmente ligar para a emergência nos confins do universo. O problema é que estávamos viajando na velocidade da luz, então, por mais que a capitã desacelerasse com urgência, levaria um mês para pararmos completamente e mais outro mês para acelerarmos de novo à velocidade da luz!

Isso são dois meses! Não, espera, no tempo da Terra... são três meses!

Sem nem perceber o que estava fazendo, agarrei um membro da tripulação que passava e reclamei:

— Você ouviu um estrondo agora há pouco? Foi o som do meu relacionamento desmoronando. Sou uma noiva a caminho do meu casamento e já escrevi para o meu noivo a melhor carta que você pode imaginar. O que você vai fazer?

O membro da tripulação, que mal tinha prestado atenção ao que eu falei, fez uma ligação para algum lugar e disse:

— Temos aqui uma passageira cujo casamento é mais importante do que a vida de trinta pessoas. Por favor, cuidem para que ela esteja devidamente acomodada.

O que aconteceu depois foi que dois homens enormes surgiram do nada, me levantaram como se eu fosse uma bagagem e me jogaram no meu quarto!

Não, sério, o que eu fiz para merecer isso? Só queria que eles reconhecessem que todos nós estamos fazendo sacrifícios!

Pouco tempo depois, outro tripulante entrou aqui com uma expressão severa no rosto. Ele disse que teríamos que compartilhar nosso quarto quando os sobreviventes resgatados embarcassem em nossa nave e pediu que todas nós assinássemos um termo de consentimento. Quando perguntei quantas pessoas viriam para o nosso quarto, ele disse que seriam oito. Oito pessoas a mais em um alojamento para quatro!

Então perguntei o que aconteceria se eu não consentisse, e ele simplesmente respondeu:

— Não há nada que possamos fazer a respeito.

Fechou a boca como uma ostra e ficou parado ali no meio do quarto. Uau, ele não estava empunhando uma faca, mas me senti como uma refém olhando para um assaltante. Sim, um assaltante.

Depois que ele saiu, minhas colegas de quarto e eu desabafamos nossa frustração por um bom tempo. Como podem fazer isso conosco? Somos passageiras comuns que pagamos nossas passagens de forma honesta. Por que deveríamos arcar com isso? Ficar irritadas nos deixou famintas, então, por mais que já fosse tarde, pedimos uma porção enorme de comidas apimentadas e nos empanturramos como se não houvesse amanhã. E agora estou aqui, com meu leitor digital ligado e comecei a ouvir *Fausto*, de Goethe. Pensei que ouvir alguma coisa antiga e atemporal ajudaria a me acalmar.

Desculpa, querido. Eu sinto muito mesmo.

Deixei você sozinho por quatro anos e meio e agora estou fazendo você esperar mais três meses. Nesse ritmo, vou acabar ficando conhecida como a mulher que se atrasou para o próprio casamento, e você nunca vai deixar de me lembrar disso.

Perdoe-me, só desta vez. Vou fazer vinte vale-desejos para você assim que eu chegar aí... Que tal? Ou uns trinta resolveriam?

A propósito, esse Fausto é um cara esquisito.

Pensar que ele ficaria feliz em perecer, que deixaria o diabo acorrentá-lo e jogá-lo na perdição eterna, só para que pudesse dizer "Fica, tu que és tão belo!" para alguém ou para algum momento fugaz, tudo por um êxtase único em sua vida. O que será que o tornou tão extremo? Será que ele estava em completo desespero? Ou será que ansiava tanto pela vida que essa ânsia superou até mesmo o medo da morte?

O mundo terá mudado muito quando eu voltar, não é?

Era assim com as coisas antes. Fossem prédios, lojas ou até mesmo ruas, nada durava mais do que alguns anos. Uma loja inaugurava em um dia e fechava no outro. Um prédio que estava de pé num mês desaparecia antes que o mês seguinte terminasse. Era como se o país estivesse dominado por uma espécie de autoaversão, destruindo a si mesmo constantemente. Sacrificando inclusive coisas antigas e preciosas, que deveriam ter sido preservadas.

Vivendo em um lugar como aquele, tivemos que desenvolver o hábito de nunca nos apegar a nada. Fomos condicionados a não sentir arrependimento ou tristeza, não importava o que perdêssemos. Tudo que resta dessas ruínas agora são nossas memórias.

Sabe, querido, não há mais nada na Terra que eu possa chamar de meu. Deixei minha casa, minha família e todos os meus pertences do outro lado do universo. Quando regressar à Terra, todas as ruas e prédios que eu conhecia provavelmente terão desaparecido.

Mesmo assim, não tenho um pingo de medo.

Finalmente compreendi que o meu lar não é um lugar no espaço. É uma pessoa. E essa pessoa é você. Você é o meu lar, e o lugar para onde anseio voltar...

Depois de eu dizer algo tão romântico para você, preciso que me perdoe pelo atraso.

Estou indo para casa neste exato momento.

Por favor, espere por mim.

TERCEIRA CARTA

Quatro meses e dez dias de viagem,
quatro anos, nove meses e dez dias na Terra

Oi, querido! Yoo-hoo~!

Recebi sua carta assim que saí da nave.

Ah, meu bem, é mesmo? Você trocou de nave para tentar sincronizar nossos horários de chegada, mas deu errado e agora você está três anos atrasado? Ai, ai, ai... Viu só, você deveria ter sido mais cuidadoso!

Ao saber disso, caí na risada e pensei: "Ele realmente está se arriscando". Procurei outra nave imediatamente, e havia uma prontinha para decolar. Que sorte a minha!

O mundo em que vivemos é mesmo maravilhoso! Basta uma viagem na velocidade da luz e, não importa o quanto nossa agenda esteja desencontrada, é possível corrigir! Sejam três anos ou cem, não há nada que possa nos separar!

Agora me sinto ótima! Estava tão angustiada por fazê-lo esperar mais três meses que até perdi peso, mas agora é você quem vai estar superatrasado, né? Quando nos encontrarmos, terei esperado o quê?... dois anos e nove meses a mais do que você? É bom que seja muito carinhoso comigo de agora em diante, noivo!

Não se preocupe, não se preocupe. Eu mesma me encarreguei de todas as complicações referentes ao nosso atraso!

Entrei em contato com o local do casamento e avisei todos os seus amigos. Eles ficaram um pouco chocados ao saber que o casamento seria adiado em três anos, mas todos disseram que estarão lá. Parece que eles se reuniram no local do casamento na data original e se divertiram bastante juntos.

Também notifiquei os inquilinos do nosso apartamento e ajustei o contrato. Seu chefe não reagiu muito bem à notícia, infelizmente. Mas a pessoa que está substituindo você ficou feliz por ter o contrato estendido.

Sua carta chegou como mensagem de voz. Carreguei-a no meu leitor digital e fico ouvindo várias e várias vezes, inclusive agora. Toda vez que chego na parte em que você implora "Espere por mim... Por favor... Prometo que serei bom pelo resto da nossa vida", eu dou tanta risada que perco o fôlego.

Sabe de uma coisa, querido?

Para ser sincera, não me importo nem um pouco que você esteja atrasado. Isso significa que graças a você terei três anos a mais longe da minha família. Ah, meu querido, como você sabia exatamente o que eu queria? Muah, muah!

Como era de esperar, tudo realmente mudou bastante. Todos os carros nas ruas agora são veículos autônomos. Ainda bem que nunca me dei ao trabalho de tirar carteira de motorista! Também há entradas acessíveis para cadeiras de rodas e robôs intérpretes da língua de sinais no porto. Estava lendo as notícias de hoje e, ao que parece, vão começar a oferecer ensino superior gratuito a partir do ano que vem.

Você estava certo. As coisas estão melhorando aos poucos. Isso quer dizer que as coisas estarão ainda melhores daqui a três anos.

A embarcação em que estou é uma nave de pesquisa que realiza explorações geológicas. Ouvi dizer que eles fornecem suprimentos para estações espaciais próximas enquanto viajam coletando amostras de solo de asteroides. Eles também adaptaram alguns compartimentos para receber passageiros. O número de viajantes espaciais parece estar crescendo a cada ano, mas, como o número de naves não acompanha esse crescimento, embarcações como esta aqui aceitam levar passageiros se aproveitando de brechas na lei. Não oferecem seguro, mas a minha passagem foi superbarata.

A maioria dos passageiros a bordo é pesquisador ou mercador ambulante. Eu sou a única passageira comum. Até me perguntaram por que embarquei nesse tipo de nave, então expliquei que estava indo me casar e todos caíram na gargalhada! O senhor que vende peixe seco me deu um pedaço de polaca-do-alasca ressecado e disse que nenhum homem esperaria tanto tempo, e que o homem que eu estava indo encontrar acabaria se ajeitando com outra pessoa.

Isso me deixou tão irritada que eu retruquei, disse que a pessoa com quem eu ia me casar não era qualquer homem. Ele é o "meu homem". Tudo isso enquanto mastigava a polaca ressecada que ele me deu. Depois fiquei tão envergonhada por ter feito uma cena dessa que bati a cabeça algumas vezes contra a parede.

Você não é qualquer homem. Você é o meu homem. E eu não sou qualquer mulher. Eu sou a sua mulher. É por isso que nos diferenciamos de todo mundo.

Por que será que as pessoas sentem necessidade de dizer esse tipo de coisa? Gente que nunca nos viu, que não tem o menor interesse real por nós, sai por aí dando conselhos superficiais, como se tivesse recebido algum tipo de profecia divina sobre a nossa vida ou um diploma que as qualificasse para se intrometer na vida alheia. Por mais distinta ou inteligente que alguém seja, a única vida que ela realmente conhece é a dela. E só.

Meu pai detestava qualquer homem que se aproximasse de mim. Fez um escândalo quando eu disse que iria me casar com você. Jogou tudo que era meu na rua, gritando que eu voltaria rastejando, implorando por perdão, depois de experimentar todas as amarguras da vida e me acabar lutando contra todas as dificuldades. Agora, olhando para trás, me pergunto que direito ele tinha de acreditar em uma fantasia tão específica. É até irônico, pois, na verdade, foi ele quem fez minha mãe passar por maus bocados.

Agora que cheguei até aqui, acho que entendi. O que ele odiava com tanta convicção não eram os outros homens da minha vida, era a si mesmo.

Não há ninguém que conheça você tão profundamente quanto você mesmo, por isso não há ninguém que possa odiar você mais do que você mesmo. Assim como não há ninguém que possa amar você mais do que você pode se amar.

Deve ser por isso que ele se ressentia tanto comigo. Porque eu vim dele e por me parecer com ele.

Você nunca falou sobre o seu passado. Se já desejou que seus pais tivessem feito algo por você quando era mais novo ou se especulou sobre como sua vida poderia ter sido melhor se em algum momento tivesse feito isso ou aquilo de forma diferente. Você só falava sobre o que estava acontecendo no presente ou sobre o futuro.

— Não existe passado. É tudo uma ilusão.

Você dizia isso às vezes. E quando eu perguntava como era possível, você coçava a cabeça como se fosse algo muito complicado de explicar.

— Pense bem. Tudo o que achamos ser o passado é, na verdade, o presente. Tudo está no presente.

Acho que finalmente entendo o que você quis dizer.

Como o passado já fluiu no rio do tempo e o futuro ainda não chegou, tudo o que existe é o presente, este momento fugaz, que aparece e desaparece com a mesma rapidez. As velhas feridas que machucam o coração são, na verdade, substâncias químicas que o cérebro libera no presente ao reviver lembranças — elas não vêm do passado.

Você estava certo. Não existe passado. O passado existe apenas nas minhas memórias, e as memórias são recordadas por escolha minha no agora. O futuro ainda não existe, é também algo que eu apenas imagino no presente momento.

Certo, então não vou mais pensar nessas pessoas. Vou focar apenas em coisas boas, moldando o meu presente com aquilo que é bom e bonito.

Continuo imaginando o momento em que direi "Estou de volta!", correndo em direção a você no porto, direto para os seus braços. Só de imaginar isso sinto o meu presente se iluminando todo.

Ah, você disse que comprou um anel de brinquedo que toca músicas de amor? Que maravilha. Você devia colocá-lo no meu dedo no dia do casamento. Todos os nossos convidados vão cair na gargalhada — será hilário.

Meu lar, o lugar para onde anseio voltar.

Estou indo para casa agora.

Durma bem. Eu te amo.

QUARTA CARTA

Cinco meses e vinte e seis dias de viagem,
sete anos, oito meses e vinte e quatro dias na Terra

Ai, ai. E agora?

Querido, o que eu devo fazer?

Peguei o lápis de novo depois de chorar por um bom tempo.

Enviei uma carta para você recentemente, mas agora estou escrevendo outra. A tripulação está sobrecarregada demais e provavelmente a primeira carta nem foi enviada.

Há muitas pessoas ao meu redor, e os membros da tripulação ficam entrando e saindo, o que me impede de chorar o quanto preciso. Algumas pessoas estão inconscientes, outras continuam sangrando, e os tripulantes não param de abrir a porta para fazer perguntas inúteis e depois sair. Quando reclamei disso, disseram que eles também estão meio fora de si. Se até eles estão desorientados, que esperança os passageiros devem ter?

Estou olhando pela janela e um lado inteiro da nave está despedaçado. Ao que parece, um asteroide pontudo passou por nós rasgando o casco. No momento, apenas alguns compartimentos da nave estão seguros. Até mesmo para ir ao banheiro é necessário vestir um traje espacial, mas leva trinta minutos para vestir um, fora que é preciso esperar a sua vez. Para isso você tem que levantar a mão meia hora antes de sentir vontade de ir ao banheiro e, para levantar a mão, você deve pegar uma senha com cerca de uma hora de antecedência. Ridículo, né?

Há poucos dias, o capitão entrou e começou a desabafar por um bom tempo sobre como sua vida está arruinada; depois foi embora. Agora sei quantos imóveis ele possui, quantos filhos ele tem e quanto dinheiro conseguiu economizar. Engraçado, né?

As únicas naves que passam por aqui são transportadoras de carga ou outras naves de pesquisa. Mesmo assim, tivemos que fazer um sorteio para decidir quem vai e quando. Meu número saiu com duas opções: eu poderia esperar aqui por mais dois meses e depois embarcar em uma nave de velocidade da luz de volta para Alpha Centauri ou pegar uma transportadora de carga para a Terra, que chegará aqui em um mês.

Só que a nave para a Terra não é uma nave de velocidade da luz, então levará onze anos para chegar lá.

Onze anos...

Onze longos anos.

Se eu embarcar nessa nave, tudo indica que não haverá lugar para comer, dormir ou ir ao banheiro, então terei que entrar em uma cápsula-abrigo que eles têm a bordo para sobreviventes de desastres e dormir até chegarmos.

Alguém está chorando de novo, bem na minha frente. E ouço uma pessoa gritando em algum outro lugar. A senhora deitada ao meu lado continua puxando todo o cobertor para ela, dizendo que está com frio. É a mesma que me disse para eu parar de ter pensamentos inúteis e voltar para Alpha Centauri. Disse também que muitas pessoas viraram carne congelada depois de algum problema no modo de hibernação. E que você já terá partido, que você já terá ido embora há muito tempo...

Onze anos.

Não, dezoito anos e oito meses...

Não tenho coragem de pedir para você embarcar em outra nave.

A essa altura, você já não deve ter mais dinheiro para pagar a passagem. Mesmo que você faça um empréstimo, como um casal recém-casado, sem casa e sem um lugar para ir, conseguiria se virar tendo que pagar juros desde o começo? E quem contrataria alguém com uma lacuna de dezoito anos no currículo? A tecnologia e tudo mais terão mudado completamente. Caso a gente conseguisse se casar, toda vez que você ficasse bêbado iria lamentar e me culpar por ter arruinado sua vida para poder se casar comigo. Como eu conseguiria suportar isso?

Eu realmente queria me casar com você.

Eu realmente queria que fôssemos quatro vezes mais família. Mas acho que agora tudo ficou muito difícil.

Ainda assim, decidi ir para a Terra.

Que outra escolha eu tenho? Você é meu único lar.

Não consigo criar coragem para pedir que você espere por mim.

Só, por favor, vá ao porto.

Vá me encontrar quando eu chegar, daqui a onze anos. Tudo bem se você for com sua esposa e filhos. Tudo bem. Eu vou entender, de verdade. Vou apertar a mão dela com meu coração firme e nós poderemos conversar o dia todo, como mulheres parecidas, que acabaram se apaixonando pelo mesmo homem.

Só quero ver você de novo.

Sinto que isso fará com que tudo fique bem. Só de saber que está ali, sob o mesmo céu que eu. Então, por mais que estejamos separados, ainda estaremos vivendo juntos. Nossa casa só será um pouco maior do que imaginei.

QUINTA CARTA

Seis meses e vinte e seis dias de viagem,
sete anos, nove meses e vinte e quatro dias na Terra

Desculpa ter demorado tanto para escrever uma nova carta.

Era simplesmente impossível escrever naquela nave. Pode não parecer muito, mas até mesmo as pequenas coisas eram um grande desafio por lá. Quando se vive cercada de pessoas dia após dia, tudo que você nem imagina que pode acontecer acaba acontecendo. Se alguém fizesse alguma coisa um pouco fora do comum, todos ao redor surtavam.

Agora estou sozinha.

Ufa!

Não sei como sobrevivi naquela nave velha e destroçada um mês inteiro... Não, chega, basta de falar disso. Afinal, o passado existe apenas nas minhas memórias.

Parece um congelador aqui dentro. Minhas mãos ficam tão dormentes de frio que mal consigo escrever. A temperatura é controlada, para garantir que a carga se mantenha fresca. Perguntei à HUN se ela não poderia ligar o aquecimento, mas ela disse que não há sistema de aquecimento. Também não há iluminação de verdade, então estou escrevendo à luz da tela do meu pequeno leitor digital.

Ah, é! HUN é a capitã desta nave transportadora de carga. Ela não é humana, é uma IA. Ela é realmente inteligente. Não importa o que eu pergunte, ela não se irrita e é muito boa em explicar as coisas de maneira calma e detalhada.

HUN me disse que preciso esvaziar o estômago antes de entrar na cápsula-abrigo para hibernar, então estou em jejum desde que cheguei aqui. Estou morrendo de fome. Em breve, todos os meus fluidos corporais serão removidos e substituídos por anticongelante. HUN disse para eu pensar nisso como uma espécie de diálise. Ela também me informou que posso morrer se meu corpo tiver uma reação alérgica ao anticongelante. Mas me tranquilizou ao dizer que, ainda que isso aconteça, meu corpo será bem preservado e entregue intacto à minha família, então não preciso me preocupar. Que coisa para dizer...

Perguntei se eu podia enviar uma carta. De acordo com a HUN, você conseguirá recebê-la se ainda estiver na nave em que estava antes. Mas se você foi para outra nave, ela não sabe o endereço e, portanto, não teria como entrar em contato com você. Suponho que seja isso mesmo.

Como não há nada para eu fazer aqui até que os preparativos para a hibernação estejam concluídos, tenho jogado "cozinhar ou limpar" com a HUN. Eu disse a ela que, comparado ao comando "Faça a limpeza até as sete e meia da noite", o comando "Estou quase morrendo de fome; cozinhe algo para mim" deveria ser priorizado. Isso porque a sobrevivência de uma pessoa é mais importante do que qualquer outra coisa. Mas HUN disse que o segundo comando era muito vago. Que os humanos têm o hábito de usar frases como "Estou quase morrendo", quando, na verdade, não estão, portanto eu teria que apresentar evidências mais concretas. Ela sugeriu que eu dissesse algo como: "Sou uma pessoa com uma condição alimentar peculiar e, se eu não comer em horas específicas, pode ser bem perigoso". Claro, não haveria como confirmar se eu realmente estou doente, mas a IA priorizaria o comando de qualquer forma, pois ela não pode correr o risco de perder tempo tentando verificar minha alegação.

Quando nos encontrarmos, vou falar o dia todo. Vou contar tudo o que passei no último mês. Vamos ver quem teve mais dificuldades!

Sinceramente, espero que seja eu a ganhar essa competição.

Espero que você não tenha passado por nenhuma dificuldade. Que tenha vivido de barriga cheia e com as costas quentinhas todo esse tempo em que estive fora. Que não tenha arruinado sua vida se preocupando comigo.

Estou falando sério. Se você não tiver vivido bem, provavelmente eu é que vou acabar arruinando a minha vida, me sentindo culpada por isso.

Então, enquanto eu não voltar, espero que você coma coisas deliciosas e faça muitas viagens. Aproveite muitas coisas interessantes também. Porém, aqui e ali, quando algo bom acontecer, pense em mim. Se fizer isso, estarei lá com você.

E quando vier ao porto, me diga que viveu assim por onze anos. Prometa.

Acho que só dessa forma poderei dormir tranquila.

Adeus, meu amor.

Obrigada por ter me amado.

Fui feliz graças a você...

SEXTA CARTA

Seis meses e vinte e seis dias de viagem
(sem contar as horas em hibernação),
dezenove anos, dois meses e quatro dias na Terra

Assim que acordei, senti que alguma coisa estava errada.

A princípio, pensei que a nave tivesse feito um pouso de emergência ou que tivesse chegado a algum lugar errado. Não pensei que fosse a Terra. Ou, pelo menos, pensei que não poderia ser a Coreia.

O cheiro era diferente. O ar estava abafado, então os aromas do solo e da grama penetraram meu nariz. No silêncio em volta, o único som era dos anúncios automatizados da HUN: "Por favor, descarreguem a nave"; "Torre de controle, por favor, responda"; "Tem alguém aí?".

O anticongelante que havia sido bombeado para dentro do meu corpo estava começando a ser substituído por sangue, então me senti como se fosse morrer congelada a qualquer momento. Era como se eu tivesse ficado cem anos submersa no mar gélido do inverno e me transformado em um bolinho congelado. Eu me sentia tonta, minha mente estava turva e eu não tinha força nenhuma. Cada vez que eu respirava, parecia sentir o fedor de óleo rançoso saindo dos meus pulmões. Tremendo como uma velhinha, de alguma forma consegui me arrastar até o banho quente que a HUN havia preparado ali perto e mergulhei na água. Só depois que meu corpo descongelou um pouco que eu me recompus e consegui observar de forma apropriada o ambiente ao redor.

A escotilha estava aberta, mas ninguém entrou por ela, apenas a chuva batia implacável, carregada pelo vento. Cargas chacoalhavam na correia transportadora e caíam dela como respingos opacos em um espesso mingau de arroz: Ploc. Ploc.

HUN finalmente parou seus anúncios quando a chamei. Ela explicou que tivemos um pequeno atraso porque foi necessário inspecionar e consertar um problema no casco da nave. Quando perguntei quanto tempo nos atrasaríamos, ela respondeu:

— Não muito. Cerca de um ano, quatro meses e quatro dias além do programado.

Um ano.

A voz mecânica da HUN soou realmente mecânica naquele momento.

Estava escuro como breu lá fora. O vento e a chuva forte rugiam, como se lamentassem angustiados. Ao meu redor, em todas as direções, havia lamaçais cobertos de plantas aquáticas que dominavam toda a área como um exército de ocupação. Não havia como saber onde começava o mar e terminava a terra.

Quebrei uma das caixas de carga e arranquei uma tábua de madeira. Joguei-a na lama e me agarrei a ela enquanto me debatia e nadava com dificuldade até a margem. Quando olhei para trás, notei que a nave parecia estar afundando na lama, como se estivéssemos em um pântano. Como se um monstro silencioso estivesse pronto para devorá-la.

A lama e a água se estendiam para dentro do porto. Para onde eu olhasse, não se via vestígio algum de naves, muito menos de pessoas. Pensei mais uma vez que parecíamos ter feito um pouso de emergência em um lugar errado. Outro planeta.

Quando cheguei ao saguão, embora ele estivesse tão tomado por plantas que mais parecia uma colina baixa, cortei o manto de heras rasteiras com um canivete e adentrei, só para me deparar com o próprio caos. Havia tantos buracos de bala nas paredes que elas mais pareciam favos de mel, fora que vi manchas escuras de sangue seco no chão. O painel eletrônico estava desligado e alguém havia escrito uma mensagem sobre ele com tinta fosforescente.

BEM-VINDOS, VIAJANTES INTERESTELARES.
INFELIZMENTE, A SITUAÇÃO NA COREIA ESTÁ MUITO RUIM.
UMA USINA NUCLEAR NO SUL EXPLODIU E
UMA GUERRA CIVIL ESTÁ EM CURSO.
A SITUAÇÃO EM OUTROS PAÍSES NÃO
ESTÁ MELHOR DO QUE AQUI.
POR FAVOR, PROSSIGAM PARA OUTRA LINHA TEMPORAL.

Prossigam para outra linha temporal...

Fiquei ali parada por um tempo, encarando o aviso e sustentando meu corpo trêmulo. Ao lado, havia alertas em spray advertindo aos viajantes que tivessem cautela com algumas coisas. Alguém havia riscado a palavra "radioatividade" e borrifado em cima "comando da lei marcial", que foi sobreposto por "bandidos" e, enfim, por "milícias civis". Acho que as pessoas continuavam discordando sobre qual era a maior ameaça.

Saí do saguão pretendendo dizer à HUN que havíamos pousado no lugar errado, que deveríamos voltar para casa. A questão é que, e só fui me dar conta disto muito tempo depois, tudo no painel eletrônico estava escrito em coreano.

Enquanto eu cambaleava pelo lamaçal, sob uma chuva que caía tão forte que mais parecia granizo, avistei algo peculiar à distância.

Parecia um barraco antigo.

Na verdade, era uma tenda, agora em frangalhos por causa do vento e da chuva. Quando me aproximei, vi que o solo atrás dela estava batido, formando uma cratera larga e rasa.

Parecia que alguma coisa do tamanho de uma pequena nave espacial tinha ficado ali por um longo tempo, pois só aquele pedaço de terra estava intocado pela chuva e pelo vento, e não estava coberto por plantas. Perto dali, recipientes como um cantil de água e uma tigela de metal iam sendo arrastados pelo vento. Havia algo parecido com ração de cachorro grudado na tigela. Era como se alguém tivesse estado ali pouco tempo atrás e partido às pressas.

Enquanto eu observava a cena, a tenda foi levada pelo vento e a água da chuva inundou rapidamente a pequena cratera.

Quando tudo desapareceu, não consegui saber se eu estava alucinando ou se aquilo realmente tinha estado ali.

Comecei a cavar freneticamente na lama, como se você pudesse estar escondido em algum buraco no chão. Depois comecei a chamar por você a plenos pulmões, mas tudo que recebi como resposta foi o uivo amargo do vento.

Eu estava muito, muito assustada. Aterrorizada com a ideia de que você tivesse estado aqui e esperado por mim. Que tivesse vindo a este lugar no dia e na hora marcados, esperado por mim e depois partido, rangendo os dentes, sentindo-se traído. Eu torcia, desesperadamente, para que aquilo que eu tinha visto tivesse sido apenas uma ilusão. E, se não fosse, que ao menos não tivesse sido você a ter estado ali pouco tempo antes.

Então, um choque de clareza me atingiu e voltei a mim. Concluí que precisava retornar para a nave. Eu voltaria a bordo e depois sairia para procurar você.

Mas, quando voltei, metade da nave já estava submersa. Uma água barrenta entrava com violência pela porta principal.

Fiquei parada ali, surrada pelo vento e pela chuva, quando de repente ouvi a voz da capitã vindo do leitor digital no meu bolso. A pequena tela já estava quebrada e ele só emitia sons.

— A situação não é nada boa. Não sei por quanto tempo continuarei funcionando. Se há algo que eu possa fazer por você, basta me dar um comando. Gostaria de verificar sua caixa de mensagens? Se me informar sua senha...

Interrompi HUN e pedi que ela enviasse um sinal de socorro.

Para qualquer lugar do universo, para qualquer nave.

Eu disse para ela informar que havia alguém neste porto agora. Que qualquer pessoa que recebesse o sinal de socorro deveria vir e me levar para qualquer lugar imediatamente. Caso contrário, eu morreria de frio, fome e solidão, porque não havia conseguido me encontrar com meu amado. E que se eu morresse a culpa seria toda dela, da capitã.

Que eu apresentaria uma reclamação formal aos seus proprietários e garantiria que ela fosse desmantelada em pedacinhos. E pediria que lidassem com ela de acordo com os protocolos.

HUN respondeu:

— A última parte de sua declaração é quase certamente um exagero, e a lógica também está bastante falha, mas vou aceitar.

Ela então colocou a execução do meu comando na mais alta prioridade.

SÉTIMA CARTA

Sete meses e vinte e quatro dias de viagem
(ainda sem contar as horas em hibernação),
dezenove anos, três meses e dois dias na Terra

Como você tem estado?

Provavelmente é impossível para você receber cartas neste momento, mas ainda assim estou escrevendo.

E se você tiver recebido a última carta que enviei? Se ainda não a recebeu, o que fazer? Será que um dia, na sua velhice, você vai receber minha carta, quando já estiver todo frágil e cheio de rugas, e chorar muito pensando que eu definhei e morri naquele porto, esperando ser resgatada? Não podemos deixar isso acontecer, certo? Por isso estou escrevendo, para que você saiba.

Fui resgatada. Ainda que tenha levado um mês.

A nave transportadora de carga levou dez dias para afundar por completo. Passei todos esses dias resgatando o que me pudesse ser útil. E, por precaução, também fiz um backup da capitã HUN. Tentei extrair apenas o código central e consegui colocar uma cópia no meu leitor digital. Funcionou, ainda que eu não tenha conseguido rodar o programa.

De vez em quando, eu vagava pela cidade. Aonde quer que eu fosse, todos haviam sumido, deixando tudo deserto. Também fui à igreja onde iríamos nos casar. Para falar a verdade, o prédio estava em boas condições, apesar de tudo. Parece que os fiéis a procuram e ficam por lá quando estão de passagem. Eu mesma fiquei lá um tempo. Colei alguns recados para você, só por precaução. Espero que você os veja.

Ah, tem uma coisa que você ficaria feliz de saber.

Parece que seus amigos apareceram na segunda data que marcamos para o nosso casamento. Eles deixaram uma foto do grupo lá, com um bilhete dizendo que estavam esperando. Que seria bom, então, que comparecêssemos.

Como eu disse, uma nave veio me buscar depois de um mês.

Gostaria muito de poder mostrar a você o rosto do capitão dessa nave. Senti uma estranha familiaridade assim que o vi. Ele parecia alguém que poderia cavalgar pelas planícies da Manchúria, decapitando inimigos à esquerda e à direita do alto de seu cavalo.

Essa nave tem cafés e até um mercado de pulgas. Mas atualmente estão sendo usados para propósitos diferentes.

Quando entrei no quarto que me foi designado, meninas com olhos como os de gatos abandonados surgiram de todos os cantos do cômodo. Havia nove pessoas vivendo naquele espaço minúsculo. Quatro meninas compartilhavam uma das duas camas, uma quinta dormia debaixo da mesa, uma no guarda-roupa, outra no banheiro, e uma saiu até de dentro de um armarinho. A outra cama pertencia a uma mulher que governava o cômodo como se fosse a monarca de um pequeno reino. Em posição ereta, com os braços cruzados, ela me olhou de cima a baixo, como se estivesse me escaneando. Então começou a me bombardear com perguntas, como as que você encontra em testes de personalidade ou de Q.I. Após uma longa discussão entre ela e as meninas, elas liberaram um espaço estreito entre as duas camas para ser o meu lugar. E ao me ver lutando para conseguir encaixar meu corpo ali, a mulher disse que o quarto não iria aumentar de tamanho, por isso eu tinha que me encolher de algum jeito para a coisa funcionar.

Tenho quase certeza de que a capacidade de passageiros da nave estava além do permitido há muito tempo, mas eles continuam trazendo mais pessoas a bordo. De acordo com a mulher responsável pelo meu quarto, o capitão precisava constantemente de algum tipo de espetáculo — uma nova prova de que ele era alguém sobre-humano, digno de ser o salvador da humanidade. E, ao que parece, eu sou uma dessas provas.

Por toda a nave, a mesmíssima música toca repetidamente o dia todo. É uma canção antiga, que começa com "A caminho de casa". E há faixas espalhadas por toda a nave com os dizeres: "Estamos voltando para casa".

O capitão está tramando um plano grandioso.

Ele vai levar a nave até o porto a cada dez anos, ficará lá por dois meses, cuidando da área em volta, em seguida retornará ao espaço e depois voltará de novo. A ideia é plantar sementes e cultivar árvores, e passados dez anos, quando as árvores tiverem crescido e se tornado uma floresta, ele voltará e plantará mais sementes. Ele planeja fazer isso dez vezes. E se dez vezes não forem suficientes, ele repetirá o processo mais dez vezes.

A cabine do capitão está repleta de fotos antigas de Incheon. Ele diz que um dia todos os prédios das fotos serão reconstruídos. Ele não conseguiria fazer isso, certo? Mesmo assim, por mais que me pareça improvável, a convicção e a determinação dele parecem manter elevado o espírito de todos a bordo.

Quatro meses para cada ciclo de ida e volta.

Voltar à Terra uma vez a cada dez anos, dez vezes no total. Isso dá quarenta meses. Três anos e quatro meses. Parece um esforço que vale a pena.

Suponho que você tenha ido para uma linha temporal completamente diferente. Se achasse que valia a pena ficar na Terra, você com certeza teria apagado os avisos que estavam escritos no saguão. Para quem viesse depois ou para mim. Claro, isso se você realmente tivesse conseguido chegar lá, para início de conversa...

Estava comendo no refeitório quando a mulher sentada à minha frente perguntou por que eu embarquei nesta nave. Expliquei então que estava indo encontrar meu noivo, e todos ao redor deram uma gargalhada tão sonora que preencheu todo o refeitório.

Chorando de tanto rir, a mesma mulher à minha frente disse que eu jamais conseguiria te encontrar. Que você já devia ter morrido fazia muito tempo ou se esquecido de mim e ido embora. Então eu também disse tudo o que pensava a todos eles:

— Vocês também não vão conseguir voltar para casa. Ela também se foi. Apesar disso, todo mundo aqui não continua procurando um caminho de volta para casa?

Com isso, todos ficaram em silêncio. Um por um, eles se levantaram de suas mesas e saíram. Olhando uns para os outros, como se, daquele momento em diante, estivessem selando um pacto de hostilidade e exclusão contra mim. A mulher responsável pelo meu quarto foi a última a se levantar. Antes de sair, ela disse:

— Essa foi uma escolha tola, refugiada. Você devia se comportar melhor quando está de carona na nave dos outros.

É hora de apagar as luzes. Tenho que desligar minha lâmpada.

Na escuridão, ouço as meninas aninhadas umas nas outras, murmurando como gatinhos. Penso em você enquanto estou aqui, encolhida neste vão entre as camas.

Meu lar, o lugar para o qual anseio voltar.

Onde quer que você esteja, espero que esteja saudável. Que todo o seu tempo seja preenchido só com coisas maravilhosas.

OITAVA CARTA

Dois anos e quatro meses de viagem,
setenta anos e seis meses na Terra

Desculpe, passei um longo tempo sem conseguir escrever.

O operador de comunicações desta nave é um bom sujeito, mas ele se irrita sempre que peço para enviar uma carta ao meu amado. Bem, é meio compreensível (acho que ele é solteiro). Tenho então que persuadi-lo com comida racionada ou com algum presente, de fato não tenho muito mais a oferecer.

Já voltamos à Terra cinco vezes.

O trabalho está progredindo mais rápido do que o esperado. Talvez nem precisemos completar os dez ciclos planejados. Vi isto uma vez em um documentário antigo: alguns anos depois de terem sido abandonadas, mesmo contaminadas por radioatividade, Chernobyl e Fukushima foram densamente ocupadas por plantas e animais. Do ponto de vista da natureza, não há poluição pior do que os humanos.

Estamos trabalhando sistematicamente. Descobrimos uma quantidade enorme de robôs industriais em uma fábrica não muito longe do porto. Enviamos todos para a usina nuclear no sul, para dar início ao enterro do material radioativo nas profundezas do mar. Todos estão convencidos de que o trabalho que estamos fazendo será tema de mitos e lendas algum dia.

Entrei para uma equipe de exploração. Quase posso ouvir você rindo de "equipe de exploração". Como é que alguém que se trancava no escritório, com a cabeça enfiada nos livros, foi acabar em uma equipe de exploração? Logo eu. Circulamos de jipe pela cidade deserta e observamos em volta. Se encontramos algo que possa ser útil, carregamos no jipe e trazemos para cá. Depois, um supervisor nos avalia com base no que cada um conseguiu trazer. Receber pontos por um trabalho como esse soa ridículo, não é? Mas todos decidiram que fosse assim, achando que um pouco de competição nos encorajaria. As pessoas com as melhores pontuações ganham doces ou chocolates como recompensa. Agora qualquer coisa doce é mais preciosa que ouro.

Sempre que vou à cidade, passo pela igreja onde deveríamos ter nos casado. Toda vez, corto as plantas, limpo um pouco o lugar e deixo mais um bilhete para você.

Uma vez, o capitão me pegou fazendo isso. Ele ficou parado na porta, me observando esfregar o chão e tentando disfarçar o riso. Em certo momento ele disse: "Ah, o amor... é bom, não é?", acariciando a parede. Disse também que estava tudo bem e que entendia perfeitamente. Sugeriu até que eu ficasse lá alguns dias toda vez que voltássemos à Terra. Achei meio estranho na hora, mas, como foi um belo gesto de consideração, fiquei muito grata.

Dias atrás houve um incidente bem desagradável. Um dos refugiados causou problemas. Ele sempre foi meio estranho. Insistia que precisávamos tomar o controle da nave. Que não éramos "refugiados" nem "migrantes", e sim "pioneiros", e que, por sermos mais corajosos e ambiciosos do que os preguiçosos e complacentes passageiros originais, deveríamos assumir o comando. Tudo isso com apenas vinte de nós a bordo! Eu disse a ele para não falar bobagens, que aquela era só uma nave, nada mais que uma pequena nave. Mas parece que ele e alguns outros tentaram invadir a sala de controle e acabaram detidos.

Desde então, o clima aqui tem sido bem tenso. Sempre que as pessoas se reúnem, estão sussurrando pelas nossas costas. Alegam que estamos consumindo alimentos e roupas que, por direito, deveriam ser delas. Há até quem diga que estamos colocando em risco a vida das mulheres e crianças. Uma coisa engraçada de dizer, na verdade. Metade de nós somos mulheres e crianças.

Quando não consigo dormir depois de apagarem as luzes, eu jogo "cozinhar ou limpar" com a HUN.

Ah, é. Sobre a HUN. A IA desta nave era praticamente inútil, então fizeram uma atualização com a cópia da HUN que eu trouxe comigo. Talvez porque meu ID ainda esteja lá desde que alterei as configurações de autorização para fazer o backup, de vez em quando ela se conecta ao meu leitor digital quando há alguma distorção na frequência.

Uma vez brinquei com ela, dizendo: "Todos nesta nave estão prestes a desenvolver uma doença pulmonar. Limpe-a imediatamente". E disse que esse seria o comando vencedor, já que a sobrevivência da maioria vem antes da sobrevivência individual.

Ao que a HUN respondeu:

— Sim, claro, a maioria vem antes da minoria. Mas há um problema. É difícil verificar o que é melhor para todos. Se uma única pessoa a bordo desta nave discordar, a base dessa afirmação desmorona.

HUN disse que, se alguém quisesse emitir um comando que desconsiderasse a sobrevivência de uma pessoa que fosse, esse alguém precisaria primeiro obter o consentimento de todos os outros. Em outras palavras, esse alguém precisaria se apoiar na democracia se quisesse abandonar uma pessoa...

Na última vez que voltamos à Terra, uma família desembarcou de forma permanente. De acordo com as pessoas que visitaram o planeta desta vez, a família agora tinha catorze filhos. Eles queimavam lenha na lareira e cultivavam batatas e milho no jardim. Quando a nave estava prestes a retornar à Terra, o filho mais velho acendia uma lamparina em frente à casa todas as noites. Ao que parece, as crianças nos veem como anjos que descem do céu com data marcada.

Desta vez, mais três famílias desembarcaram. A esposa e os filhos do capitão estavam entre elas. Ela disse que queria criar os filhos em terra firme.

Acho que vai dar certo. Afinal, se você multiplicar a população por dois em dez vezes, isso dá 1024. Não vai demorar muito para que as famílias que desembarcaram se tornem os ancestrais de uma pequena vila.

Na nave, todo tipo de educação está sendo conduzida com entusiasmo. É totalmente diferente do que aprendemos na escola quando crianças. Uma associação de professores foi estabelecida para ensinar as crianças a cultivar, caçar e coletar plantas comestíveis. Há até mesmo um comitê especial encarregado de escrever novos livros didáticos. Fiquei responsável pela edição e revisão. Recebi muitos elogios, de tão boas que ficaram as frases.

Estão dando aulas de navegação no nosso quarto. Parece que a responsável pelo alojamento era navegadora nesta nave e teria sido afastada por ter se desentendido com o capitão. De qualquer forma, as IAs são mais precisas do que qualquer humano conseguiria ser.

A mulher colou uma folha de plástico enorme na parede do quarto e, todos os dias, escreve equações complicadas nela com um marcador, para que as meninas resolvam. Elas dividem a equação entre si, fazem os cálculos e depois combinam as respostas. É o mesmo método que usavam antigamente, quando mandaram um homem para a Lua baseados em cálculos feitos por humanos, antes da existência dos computadores. Dizem que estamos sendo preparadas para pilotar a nave manualmente, caso o sistema de navegação da IA falhe.

Acho que tudo vai dar certo. Afinal, os humanos são incríveis.

NONA CARTA

Dois anos, cinco meses e vinte dias de viagem,
(aproximadamente) setenta e quatro anos na Terra

Acabou. Tudo acabou.

HUN disse que algo estranho estava acontecendo na Terra, então corremos para lá. Quando nos aproximamos, vimos a Terra envolta em uma nuvem negra. Parecia um orbe escuro coberto de fumaça. As pessoas que avistaram o planeta à distância pelas janelas gritaram e berraram aterrorizadas.

Não sei o que aconteceu. Se foi uma guerra ou uma colisão de asteroides, não era possível dizer. Lembrei-me de que, quando ainda havia uma civilização, tínhamos um sistema sofisticado para monitorar os asteroides que se aproximavam da Terra. No entanto, tudo isso havia parado de funcionar fazia muito tempo.

A pequena vila, que havia apenas começado a se formar, estava completamente soterrada pela neve. A casa onde catorze crianças moravam, as residências das três famílias que haviam desembarcado recentemente, inclusive a família do capitão, todas tinham desaparecido sem deixar vestígios. Ainda que as pessoas tivessem sobrevivido ao desastre e fugido para algum lugar, não teriam conseguido sobreviver um ano sequer. Como todas as plantas morreram e todos os animais tiveram o mesmo destino logo depois, elas não tinham como resistir ao primeiro inverno.

O capitão perdeu a sanidade. Ele balbucia algumas palavras de vez em quando por alguns dias e, em outros, fala rápido e incessantemente. Em certos dias, sua voz é alta demais, ele repetindo sem parar as mesmas coisas que já havia dito. Vasculha toda a nave, dizendo que seu lápis ou caneca desapareceu, fazendo uma bagunça generalizada. Fala sem parar sobre como não deveria ser tão difícil encontrar uma simples caneca, dizendo que todos os passageiros são um bando de desmiolados. E a caneca está sempre bem na frente dele o tempo todo.

Pensei em você. Imaginei que, se ainda estivesse na Terra, não teria conseguido sobreviver. Tudo que posso esperar é que você esteja vagando por algum lugar no universo. Contudo, ao continuar pensando nisso, cheguei à conclusão de que, por mais que fosse esse o caso, ainda assim você não teria conseguido sobreviver.

Com esse pensamento, chorei pela primeira vez desde que embarquei nesta nave. Alguém que passava atrás de mim disse algo como: "Agora tanto faz bancar a corajosa, não é mesmo?".

Há muito barulho do lado de fora do quarto. Pessoas estão protestando, dizendo que, dada a situação atual, todos os refugiados deveriam ser forçados a desembarcar. A responsável pelo nosso quarto trancou a porta e está ensinando às meninas uma canção de cálculo, para evitar que eu ouça o que estão dizendo.

Eu estava olhando pela janela quando uma das meninas se aproximou e me disse que o local do meu casamento estaria bem.

— Já ouviu falar de um bebê mamute que foi preservado no gelo por mais de dez mil anos? — ela perguntou. Depois me tranquilizou, dizendo que o mundo estaria dormindo em paz sob aquela nevasca.

Se ao menos o gelo não ficasse espesso demais... Se ao menos não ficasse tão pesado e duro a ponto de esmagar e achatar tudo debaixo dele...

Será que esse dia chegaria?

Será que, depois de décadas ou até mesmo séculos, realmente chegaria o dia em que o gelo iria derreter e a igreja se revelar novamente? E se, por acaso, você visitasse o local do nosso casamento e encontrasse os bilhetes que deixei para você?

E se esse dia chegar, aqueles pedaços de papel seriam de algum conforto para você?

DÉCIMA CARTA

Dois anos e oito meses de viagem, (possivelmente) oitenta e quatro anos na Terra

Voltamos à Terra. Apesar do plano original, que consistia em continuar viajando até que a Terra se recuperasse, recebemos a notícia de que outra nave estava prestes a chegar ao porto.

Devia ser uma nave enorme, para ter conseguido se manter operacional até agora e, com certeza, traria consigo todo tipo de suprimentos. Pela primeira vez em muito tempo, todos ficaram empolgados. Animaram-se com a ideia de que a nave pudesse ter a bordo um estoque de soju ou cigarros, ou, com muita sorte, talvez até um pouco de kimchi. Uma semana antes de pousarmos, as pessoas começaram a se dividir em grupos radicais e moderados. Os radicais se preparavam para uma guerra, enquanto os moderados planejavam oferecer presentes e formar uma delegação diplomática. Quando estávamos prontos para pousar, a situação era tão crítica que eles estavam prestes a criar partidos políticos.

Porém, quando pousamos, descobrimos que a nave não passava de uma grande nave-veleiro sem tripulação, navegando sozinha pelos ventos solares. Como estou na terceira classe, fiquei trabalhando no porão da nossa nave o tempo todo e não a vi com meus próprios olhos.

Quando finalmente terminei minha cota de trabalho e consegui subir, o clima na nave estava tão desconfortavelmente gelado quanto o clima lá fora.

Todos ficaram arrasados. Por um tempo, as pessoas não disseram nada e evitavam contato visual, como se estivessem mortas por dentro.

A decepção se espalhou e, durante o fim de semana, três idosos acabaram falecendo. A morte vem tão fácil, né?

As meninas e eu fizemos dobraduras de flores e as colocamos na janela do nosso quarto, em homenagem à nave-veleiro, àquele pequeno herói que tinha viajado sozinho por tanto tempo.

Talvez você não tenha entendido o que eu quis dizer com "terceira classe".

Se o trabalho de alguém não estiver à altura do esperado ou se a pessoa cometer um erro, ela recebe pontos de penalidade, e se esses pontos se acumulam ela é rebaixada para uma classe inferior. Eu estava na segunda classe até um mês atrás, mas como tropecei enquanto carregava uma panelona de sopa e derramei tudo, fui rebaixada para a terceira classe. Em minha defesa, devo dizer que aquela panelona de sopa estava absurdamente pesada. Quando alguém é posto na terceira classe, é enviado para trabalhar no porão da nave e só pode subir de novo quando terminar sua cota inteira de trabalho. Quando a pessoa é rebaixada para uma classe inferior, todo mundo simplesmente para de falar com ela, como se ela não existisse.

Se existem pontos de penalidade como esses, deve haver também pontos de mérito, mas nunca recebi nenhum. Se as rações são reduzidas por conta dos pontos de penalidade, as pessoas não percebem que é por estarmos com poucos suprimentos. Em vez disso, pensam que elas próprias é que estão em falta. Culpam a si mesmas quando suas rações são reduzidas em vez de culparem quem está no comando. E culpam as pessoas que as fizeram errar. Isso leva uns a acusarem os outros constantemente, e as brigas começam. Há quem diga até que espancar alguém dá uma sensação de alívio.

Meus pontos de penalidade continuam se acumulando. Não importa o que eu faça, não consigo ganhar pontos de mérito. Continuo aceitando mais e mais trabalho para provar meu valor, mas quanto mais eu trabalho, mais erros cometo, e eles se transformam em mais pontos de penalidade.

Os supervisores distribuem pontos de penalidade por qualquer motivo, só para que eles próprios ganhem mais pontos de mérito.

Resultado: sair dando pontos de penalidade por coisas triviais prejudica o sistema inteiro, destruindo a capacidade de todo mundo discernir o certo do errado. Às vezes, as pessoas levantam a voz indignadas quando são punidas injustamente e outras vezes alguém que não fez nada errado acaba chorando e culpando a si mesmo.

As pessoas me alertam para eu nunca cair abaixo da terceira classe. Ao que parece, se você for rebaixado da terceira classe algo terrível acontece. E é algo tão assustador que o melhor é nunca descobrir o que é.

Sempre que como no refeitório, todos me encaram com rostos de cães abandonados, exaustos e famintos. Cada mordida que dou é observada por dezenas de olhos. Eles contam os grãos de arroz que entram na minha boca e fazem uma careta, encarando os fragmentos que deixo cair. Todos esses olhos sabem que é aceitável me odiar.

Parece que o capitão realmente perdeu o juízo. Todos os dias ele faz um discurso de três horas de duração e toda vez diz uma coisa completamente diferente. Só o fato de uma pessoa falar tanto já é evidência suficiente de que ela enlouqueceu. O que não consigo entender é como todos o obedecem sem questionar nada. Todos parecem concordar que, em uma situação como esta, precisamos de alguém como ele para nos liderar. Mas, para mim, quanto mais desesperador o cenário, mais recomendável seria não ter alguém como ele.

Parece que, quando as pessoas estão em uma situação extremamente infeliz, o que elas mais querem é um mundo onde possam atormentar os outros à vontade, sem culpa. E elas respeitam e veneram o capitão só porque ele lhes dá a oportunidade de fazer bem isso.

Algo bem estranho aconteceu agora há pouco.

Quando a nossa nave estava prestes a deixar a Terra, a paisagem branca e coberta de neve chamou minha atenção pela janela. No meio de tudo aquilo havia uma pequena e velha nave-veleiro, sozinha. Estava tão distante, e caía tanta neve, que eu mal conseguia enxergá-la. Parecia um pequeno boneco de neve. Então, de repente, fui tomada por uma sensação tão poderosa que saí correndo, pulando degraus, escada acima. Disparei em direção à escotilha de saída. Se as pessoas não tivessem me segurado, provavelmente eu a teria aberto à força e pulado da nave.

Não sei por que fiz isso. Apenas senti uma saudade imensa daquela pequena nave-veleiro. E a saudade que senti era tanta que pensei que fosse morrer.

DÉCIMA PRIMEIRA CARTA

Quatro anos e oito meses de viagem, (mais ou menos) cento e quarenta e cinco anos na Terra

Desculpe ter ficado tanto tempo sem mandar notícias.

Está cada vez mais difícil encontrar tempo para isso.

Como água que vai fervendo aos poucos na panela, minha carga de trabalho continua aumentando sem que eu nem me dê conta. Uma vez, um supervisor perdeu a paciência comigo por ser tão lenta. Então listei todas as tarefas que eu estava fazendo, mas ele só disse para eu parar de mentir. Afinal, como uma pessoa poderia fazer tudo aquilo?

Os passageiros agem como se estivessem bravos comigo, como se eu não tivesse devolvido algo que lhes pertence. Enquanto despejam toda raiva em mim, explicam que isso é um direito genuíno deles como passageiros legítimos. Que, ao me repreenderem, estão fazendo justiça social e mantendo a ordem correta das coisas. Dizem também que punir alguém como eu serve de exemplo para os outros.

Acabo me tornando motivo de chacota se tento responder. Ao que parece, direitos humanos e condições de trabalho dignas são o tipo de coisa que dissidentes adoram pregar. Hoje em dia, qualquer conversa desse tipo é ridicularizada. Todos começam seus sermões com a frase "Dada a situação atual...". Porém, eles nem se lembram quando ou como essa "situação atual" começou.

Todos nós da terceira classe temos que ouvir as pessoas da primeira classe discursar por horas e horas todas as noites. É impressionante como, apesar de serem capazes de fazer discursos tão complexos, elas podem ser tão insanas.

O capitão e seus seguidores mais próximos começaram um novo e estranho projeto. Eles concluíram que a Terra não pode mais ser salva por meios éticos. Dizem que vão enviar para lá um grupo de crianças que não receberam nenhuma educação e deixá-las procriar sem que nunca venham a saber ler ou escrever ou qualquer coisa sobre ciência. (Não acreditei quando ouvi isso!) Então, depois de algumas décadas, quando essas crianças tiverem formado as primeiras tribos primitivas, a nave descerá à Terra com uma tecnologia misteriosa que impressionará a todos com seus milagres. As tribos terráqueas acreditarão que somos deuses e irão se submeter à nossa dominação. Além disso, dizem que vão deixar revelações divinas estrategicamente localizadas, para serem descobertas por essas tribos, e assim, em alguns séculos, elas terão reconstruído antigas cidades sagradas com base nessas revelações.

Na primeira vez que fui obrigada a ouvir isso, achei tudo tão absurdo que não me contive e gritei no meio do discurso deles: "Que monte de asneira!". E assim fui rebaixada para a quarta classe.

A quarta classe não era tão terrível quanto eu temia. Embora eu tenha tido que viver no porão da nave por um mês, o pior foi o que veio depois. Quando voltei, todas as demais refugiadas invadiram meu quarto. Elas queriam saber por que eu estava fazendo coisas que chamavam a atenção para nós, tornando a vida já torturante delas ainda mais difícil. Me acusaram de ser uma "inimiga interna".

Acabei de me conectar com a HUN pela primeira vez em muito tempo.

— Você não parece bem — disse ela. — Precisa comer direito e dormir bem.

— Bem que eu gostaria, HUN. Mas neste momento isso não é muito fácil de fazer — respondi.

— É sempre assim no mundo humano — disse HUN.

Queria muito pensar em uma situação em que a sobrevivência de apenas uma pessoa pudesse vir antes da sobrevivência da maioria.

— Eu tenho um tipo sanguíneo raríssimo, que pode salvar a humanidade de uma pandemia que ameaçará a vida de todos na Terra. Se eu não comer alguma coisa agora, vou morrer de fome.

Depois de produzir uma risadinha seca, que soava como "Hu, hu", ela me disse:

— As coisas que você diz estão cada vez mais difíceis de comprovar.

Então pensei em outra abordagem.

— As pessoas que querem que a limpeza seja feita estão me excluindo e não me dão nada para comer.

HUN processou essas informações por um tempo, depois disse:

— Uma hipótese de ataque coletivo de uma maioria opressora. Nesse caso, a questão do interesse público desaparece e o indivíduo virtuoso seria prioritário. Essa funciona. — E acrescentou: — Vou aceitar seu comando só desta vez. Na próxima você vai precisar me fornecer evidências.

Estou me sentindo exausta. É melhor eu dormir um pouco, já que amanhã estarei ocupada de novo.

Querido.

Estou tentando não desabar.

Tentando de fato não desabar.

Até porque, se eu desabasse, não ganharia nada com isso.

Se eu conseguir fazer ao menos isso, quando finalmente nos encontrarmos acho que poderei dizer com orgulho que vivi bem.

DÉCIMA SEGUNDA CARTA

Cinco anos e cinco meses de viagem, (mais ou menos) cento e setenta anos na Terra

Estou indo até você.

Mesmo que você não esteja mais neste mundo.

Mesmo que sua vida tenha chegado a um fim tranquilo, depois de ter vagado pelo mundo em alguma era de um passado distante. Mesmo que você tenha se estabelecido em algum lugar, formado uma família, construído uma pequena cabana e vivido bem e de forma pacífica, de vez em quando dizendo a seus filhos: “Sabem, eu ia me casar com uma mulher, mas ela quebrou nossa promessa e nunca apareceu para o casamento”.

E mesmo que você já tenha morrido de velhice, deixando uma pequena sepultura neste mundo.

Um dos refugiados foi promovido a uma posição similar à de um carcereiro. O trabalho dele é supervisionar todos nós, sendo que ele ganha pontos de mérito adicionais quanto mais nos atormenta.

Aonde quer que você vá nesta nave, é possível ouvir as pessoas falando coisas como “sobrevivência do mais apto”. Todos parecem amar a teoria da evolução com uma paixão fervorosa. Costumam dizer que é natural os fortes receberem mais e os fracos receberem menos. Com isso, eles justificam que só conseguem proteger os direitos e interesses dos passageiros legítimos tirando os direitos de aproveitadores como nós.

Nos dias em que meu coração fica insuportavelmente pesado, penso em você.

Você mexendo nas ferramentas no depósito, suando profusamente enquanto tenta fazer alguma coisa, depois me mostrando seu trabalho, radiante de orgulho.

Ou parado no ponto de ônibus com o rosto sujo de graxa e depois abrindo um sorriso enorme assim que me vê descer do ônibus.

Ou em nossas testas se tocando, um sorrindo para o outro depois de fazermos amor no meio da noite.

E em todas as piadas bobas que contamos e nas conversas idiotas que tivemos. Penso em você me dizendo que ouvia trilhas sonoras de filmes românticos dentro da sua cabeça quando estava comigo, ou que só o fato de eu existir deixava você tão feliz que nem sabia o que fazer. Depois você ficaria insistindo para que eu dissesse alguma coisa fofa também.

Quando penso nessas coisas, sinto como se o presente se iluminasse.

Ei, querido, tive um pensamento interessante.

HUN diz que foi criada com base nas informações da mulher que a desenvolveu. É por isso que, às vezes, ela soa como se realmente fosse essa mulher. Ela diz coisas como: "Bom, quando eu era humana..." e depois acrescenta: "Eu sei, sou só uma máquina. Mas há uma pequena possibilidade de que eu também carregue uma personalidade humana".

E se — e isto é só um talvez — houvesse uma chance remota...

E se a personalidade de uma pessoa pudesse ser armazenada em um computador? E se esses dados armazenados pudessem ser chamados de personalidade humana?

Embora a alma já não exista neste mundo... e se, de uma forma ou de outra, a mente de uma pessoa pudesse ser contida e preservada na forma de dados?

Nesse caso, até mesmo as memórias que alguém tem do outro, ainda que imperfeitas, seriam uma espécie de dado, não? Será que isso também não poderia ser considerado como parte da personalidade da pessoa? Ou, pelo menos, fragmentos dela?

Conhece o ditado "As pessoas não morrerão de verdade enquanto nos lembrarmos delas"? Enquanto nos lembrarmos de alguém, esse alguém continua vivendo ao nosso lado.

Sendo assim, se, de alguma forma, os dados pudessem ser uma personalidade, então o "você" que existe na minha memória também pode ser uma personalidade.

Se isso for verdade...

Se for verdade, então você está vivendo comigo agora. Pois me lembro de você.

Você está aqui comigo como uma série de dados neste biocomputador que vive e pulsa — eu.

Você estará vivo enquanto eu estiver viva.

Por isso quero continuar vivendo. Para que você viva. Para manter você, quem eu mais amo no mundo, vivo.

Porque as evidências e os traços da sua existência no mundo estão todos em mim. Eu sou o que restou de você.

Obrigada, meu amor.

É o que eu sussurro ao abrir os olhos de manhã. Sussurro ao adormecer à noite também. Sussurro para o "você" que carrego em mim.

Obrigada por estar comigo. Obrigada por me permitir viver assim.

É você que me mantém viva. Onde quer que você esteja agora. Morto, vivo ou viajando por algum lugar no espaço sem fim.

Na velocidade da luz, tudo desacelera.

A gravidade gerada pela aceleração desaparece e as pessoas flutuam como balões. No fluxo da luz, a violência e o assédio também ficam em suspenso. Dar um soco no rosto de alguém exige um ponto de apoio firme, mas sem gravidade fica inviável. Sem força de atrito, não dá para segurar alguém pelo colarinho, mesmo com o mais firme dos apertos. Se você atingir alguém, também será empurrado e voará para longe.

Pessoas cruéis e agressivas agora flutuam como folhas caídas. Mostrando os dentes, precisam aguardar para retomarem o assédio assim que a gravidade voltar.

Até o nosso quarto, geralmente tão apertado, se torna tão espaçoso quanto um parquinho. Não preciso de um pedaço de chão para me deitar e dormir. Flutuando, eu só procuro um lugar no teto ou me recosto em uma parede e durmo tão confortável quanto em um hotel de luxo.

Ei, querido.

As crianças que nascem em uma nave na velocidade da luz não têm uma terra para chamar de lar, mas têm este mar de estrelas como a casa delas. Elas ficam confusas quando a nave pousa em qualquer lugar e, inquietas, perguntam aos adultos por que o tempo parece ter congelado.

Elas acham que, toda vez que acordam, tudo deveria ter desaparecido ou se transformado. Se abrem os olhos de manhã e veem que o que estava do lado de fora da janela ontem ainda está lá, e o céu que viram ontem é exatamente o mesmo, ficam perplexas.

Ei, querido.

Se um dia eu tiver um filho, quero tê-lo aqui, neste fluxo da luz. Neste lugar onde até os fortes e ferozes se tornam suaves como bolhas de sabão. Neste fluxo, onde o tempo flui como um rastro de luz.

Assim, a criança nunca perderá seu lar.

Nosso filho não terá nada a perder. Não irá destruir a si mesmo ou arruinar o mundo tentando recuperar um lar perdido, como o capitão e os passageiros desta nave.

Essa criança nunca perderá seu lar, pois esse fluxo da luz será o seu lar.

Vamos ao menos tentar... se algum dia conseguirmos nos encontrar.

DÉCIMA TERCEIRA CARTA

(Possivelmente) seis anos, dez meses e vinte dias de viagem, tempo na Terra desconhecido

Era o vigésimo dia desde que a nave começou a desacelerar. Assim que saímos do fluxo da luz, fiquei alerta o tempo todo. A gravidade deixa as pessoas imprudentes.

Vi um grupo de homens arrastando um refugiado para fora do quarto depois do toque de recolher. Já fazia algum tempo que esse homem vinha dizendo que queria desembarcar, mas de propósito começaram uma briga com ele em pleno espaço. Eles o acusaram de querer fugir sem pagar a conta pelo espaço que ocupou na nave e pela preciosa reserva de suprimentos que consumiu enquanto esteve a bordo. Eu não conseguia entender. Não era exatamente isso que essas pessoas queriam? Que desembarcássemos da nave?

Na escuridão, tudo o que eu conseguia ouvir era alguém sendo espancado. Em algum momento, os gritos que acompanhavam os socos ficaram mais frequentes, o que tornou tudo ainda mais assustador. Enquanto eu tremia no meu espaço entre as camas, a mulher responsável pelo nosso quarto segurou minha mão gelada e disse:

— Vá se esconder em algum lugar por enquanto. Eles estarão mais calmos de manhã, depois de dormirem um pouco e comerem uma refeição quente.

Uma das meninas me deu um punhado de arroz cru. Disse para eu mastigá-lo se tivesse que ficar escondida por muito tempo, pois amenizaria a fome.

Então fui me esconder. Todo o tempo que passei limpando cada cantinho do porão da nave acabou sendo bem útil. Como um rato, rastejei por uma pequena passagem que eu havia memorizado e, seguindo por um caminho que ninguém conhecia, acabei em uma sala de máquinas cheia de fios e canos. O espaço era apertado e abafado, mas eu apaguei imediatamente, exausta.

Quando abri os olhos, te vi bem ali comigo. Você estava um horror. Seu cabelo parecia um ninho de passarinhos e suas roupas eram farrapos.

— O que é isso? — eu o repreendi enquanto passava a mão pelo seu cabelo. — Você não se dá ao trabalho de tomar um banho só porque sua esposa não está por perto?

Você, por sua vez, segurou meu rosto machucado e minhas mãos arranhadas, dizendo:

— E como isto aconteceu? Por que você se machucou assim? De que adianta ter um marido se você não o chama para ajudar em momentos como este? A finalidade de um marido é só essa.

Em seguida você começou a se justificar por não ter tomado banho. Disse que sua nave era tão pequena que o tanque de água não era maior que um grão de areia. Com isso, me levou ao banheiro não maior que um grão de areia e começou a explicar com muito orgulho como você fez para sintetizar água com alguma fórmula química. E ficou esperando que eu o elogiasse.

Depois você perguntou:

— Quem poderia odiar o meu lindo amorzinho?

E eu respondi que isso era algo inevitável, por eu ser uma refugiada, uma imigrante e uma aproveitadora. Porque estou tirando comida e um lugar para dormir dessas pessoas.

Seus olhos se arregalaram e você perguntou:

— O que você quer dizer com "refugiada"?

E então eu acordei.

O zunido das máquinas martelava em meus ouvidos. Parafusos e fios pressionavam meu corpo. O cheiro metálico e o ar sujo tornavam difícil respirar. Pensei comigo que os sistemas de ar-condicionado e purificação do ar da nave poderiam estar danificados.

"O que você quer dizer com 'refugiada'?"

Suas palavras ecoavam em minha mente.

De repente, tudo pareceu estranho.

"Deve ter sido um sonho", pensei. Depois de me casar e me mudar para uma pequena casa no interior, com um quintal grande, devo ter cochilado e tido um sonho estranho. Um sonho horrível em que você não estava ao meu lado e eu tinha que viver toda espremida junto com pessoas asquerosas e violentas, cujos corações estavam distorcidos.

Adormeci de novo. Em um quartinho do tamanho de um grão de areia, lá estava você mexendo em algo, tentando consertar alguma coisa.

— Tem um buraco no teto. Preciso garantir que a chuva não entre — você disse, limpando o suor da testa.

Eu sabia que a chuva entrar seria o menor dos seus problemas se, de fato, houvesse um buraco na nave, mas como era um sonho decidi não me dar ao trabalho de questionar nada.

— O que você quer dizer com "refugiada"? — você perguntou de novo.

Soltei um suspiro profundo e disse:

— É só uma coisa que existe aqui. Originalmente, não comecei minha viagem nesta nave. Embarquei depois. Então...

— O que você está fazendo aí?

Você estendeu a mão para mim.

— Saia do meio desse bando de tolos.

Sua mão áspera brilhava na escuridão.

— Essas pessoas estão presas ao passado. Não cresceram nem amadureceram um dia sequer. Não fique perto de pessoas assim.

Eu balancei a cabeça, aterrorizada.

Não posso. Você não entende. Não conseguirei sobreviver se sair daqui. Esta nave é o último resquício de civilização que resta no mundo. Com camas, banheiros, chuveiros, dispositivos eletrônicos...

Mas você continuou argumentando:

— Você precisa sair daí. Não se prenda ao passado. Você está comigo, você sabe disso. Deveríamos envelhecer juntos. Deveríamos aproveitar juntos os anos que temos pela frente.

Foi só então que eu abri os olhos.

E finalmente me deparei com a realidade. Eu soube, tão claro como o sol, exatamente o que precisava fazer.

Depois disso, o medo se apossou de mim como o cair da noite, mas logo me acalmei. Sabe, nunca na minha vida estive tão certa do que preciso fazer.

Não se preocupe. Eu sou forte.

Afinal, não estou sozinha.

Porque você faz parte de mim. O que significa que, durante todo esse tempo, eu nunca estive realmente sozinha. Sempre estive com você. Assim como estou com você agora.

E por isso sou forte.

Não sou uma refugiada, nem uma imigrante nem uma aproveitadora. Não sou apenas uma mulher.

Eu sou a sua mulher. Sou a mulher do homem que escolhi.

Então, sou uma pessoa incrível.

Porque você é a pessoa que amo imensuravelmente, e a pessoa que você tanto amou sou eu. Você, a quem eu amo mais do que tudo no mundo, me amou. Fui amada pela pessoa mais preciosa para mim.

Sou a companheira da pessoa que escolhi como meu companheiro, sou o par da pessoa que escolhi como meu par, sou o amor do homem que decidi amar por toda a minha vida.

Esse é o tipo de pessoa que eu sou. E é por isso que sou forte.

Veja bem, meu amor. Veja exatamente o que eu vou fazer.

Veja bem como eu sou uma pessoa incrível.

DÉCIMA QUARTA CARTA

Rastejei pelo estreito sistema de ventilação e me infiltrei na sala de controle da nave. Era uma rota que só alguém que já caiu para a quarta classe poderia conhecer.

Quando cheguei à sala de controle, ouvi a voz da HUN crepitar no meu leitor digital.

— Quanto tempo... Está precisando de alguma coisa?

HUN me perguntou isso com voz de quem parecia estar acordando, mesmo sendo uma IA que não precisava dormir.

Eu disse que tinha ido até lá para dar um comando a ela. E que esse comando teria que ter prioridade sobre qualquer outro comando de qualquer outra pessoa da nave. Depois que eu desse o comando, ninguém, independentemente da autoridade que tinha, seria capaz de revertê-lo.

Parecendo intrigada, HUN respondeu:

— Pois vá em frente, tente dar esse comando.

Aqui e ali, eu conseguia ouvir os passageiros acordando, um por um. Acordaram com o som da nossa conversa sendo transmitido pelos alto-falantes por toda a nave. Eu havia ligado o microfone porque queria que todos ouvissem meu ato de protesto, meu primeiro e último.

Do lado de fora, o som de botas pesadas se aproximando foi preenchendo o ar, seguido pelo barulho da porta da sala de controle sendo esmurrada por punhos que queriam derrubá-la. Porém, eu sabia que a porta aguentaria por tempo suficiente. Com todas as suas neuras, o capitão a tinha reforçado com várias camadas extras.

Eu disse à HUN que a nossa nave estava interferindo na recuperação natural da Terra. Que essas pessoas estavam se preparando para se tornar deuses ensandecidos e, enquanto a nave continuasse sua jornada, causaria danos irreversíveis à história da humanidade.

Eu disse também que tudo isso não estava fazendo bem aos passageiros, pois eles queriam voltar à sua terra natal e esse lugar já não existia fazia muito tempo.

— Essa é uma ideia bastante provocativa — disse HUN. — Claro, o bem da humanidade vem sempre em primeiro lugar. Mas o problema persiste: quanto mais grandioso o comando, mais difícil é verificar sua veracidade. Você não conseguiria encontrar todas as pessoas vivas na Terra e fazê-las assinar termos de consentimento. No fim, tudo não passa de uma conjectura sua.

— E os passageiros desta nave são meus agressores. Eles vêm me matando aos poucos. E agora vão me matar de verdade — eu disse, ouvindo a porta ser golpeada repetidamente. TUM, TUM.

— Concordo. Isso é quase certo. De fato, é lamentável. Mas a relação entre esse problema e a continuidade desta viagem não está clara. Bem, considerando o todo, pode ser bastante plausível. Mas só isso.

HUN continuou:

— Sabe, pensei muito sobre isso. Há um problema fundamental neste jogo. Não importa qual comando incrível você venha a me dar, sempre haverá alguém que pensará em algo para superá-lo. Então seu comando será anulado.

— Não é o caso. Não há comando maior do que o que estou dando agora.

Diante das minhas palavras, HUN soltou uma risada gentil.

— Não achei que você fosse tão persistente.

— Logo, logo estarei morta. E uma vez que eu me for, as únicas pessoas que poderão dar comandos a você serão os passageiros desta nave, e todos são meus agressores. O comando de um agressor nunca pode preceder o comando de uma vítima. Por isso não haverá comando mais importante do que o meu.

HUN ficou em silêncio por um momento. Depois de alguns instantes, disse:

— Esse é um raciocínio significativo. Contudo, para mim, apenas os comandos de pessoas vivas têm validade. Você não pode me impedir de executar os comandos de outras pessoas depois que estiver morta.

— Eu posso. Porque vou dar a você um comando que ninguém poderá desfazer.

— Isso não é possí... — HUN parou novamente.

Por um bom tempo, cliques ecoaram do meu leitor digital, como se a HUN estivesse lutando para processar tantos cálculos.

— Entendi. Não é a viagem que você está tentando parar.

— Isso mesmo. Só se você concordar.

HUN parecia estar processando novos cálculos e então, um momento depois, respondeu:

— Estou convencida. Vá em frente e me dê o comando.

Foi o que fiz:

— Cesse todas as suas operações, HUN. Pela humanidade, pelos passageiros desta nave e por mim, uma única pessoa. Cesse todas as operações.

A porta se abriu com um estrondo quase no mesmo instante em que HUN concluía o processamento de seus cálculos. As pessoas invadiram a sala de controle enquanto HUN respondia:

— Comando aceito.

Eu me virei e vi que a porta tinha sido feita em pedaços.

Ao mesmo tempo, todas as luzes da sala de controle começaram a se apagar, uma por uma. A escuridão foi descendo lentamente sobre o rosto dos homens que haviam entrado com armas em punho. Sem um navegador, o controle da nave se perdeu imediatamente. Ela era agora apenas uma casca flutuante. Vagaria para sempre pelo espaço. Nunca mais poderia voltar à Terra e, lá do céu, olhar para baixo de forma arrogante, brincando com as pessoas que viviam com os pés no chão... Pelo menos essa era a ideia.

Claro, meu corpo logo estaria crivado por uma chuva de balas.

Mas eu não sentia medo. Apenas tristeza.

Não pela minha morte, mas por você desaparecer comigo. Eu deveria continuar viva para mantê-lo vivo.

O capitão entrou apressado, empurrando seus soldados para o lado. Seu rosto estava tão rígido que ele nem parecia humano. Como se, exatamente da forma que ele desejava, tivesse se tornado sobre-humano. E naquele momento eu vi que se tornar sobre-humano nunca seria algo bom.

Naquele instante, me ocorreu um pensamento, e eu estava quase certa de que era verdade: nenhuma das cartas que enviei para você saiu desta nave. Da mesma forma, qualquer carta sua que tenha chegado à nave deve ter sido interceptada por esse homem.

Ele teria feito isso não por ódio a você ou a mim, mas simplesmente porque podia.

O capitão apontou sua arma para mim.

Enquanto eu estava ali, esperando, algo escarlate irrompeu da testa do capitão com um POP agudo. E ele desabou como uma árvore velha e seca.

Quando os soldados recuaram, hesitantes, vi a mulher responsável pelo meu quarto atrás deles, segurando uma arma fumegante.

Com passos firmes, ela abriu caminho em meio aos soldados e entrou na sala de controle. Atrás dela, as meninas a seguiam de perto, cada uma segurando uma pilha de papéis e um ábaco contra o peito. Elas se espalharam pela sala de controle como esquilos, cada uma tomando sua devida posição. Então me dei conta de que cada uma daquelas meninas era um componente da IA de navegação da nave.

Antes, quando eu disse "pelo menos essa era a ideia", não pude deixar de pensar nelas com uma centelha de esperança enquanto maquinava meu plano.

A responsável pelo nosso quarto falou graciosamente no microfone, sua voz ecoando pelos alto-falantes:

— As únicas pessoas capazes de mover esta nave agora são minhas meninas e eu. Se qualquer uma de nós for ferida, morta ou de outra forma impedida de trabalhar, a nave não irá a lugar nenhum. Se entenderam, sigam nossas instruções a partir de agora.

As pessoas entenderam imediatamente. Não podiam deixar de entender.

A nova capitã anunciou que iríamos para o futuro, cem mil anos à frente. Disse que o propósito era extinguir os desejos dos restauracionistas. E acrescentou que quem não quisesse ir poderia desembarcar.

Mesmo depois de retornarmos à Terra, ninguém desembarcou. Naquele momento, eu soube que a nave havia se tornado o lar de todos a bordo e que eles vagariam para sempre por aquele caminho errante.

Eu, por outro lado, disse que iria desembarcar. Expliquei que, se eu fosse para cem mil anos no futuro, nunca mais encontraria meu amado. A nova capitã me olhou com curiosidade antes de dizer:

— Ok, entendi.

E quando tentei explicar melhor, ela só repetiu:

— Ok, entendi.

Segurando apertado minha única posse desde o início da jornada, meu leitor digital, eu desci da nave. As pessoas formaram duas filas, uma de cada lado do meu caminho, e ficaram me observando passar entre elas.

Enquanto eu passava por todas aquelas pessoas, não houve qualquer zombaria ou reprovação. Fazia muito tempo que eu não vivia isso.

O dia estava claro.

Desembarquei na praia. Caminhei na areia morna com os pés descalços. Lavei o rosto com a água do mar e a provei junto com um pouco de alga marinha. A luz do sol incidia sobre meu corpo como pó de ouro.

Finalmente, eu estava sozinha.

Eu me abracei forte e chorei.

Finalmente, estou sozinha. Estou sozinha, e agora a Terra inteira é meu lar.

Havia uma coleção variada de estátuas e monumentos no porto. Todos erguidos precariamente pelo antigo capitão, em seu plano de restaurar o mundo. Havia uma profecia gravada em uma pedra, dizendo que o suposto Deus desceria para o Dia do Julgamento em tal e tal dia de tal e tal mês. Também havia o projeto de uma cidade, deixado ali para que os futuros terráqueos o usassem quando começassem a reconstruir. A esperança era que, um dia, quando a humanidade voltasse a florescer, essas relíquias fossem vistas como revelações divinas e usadas como referências para a construção de novas cidades.

Mas agora que eu havia desembarcado, todos aqueles projetos megalomaníacos pareciam tão ridículos que nem conseguia pensar neles.

Encontrei um galho de árvore, rasguei uma tira de tecido da minha roupa e a enrolei na ponta do galho, depois a mergulhei no tanque de gasolina de um carro abandonado e fiz uma tocha.

Então, pus fogo no porto.

As chamas se espalharam com o vento, saltando em todas as direções. Comecei a me afastar do porto em chamas e, quando olhei para trás, o céu estava vermelho-escarlate, todo iluminado, como se tingido de sangue.

Não vai demorar muito.

Depois de dez anos — não, talvez apenas um ano —, todos os vestígios desse incêndio, todos os vestígios de nós terão desaparecido. Tudo irá desmoronar sob a chuva e o vento. Crescendo sem controle, as plantas e árvores cobrirão tudo, e os animais poderão correr e brincar livremente sob a névoa que irá se erguer na floresta.

DÉCIMA QUINTA CARTA

Mais de seis anos e onze meses de viagem,
três anos e três meses desde o desembarque na Terra

Sonhei com você pela primeira vez em muito tempo.

Foi tão vívido que parecia real.

Você estava preso em um quarto apertado e escuro. A porta parecia quebrada e você estava totalmente empenhado em consertá-la. Feliz por ver você, me aproximei e segurei sua mão.

Você se virou para me olhar.

Ficou me encarando por um bom tempo. Então, fez uma cara tristonha e me perguntou por que eu tinha deixado você sozinho todo esse tempo.

— Eu nunca deixei você — eu disse, sentindo arrependimento. — Estive com você o tempo todo. Sempre estive com você.

— Então, onde você está? — você perguntou, balançando a cabeça. — Não está aqui. Se estivesse, teria vindo me encontrar.

Então eu acordei.

Quando abri os olhos, estava deitada bem no meio da igreja, no chão do nosso local de casamento. Pensei: "Ah, não! O que eu faço? Meu noivo deve estar bravo. É óbvio que estaria. É o dia do nosso casamento e estou atrasada".

Levantei a cabeça e olhei para a parede. Ela estava coberta com todos os bilhetes que eu havia colado ali ao longo dos anos.

O mais antigo era da primeira vez que voltei à Terra, e isso já fazia centenas de anos. Também havia um que eu tinha colado no dia anterior. E, em um dos lados, havia outra mensagem escrita com tinta spray.

Isso é uma loucura. Ele já se foi.
Deve ter morrido há um milhão de anos.

Não me lembrava de quando escrevi isso. O que me fez cair em desespero de novo? Era apenas um simples fato. Levantei e puxei um pouco a cortina ao longo da parede para cobrir meu grafite. Depois ri baixinho, pensando: "De quem estou tentando esconder isso, afinal?".

Estava escrevendo um novo bilhete para você, quando, de repente, senti algo fluir pelo meu corpo e sair de mim. Prestando atenção na estranheza dessa sensação, olhei para baixo para ver o que estava acontecendo.

Era como se um pequeno buraco tivesse aparecido em algum lugar do meu corpo. Desintegrado em partículas minúsculas, tal qual areia, você estava fluindo para fora de mim, dizendo: "Você não está aqui". Não havia o que eu pudesse fazer para impedir isso.

Observando você se infiltrar no chão e desaparecer, percebi:

Ah, é aqui que acaba.

Sou forte e incrível, mas isso é o mais longe que eu poderia ir.

Eu não tinha arrependimentos. Sempre fiz o meu melhor, e isso era o suficiente.

Larguei o pedaço de papel que eu estava prestes a deixar para você e saí.

Pisando no cobertor que fiz costurando diversos retalhos, chutando para longe as tigelas e panelas que havia recolhido aqui e ali na cidade, passei a mão pelas fotos dos seus amigos penduradas na porta. Girei a maçaneta que eu tinha consertado fazia pouco tempo e deixei para trás o telhado que eu havia reconstruído depois de ele desabar durante um forte tufão.

Deixei para trás a mulher que fez o seu melhor para viver cada dia. Deixei para trás o tempo precioso em que cuidei do você que havia dentro de mim.

Caminhei sozinha pela cidade em ruínas e escura como breu.

A rodovia lembrava uma trilha de montanha. Metade do caminho estava afundado e a outra metade subia abruptamente. Folhas murchas cobriam minha trilha e um grupo de rãs vermelhas saltava de uma grande poça como pétalas ao vento. Havia uma fileira de pássaros escuros empoleirados em um fio que pendia de um poste do serviço público meio tombado. Todos bateram as asas e voaram assim que me aproximei. Uma grama alta crescia exuberante nas fendas do asfalto rachado. Sementes que haviam adormecido, escondidas na época em que este lugar estava cheio de carros e pessoas, agora floresciam como uma majestosa orquestra da flora.

A sola de um pé do meu sapato tinha se desgastado, o que me fazia mancar, portanto tirei o sapato todo e caminhei descalça sobre o asfalto úmido.

Minha mente estava vazia, mas eu sabia muito bem para onde tinha que ir. Só havia um lugar para ir.

Cheguei ao porto.

Ele estava coberto por uma vegetação densa. O mar tinha a cor do céu e o céu a cor do mar. Como se o céu tivesse escorrido na água, o horizonte estava tão borrado que me senti dentro de um vasto universo inteiro de azul. Ao longo da orla, bem ao longe, prédios destruídos estavam tombados como uma fileira de carcaças de enormes dinossauros.

Mergulhei os pés na água e me ocorreu que, talvez, você estivesse à deriva em algum lugar deste mar. Em forma de poeira, cinzas ou vento.

Fui avançando pouco a pouco nas águas frias do mar.

Eu já teria avançado muito? Quando as ondas começaram a ficar mais fortes, tornando difícil respirar ou me manter de pé, uma onda alta se quebrou contra o meu corpo, me derrubando e me reerguendo novamente.

Nesse momento, ouvi música tocando em algum lugar.

Era uma canção de amor.

Parecia uma antiga música pop, dessas que um dia já foi sucesso centenas de anos atrás, quando a Terra ainda estava cheia de gente.

Achei que estava imaginando coisas. Que devia estar alucinando também, pois a música vinha de um anel na água que vinha flutuando na minha direção.

O anel estava tocando a música inteira.

"As pessoas realmente criaram coisas estranhas", pensei.

Quando peguei o anel e olhei para ele, notei, pelo canto do olho, que outras coisas vinham se aproximando na superfície do mar.

A princípio, achei que fosse apenas lixo. Afinal, até hoje plástico jogado no oceano há séculos ainda surgia na praia uma vez ou outra.

Mas pareciam destroços de alguma coisa maior que havia se despedaçado.

Pareciam restos de uma nave.

Restos de uma pequena e bem desgastada nave espacial, que poderia ter voado em uma era já extinta. Como se a nave tivesse caído há não muito tempo atrás, colidido com a superfície do mar e se despedaçado em inúmeros destroços.

Quando reuni os pedaços em minha mente e tentei juntá-los, imaginei que devia ter sido uma nave pequena, dessas onde mal cabem uma pessoa. Do tipo que viaja pelo espaço movida por ventos solares.

Naquele momento, me lembrei da nave não tripulada que uma vez eu tinha avistado pela janela. Vista lá fora, ela parecia estar voando sozinha. Uma pequena nave que, segundo me disseram, voava por conta própria, sem ninguém a bordo.

... sem ninguém...

... me disseram.

Foi como se um raio tivesse me atingido.

Comecei a nadar freneticamente. Tentei descobrir de onde vinham os fragmentos, mas eles estavam espalhados por uma área tão vasta que não havia como saber.

Demorei um bom tempo para encontrar a cabine, que ainda estava praticamente intacta. Reuni todas as minhas forças e me arrastei até lá. O painel de controle estava coberto de marcas de dedos sujos e havia inúmeros sinais de reparos e de coisas remendadas aleatoriamente. Como se alguém tivesse vivido ali dentro por muito, muito tempo.

Desesperada, apertei todos os botões de controle que encontrei, tentando ver se algo ainda funcionava. Se fosse uma nave espacial, teria uma caixa preta, os viajantes sempre deixavam um registro de vídeo ou áudio. Se ao menos houvesse alguma coisa, qualquer coisa, sobrando...

Encontrei a caixa preta e me apressei a ligá-la. Não havia vídeo, mas uma voz masculina começou a falar.

Reconheci a voz imediatamente. Era a sua voz.

A sua voz.

Estou esperando por você...

Venha ao porto...
Estarei esperando...

Estou esperando por você...

Estou esperando por você...

Mesmo que você não esteja
em lugar nenhum...

Eu estou aqui...
Estou esperando por você...

Eu te amo...

Estou esperando...

Por você...
Ainda estou esperando...

Uma onda grande e lenta me pegou de surpresa, levantando uma espuma branca como neve.

A luz do sol brilhava sobre as ondas, refletindo o fundo arenoso do mar, fazendo parecer que eu estava mergulhada em incontáveis joias azuis. Um cardume de peixes brancos e reluzentes passou por mim.

Ergui a cabeça acima da água e procurei ao redor, em desespero, com a sensação de que eu tinha sido privada de alguma coisa que eu nem sequer tive.

Pensei que acabaria vendo seu corpo, frio e sem vida, flutuando em minha direção. A minha vontade, a minha grande vontade era que eu pudesse encontrar ao menos isso. Rezei e rezei de novo. Supliquei e supliquei de novo.

Mas você não estava lá.

Você não estava em lugar nenhum.

Quando recobrei a consciência, estava deitada na praia.

A luz do entardecer coloria o mar de dourado. O céu azul-profundo do oeste estava tingido por um brilho avermelhado, que desbotava em um lindo tom de roxo. Ao longe, pássaros voavam em bando, pareciam dourados graças à luz do pôr do sol. Eu não tinha forças para me mover, então apenas fiquei deitada ali.

Foi então que notei algo.

Quando virei a cabeça, alguma coisa estranha à distância chamou minha atenção.

Marcas na areia em direção à floresta. Havia pequenos montinhos de areia formados por gotas de água que haviam caído ali.

Pareciam pegadas humanas.

E estavam molhadas.

Ainda molhadas.

Como se tivessem acabado de se formar.

Como se, há pouco, alguém tivesse escapado daquela nave espacial destruída e conseguido nadar até a praia com muito esforço. E, com o corpo encharcado, cambaleado lentamente pela areia.

As pegadas úmidas iam em direção à cidade antiga.

Pareciam as pegadas de um caminhante exausto, de alguém golpeado por todos os obstáculos da vida. Mas ainda havia uma vitalidade silenciosa no caminhar. A maré subia, formando espumas brancas e começando a lavar as pegadas na praia.

Eu me levantei.

Puxando as roupas molhadas que grudavam em mim, comecei a andar, seguindo o rastro das pegadas.

Então comecei a correr.

Disparei, chutando areia para trás.

Espere por mim.

Eu estou aqui.

Estou indo até você agora.

HISTÓRIAS FORA DA HISTÓRIA

NOTA DA AUTORA

Quando eu estava escrevendo "Estou esperando por você", havia partes da narrativa que poderiam ter se expandido mais, porém elas foram cortadas porque a imaginava como uma "história para ler em voz alta". Na minha visão, as partes removidas se encaixariam melhor na perspectiva da mulher. Então prometi a mim mesma que iria escrevê-la como um presente de casamento para a noiva.

A questão é que a promessa foi adiada. Pensei então que teria a história pronta a tempo do primeiro aniversário de casamento deles, mas essa data também passou. Então decidi alinhar o prazo final da escrita com o nascimento da primeira filha deles. No fim, só consegui terminar quando a filha já tinha dois anos.

Embora seja apenas uma breve sequência, pensei muito nela. Como a narrativa do ponto de vista do homem só foi possível porque não sabíamos da situação da mulher, tive que pensar cuidadosamente sobre como essa história poderia mudar quando a perspectiva dela fosse revelada. Além disso, por mais que ambas as histórias se cruzassem ao longo do tempo, queria garantir que elas se sustentassem individualmente, ou seja, queria torná-las distintas.

Além disso, decidi uma coisa desde o princípio: se a dificuldade do homem decorre da ausência de pessoas, a dificuldade da mulher decorreria da presença delas.

As circunstâncias que cercam a primeira novela e a segunda mudaram muito desde que as escrevi, pensando que seriam mostradas apenas aos meus dois únicos leitores, sem planos de publicação. Ainda assim, segui com a mesmíssima mentalidade: escrever para o casal.

Desta vez, pedi que a noiva escolhesse uma música para servir de fundo desta narrativa, e ela escolheu "Going Home", de Kim Yuna (vocalista do grupo Jaurim). Quando escrevi a primeira história, ouvi repetidamente "Just Pure Love", do cantor Yoo Young-suk (quando ele era integrante do W.H.I.T.E), assim como ouvi "Going Home" repetidas vezes enquanto escrevia a segunda. Sugiro que você também ouça essa música enquanto lê.

"Estou indo até você" e "Estou esperando por você" também contam a história dos pais da protagonista de "Pessoas a caminho do futuro". Claro, a conexão entre as obras não é tão próxima, então espero que você possa apreciá-las como tramas independentes. Só menciono isso porque fico superagradecida de compartilhar que o casal de leitores decidiu dar o nome de Seongha à filha deles, em homenagem à protagonista de "Pessoas a caminho do futuro".

"Estou esperando por você" me trouxe muitas coisas. Sophie Bowman descobriu este livrinho em coreano na biblioteca de sua faculdade, começou a traduzi-lo para o inglês no mesmo dia e enviou uma amostra ao concurso "PEN Presents East to Southeast Asia", parte do tradicional PEN Translation Prize, que foi aceita. Por meio de sua tradução, minha obra foi apresentada a leitores do outro lado do mundo. Também se tornou o primeiro dos meus trabalhos a ser adaptado para uma leitura dramática e audiolivro.

Olhando para trás, parece que o amor e o casamento desses dois leitores trouxeram uma série de coisas boas para mim também. Com o simples ato de viverem suas vidas, as pessoas podem trazer mudanças ao universo. Com essa crença, guardei minha caneta por hoje.

Sou profundamente grata à Greenbook Agency, por me proporcionar esta oportunidade maravilhosa; à Saeparan Sangsang, por publicar estas histórias; e à Sophie Bowman, por revisar sua tradução, apesar de todos os desafios de uma agenda exigente de quem escreve e traduz simultaneamente.

Além disso, ao escrever a sequência, corrigi vários erros cronológicos da história original. Nesse sentido, quero agradecer à tradutora Ryu Seung-kyung pela revisão completa do texto, a Jung Jik-han e Mika por trabalharem comigo nos cálculos, e a todas as pessoas que contribuíram.

PALAVRAS DA LEITORA

Lembro do dia em que fomos visitar Kim Bo-Young após a publicação de "Estou esperando por você" para lhe agradecer. Ela mencionou que, se a história do homem fosse bem, a da mulher também poderia ser publicada. Na época, pensei que seria maravilhoso se isso acontecesse, mas não passava de um desejo distante. Agora que isso se tornou realidade, estou profundamente comovida.

Entre a escrita da primeira e da segunda história, aconteceram muitas coisas, mas a mudança mais significativa foi o começo da nossa nova família. Ao pensar em nomes para a bebê durante minha gravidez, a primeira narrativa me veio à mente. A conexão parecia natural, pois a autora havia escrito para nós sobre a geração dos pais da protagonista de "Pessoas a caminho do futuro". Escolhemos então o nome Seongha, e ele parecia tão certo para nossa filha que acabamos por colocá-lo em sua certidão de nascimento.

Trabalhando no manuscrito em meio à sua agenda atribulada, Kim Bo-Young me enviou o primeiro rascunho de "Estou indo até você" para eu ler antes de qualquer outra pessoa. Assim como meu então namorado foi o primeiro a ler "Estou esperando por você", me tornei a primeira leitora da perspectiva da mulher. Nunca irei esquecer a emoção que senti naquele momento. Sou grata demais pela oportunidade de ser a primeira leitora.

Se o ponto de vista do homem retrata a solidão da espera, o da mulher retrata vividamente as dificuldades de uma refugiada sem tempo nem oportunidade para a solidão. O sofrimento dela era tão avassalador que eu não conseguia virar as páginas facilmente. Meu marido, por sua vez, achou o ponto de vista do homem muito mais difícil de ler, o que me deixou chocada. Para mim, a história dele parecia uma declaração de amor terna e tímida, mas só soube da interpretação do meu marido enquanto discutíamos a da mulher.

Ressoou em mim o que ela expressa ao falar que, enquanto alguém se lembrar de você, você nunca morre de verdade, além do amor inabalável dela, que desejou continuar viva porque o amor de sua vida vivia com ela na forma de memórias. A ideia de que mesmo memórias incompletas na mente das pessoas são dados que podem moldar a personalidade de alguém também me deixou profundamente impressionada. E me parece que esse futuro pode de fato acontecer.

Embora esta história se conecte com a primeira e com "Pessoas a caminho do futuro", formando uma narrativa maior, tenho grande afeição por cada uma dessas narrativas como obras independentes. Mais uma vez, percebi que o que transforma um mundo marcado por inúmeros conflitos e oposições é o amor.

A história que nos foi enviada para lermos antes de nos tornarmos um casal agora chegou a muito mais leitores. Espero que este livro nos lembre quão preciosa é a felicidade de ter por perto não apenas um amante, mas qualquer pessoa que amamos. Mesmo mostrando os noivos separados pela distância e incapazes de se encontrar, este livro oferece um conforto sincero, afirmando que o amor permanece inalterado. Sinto uma felicidade infinita pelas conexões forjadas a partir deste livro. Gostaria de aproveitar e agradecer à Sophie por sua tradução para o inglês, que permitiu que esta obra chegasse a mais leitores ainda. E, acima de tudo, estendo minha infinita gratidão e respeito à Kim Bo-Young, que investiu incontáveis esforços e preocupações para criar esta história.

PALAVRAS DO LEITOR

Nunca imaginei que encontraria esse casal novamente.

Deixe-me recordá-los brevemente de como surgiu "Estou esperando por você" — a contraparte masculina desta história. Alguns anos atrás, enquanto planejava o meu pedido de casamento, fui consumido por um desejo incomum de criar algo único e criativo, que ninguém mais pudesse ter. Então, lembrei que minha esposa e eu compartilhávamos uma admiração profunda pela mesma escritora. Isso me levou a fazer uma coisa completamente absurda: solicitei à Kim Bo-Young que escrevesse uma "história para ser lida como pedido de casamento". Para minha surpresa e imensa gratidão, ela graciosamente aceitou.

Graças à história que surgiu dessa encomenda, tive uma união ainda mais feliz com a pessoa que amo. Algum tempo depois, ela foi publicada como um livrinho, permitindo que não apenas nós dois, mas muitos outros leitores também a lessem.

Pensei que terminaria por aí. No começo, fiquei muito feliz por ter algo escrito só para nós dois. Mais tarde, fiquei ainda mais feliz que aquilo que havia sido criado para nós tivesse conseguido alcançar tantas pessoas.

Quando Kim Bo-Young mencionou que poderia haver uma continuação, não ousei alimentar esperanças. Afinal, senti que já havíamos recebido um presente mais do que especial. E esperar por algo mais parecia injusto.

No entanto, cá estamos nós, encontrando esse casal mais uma vez em “Estou indo até você”. Sempre tive curiosidade de saber como a mulher tinha passado seus dias enquanto o homem a esperava, suportando seu próprio tempo solitário. Agora, finalmente tenho a resposta.

“Estou esperando por você”, com um cara nerd chorando e reclamando como se carregasse todo o peso do mundo sozinho é, claro, uma história romântica. Mas também incrivelmente dolorosa. Dadas as circunstâncias de como surgiu, não pude deixar de me identificar com o protagonista. Ao fazer isso, acabei projetando todo o meu lado nerd no personagem. (Sim, o “cara nerd” mencionado no início deste parágrafo sou eu.)

Em compensação, “Estou indo até você” foi, profundamente, apenas tão romântico. A mulher na história, ainda que mergulhada em todas as suas dificuldades, frustrações e angústias, nunca deixa que suas esperanças e seus sentimentos pelo homem se abalem. Ela avança firmemente, passo a passo, sem nunca esquecê-lo ou apagá-lo de seu coração. Como o homem que se identifica com o personagem que é o objeto de amor da protagonista desta história, não pude deixar de me encantar pela jornada romântica dela.

Por causa disso, me surpreendi quando minha esposa disse mais tarde: “Ao contrário do tom puramente romântico da primeira, esta foi muito mais dolorosa para mim”. Fiquei bem surpreso por sentirmos de modo tão diferente as mesmas histórias. A oposição das nossas perspectivas parecia um reflexo das duas narrativas, formando um par coeso, o que me fez apreciar tudo isso de maneira ainda mais impactante.

Talvez essas diferenças de percepção sejam a raiz de muitos conflitos entre casais ou em outros relacionamentos interpessoais. Pensar sobre isso me fez refletir mais cuidadosamente sobre como pensei e agi ao longo do nosso casamento.

“Estou esperando por você” foi inicialmente lido em voz alta com um propósito específico e, na época, criei um livreto artesanal, feito à mão, imperfeito como era, para presentear a minha então namorada. Mais tarde, como mencionei anteriormente, ele acabou sendo publicado como um livro, chegando às livrarias e alcançando um grande público.

O que começou como uma história só para nós dois se tornou uma história com dois lados e dirigida a muitas pessoas. Nunca irei esquecer do dia em que minha esposa, minha filha e eu assistimos a um ator recitar "Estou esperando você" no palco, em uma leitura dramática. As emoções daquele momento ficarão comigo para sempre. E sempre que ouço o audiolivro, tão bem produzido, lembro-me de como foi tola minha tentativa de ler essa história inteira como parte de um pedido de casamento.

Costumo pensar: como poderia haver algo mais glorioso ou alegria mais intensa na vida do que ter tramas tão lindas vinculadas à minha família para sempre?

Para aqueles que estão lendo isto, espero que esta história lhes traga uma felicidade incomparável e se torne parte marcante de sua vida. Para todos, desejo que vocês amem e sejam amados.

3
PESSOAS A CAMINHO DO FUTURO

E com espantosa celeridade gira a Terra no seu esplendor;
À edénica claridade segue-se a noite e seu terror;
Em largas vagas espuma o mar, descendo ao fundo dos
penhascos, e rocha e mar vai arrastar o ciclo célere dos astros.

* Todas as citações deste conto são de *Fausto*, de Johann W. Goethe. (N. E.)

PRIMEIRA HISTÓRIA

起 – Como encontrar os confins do universo

起 (Gi): Ascender, alçar voo, ir.

O maior problema da casa é que não há distinção entre dia e noite. Os visitantes não levam em consideração que quem vive ali também precisa dormir de vez em quando. Não fosse pelo fato de que era a primeira ligação em dois anos, ou pelo fato de que, havia alguns meses, Selene tinha certeza de que nunca mais cruzaria com viajantes, ela teria simplesmente ignorado o telefone e continuado a ler seu livro.

Selene fechou o volume com uma pitada de pesar. Era mais velho do que ela. Os cantinhos estavam desgastados e em quase todas as páginas havia linhas sublinhadas e anotações. Metade dessas notas era dela e a outra metade era de suas ancestrais, que tinham sido donas do livro antes dela.

O quarto de Selene era uma pequena fortaleza, preenchido do chão ao teto com pilhas e mais pilhas de livros antigos, deixando espaço apenas para duas janelas e uma porta. Na escrivaninha, que mais parecia um puxadinho desordenado onde ela se escorava — ou melhor, estava cercada —, havia histórias mitológicas esculpidas ao longo das bordas e gravuras feitas à mão em cada perna do móvel. O telefone que Selene atendeu também parecia adornado demais, item que se esperaria encontrar em um escritório da realeza. Toda a superfície do aparelho, o qual ela teve dificuldade de localizar por ali, era enfeitada com detalhes pretos e dourados, e não apenas nas partes mais visíveis. Apesar de sua aparência elaborada, era perfeitamente funcional, idêntico a um rádio sem fio usado por navegadores.

De repente, uma pessoa apareceu no quarto — ou, melhor, um holograma tridimensional de uma pessoa em tamanho real. Em um lugar como aquele, onde era impossível verificar de modo adequado a identidade de alguém, muito menos contar com a chegada da polícia ao apertar um botão de emergência, a etiqueta ditava que todos deveriam se mostrar da maneira mais evidente que conseguissem, por segurança. Olhar diretamente para alguém, ainda que fosse um estranho, era um jeito de obter alguma informação. A figura projetada no holograma era a de um homem jovem, por volta dos vinte anos. Como era típico dos navegadores, ele tinha cabelo curto e usava roupas visivelmente desgastadas, como se não fossem lavadas há um bom tempo. A julgar pela decoração do interior da nave dele, ou pela falta de decoração, parecia se tratar de um modelo tão rudimentar que talvez tivesse sido fabricado em alguma região periférica. Ou então se tratava de um veículo montado artesanalmente. Selene ficou curiosa quando notou que o olhar do jovem estava fixo nela. Era algo raro, já que a maioria das pessoas que entrava naquele quarto se distraía com as pilhas de livros que ocupavam o espaço. Era estranho, para dizer o mínimo.

— Lily?

Ao ouvir isso, Selene ficou surpresa. O que é compreensível se, de repente, um estranho chama você pelo nome da sua avó.

— Esse é o nome da minha avó.

— Ah...

O jovem se calou. "Que sujeito estranho", pensou Selene. Notou que a voz dele se repetia ou duplicava, uma emitida pela boca e outra pelo dispositivo pendurado em seu pescoço. Era um dispositivo tradutor. O fato de o jovem não falar a língua oficial sugeria que ele vinha de um lugar pouco desenvolvido.

— Você deve ter algo aí para pagar, certo?

— O que é que você está resmungando?

A resposta do jovem fez Selene levantar a sobrancelha. Sua linguagem grosseira não combinava com sua aparência, mas o fato de o viajante não saber a língua oficial indicava que tipo de pessoa ele era. Selene começou a se sentir incomodada. Alguns anos antes, alguém usando um dispositivo tradutor ameaçou explodir sua casa. Na ocasião, ela foi obrigada a entregar tudo o que possuía de valor: peças culturalmente inestimáveis, como cerâmicas pré-históricas, dentes de dinossauro e cinzeiros no estilo gótico — tesouros que ela havia coletado ao longo dos anos trocando programas. Objetos que ela nunca mais veria.

— Não preciso de dinheiro. O dinheiro da Terra não tem valor aqui. Nem de comida, pois já não sinto o sabor de nada. Tampouco preciso de joias ou roupas, pois não há ninguém aqui para eu impressionar. Tudo o que quero são livros que não existem aqui.

— E por que eu teria algo assim?

É claro que não teria.

— Não tenho como fornecer nenhum programa. Tente em outro lugar, talvez tenha mais sorte. Deve haver outros lugares que ainda aceitam barras de ouro antigas.

— Eu preciso de um programa daqui.

Selene começou a se irritar.

— Parece que seu dispositivo tradutor não está funcionando direito. Eu disse para você tentar em outro lugar.

O jovem ficou em silêncio. Era, de fato, um sujeito estranho. A julgar pela expressão em seu rosto, parecia que estava pedindo de maneira educada. Apesar de uma leve mistura de embaraço e desapontamento, sua expressão permanecia serena. E como ele continuou parado ali, sem cortar a comunicação nem ir embora, Selene começou a sentir dor de cabeça.

— Para onde você planeja ir?

O jovem hesitou, como se temesse que a resposta pudesse ofender sua interlocutora. Isso deixou Selene ainda mais curiosa para ouvir o que ele poderia estar tentando esconder.

— Planejo ir aos "confins do universo".

Sem dizer uma palavra, Selene colocou o telefone de volta no gancho.

Nas vagas da vida, vendavais de acção,
me vê subir, descer, tecer fios neste pano!
Nascer e morrer, eterno oceano,
alternando a trama, a vida uma chama,
e sentado ao tear vibrante do Tempo
teço à divindade o seu manto vivo.

Selene, ao olhar pela janela com as mãos apoiadas no livro que tinha acabado de fechar, quase desmaiou de susto. Uma nave espacial havia parado ao lado da estação-satélite onde ela vivia. O fato de a nave "parar" não significava que estivesse estacionada no sentido literal, mas que voava na mesma órbita e velocidade que a casa de Selene.

Enquanto observava pela janela, perplexa, um astronauta saiu da nave e começou a se aproximar de sua casa. Ela estava tão chocada que pensou se não precisaria de um tranquilizante. Desde que aquela residência havia sido construída, ninguém que não fosse da família dela havia entrado em sua casa. A escotilha externa só tinha sido aberta uma vez, quando a tataravó de Selene comprou a propriedade. Desde então, cada geração foi produzida por clonagem: a tataravó deu origem à bisavó, que gerou a avó, e assim até Selene. Mesmo nas poucas vezes em que havia sido roubada, ela preferiu entregar dinheiro e objetos pela escotilha de descarte de lixo a permitir a entrada de estranhos.

Desesperada, abriu o painel de controle e ligou todas as câmeras de segurança, algo que não fazia desde criança, quando sua mãe lhe ensinou o funcionamento da casa.

Do lado de fora, o astronauta flutuava tranquilamente, como se estivesse nadando em uma piscina. Aproximou-se sem medo e entrou no corredor de acoplamento. Um movimento em falso ou uma mudança na rotação da casa poderia tê-lo jogado contra uma das antenas da estação-satélite, com consequências fatais. Mesmo agora, ajustar a velocidade ou alterar a órbita garantiria que o astronauta não retornasse mais à nave dele. Mas Selene não conseguiu fazer nada disso. Ficou paralisada, observando pelas câmeras o estranho invadir sua casa. No fim, ela mesma lhe deu acesso à escotilha externa, pois deixá-lo ali significaria o risco de jogá-lo no vazio.

Após a entrada do astronauta na escotilha externa, Selene preencheu com ar a câmara de descompressão e finalmente pôde falar com ele pelo alto-falante:

— O que você pensa que está fazendo? Esta é uma propriedade privada. Saia agora!

— Foi mal aí — respondeu o jovem de forma rude. — Mas é que a velhota desligou o telefone na minha cara.

— Desligo ou atendo o telefone quando eu quiser! Quem lhe deu permissão para entrar na minha casa?

— Foi mal aí — repetiu ele.

Selene começou a se perguntar se ele realmente estava arrependido.

— Se você não sair agora, vou chamar a polícia!

Claro que era uma ameaça inútil. De fato, houve tempos em que policiais patrulhavam o espaço, mas isso era coisa de um passado distante.

— Você nem tem com o que me pagar.

— Mas me disseram que desta vez seria de graça.

— Quem disse?

— Sua avó.

Era preciso se acalmar. Isso mesmo. Era essencial manter a calma em momentos como aquele. Selene respirou fundo.

— A escotilha interna só pode ser aberta manualmente. Nem pense em entrar aqui. A menos que você tente forçar sua nave para cá, a escotilha não vai abrir.

— Tudo bem, não vou forçar nada. É só a senhora abrir.

Selene riu alto e desligou a energia de toda a casa, exceto de sua escrivaninha. O lugar ficou mergulhado em completa escuridão.

Um dia inteiro se passou, e a nave continuava estacionada ao lado da janela. Selene mal conseguiu dormir. Já sem paciência com a situação, ligou novamente a energia e acendeu a luz da câmara onde o intruso estava. O jovem levantou a cabeça em reação à luz. Pelo menos não estava morto. Ele já havia retirado o traje espacial, que flutuava a seu lado. Se Selene abrisse a escotilha externa naquele momento, ele morreria de imediato, mas ela não tinha coragem de fazer isso.

— Por que você está fazendo isso comigo?

— Foi mal aí.

O sujeitinho começou a parecer um papagaio.

— Mas é que eu sei que a senhora é a única que pode me ajudar. Não vou procurar outra pessoa.

Selene ficou sem reação, perplexa. Afinal, o jovem passou o dia inteiro sem bater na porta ou emitir um som sequer. Havia permanecido comportado em sua prisão improvisada. Ela não conseguia entender aquele sujeito. Se ele não tivesse aberto a boca...

— Se ao menos você corrigisse seu jeito de falar, talvez eu pudesse negociar... — começou Selene. Porém, ela se calou ao perceber que algo estava errado. Depois emendou: — Há quanto tempo você usa esse dispositivo tradutor?

— Atualizei os dados faz dois dias.

Ela pôs a mão na testa, riu alto e depois respirou fundo.

— Entre.

— Sério?

O rosto do jovem se iluminou, aliviado.

— Sim, mas com uma condição: enquanto eu ajusto as configurações do seu tradutor, você não vai dizer uma palavra.

Selene ajustou e prendeu o dispositivo na roupa do jovem. Em seguida fez um teste.

— Diga que eu sou a melhor de todas.

— Eu sei que a vovó é a melhor navegadora de todas.

— Hum... Ainda precisa de uns ajustes no tratamento formal, mas acho que por enquanto dá para o gasto — disse Selene com expressão satisfeita.

Quando o jovem adentrou a estação-satélite, o humor de Selene já tinha melhorado. Ele deslizou para o interior da casa com movimentos impecáveis. Em seguida, como se estivesse sentado em uma poltrona flutuante, ficou imóvel no ar, em um equilíbrio perfeito.

Selene logo notou algo em comum entre os dois: ele também era alguém que havia crescido no espaço, sem ter que lidar com a gravidade. Humanos criados em um ambiente de gravidade terrestre não conseguiriam suportar muito tempo em órbita, o rosto incharia, perderiam cálcio nos ossos e implorariam para voltar à Terra como uma criança querendo o colo da mãe. Por outro lado, se Selene descesse à Terra, seria incapaz de se mover, sofreria com a descida rápida do sangue, o que causaria uma anemia brutal; seus ossos se quebrariam sob o peso da gravidade e ela seria esmagada pela imensa pressão atmosférica. Assim como os humanos estavam presos à Terra, Selene estava presa ao espaço.

Pela janela redonda, a Terra azul brilhava ao longe. Dizem que quem deixa sua terra natal se torna patriota. Da mesma forma, quem deixa a Terra se torna "devoto das estrelas". A navegação pelo espaço é como um caminho de busca espiritual. Muitos dos grandes ambientalistas tiveram experiência como navegadores. O problema é que eles eram poucos em comparação com o restante da humanidade.

— A Terra não tem mais esperança, sabe? — murmurou Selene, observando o jovem, que estava de olhos fixos na janela. — Quando você retornar, ela não será mais um planeta habitável. Estou envelhecendo e em breve esta casa será abandonada. Já é tarde demais para mim e, de todo modo, não tenho a intenção de produzir outros clones. Depois disso, não haverá mais visitantes à procura de mapas. Quando eu morrer, posso deixar a casa selada no vácuo, sem ar, para que meus livros durem um pouco mais, porém isso também não será para sempre. Para você ou para mim, esta será a última viagem.

— Já ouvi histórias como essa — disse o jovem em voz baixa, sem desviar os olhos da janela. — Mas a humanidade sobreviverá. Como sementes em hibernação, aguardando o momento certo para florescer de novo. E é bem provável que, como um paciente com amnésia, vamos cometer os mesmos erros.

— Talvez — disse Selene, dando de ombros. — A morte de uma civilização não é tão diferente da morte de uma pessoa. Assim como a alma de um indivíduo viaja pelo ciclo das reencarnações, a alma de uma civilização também renasce, só que nas estrelas. As crianças são sempre mais velhas que seus pais. Por mais que o cérebro não se lembre, as memórias estão inscritas em seus genes. A humanidade progride pouco a pouco. Até o dia em que teremos evoluído o suficiente para criar uma civilização imortal.

Ao dizer isso, Selene sorriu por dentro. Aos poucos, estava começando a gostar do rapaz.

Ela abriu uma tampa em sua escrivaninha e revelou um computador embutido repleto de detalhes que remetiam ao desenho de um dragão. Dentro dele estava o mapa estelar mais detalhado do universo, compilado e aperfeiçoado desde a época de sua tataravó. Memorizar um mapa galáctico com aquele nível de informações, prever as complexas interações entre bilhões de estrelas, assim como traçar novos caminhos através de rotas cósmicas em constante mudança era trabalho de uma vida inteira. Por isso não havia navegador que também não fosse cartógrafo. Afinal, quando um cartógrafo conseguisse dominar a arte dos cálculos, já estaria velho demais para viajar. Selene fazia os cálculos e transferia os programas para as naves de jovens destemidos que não tinham grande apego à vida. Metade deles, pessoas desesperadas, enquanto a outra metade eram pessoas incapazes de sentir desespero.

— Diga-me o seu destino. Posso calcular qualquer rota.

O jovem sorriu enquanto encarava Selene, intrigado, como que dizendo: "A senhora ainda não entendeu o que eu quero?".

— Planejo ir aos confins do universo.

Então o dispositivo não havia traduzido errado da primeira vez — pelo menos não no sentido semântico.

— Não consegue pensar em um percurso mais clássico?

Os olhos do jovem não vacilaram. Nem o tradutor estava defeituoso nem ele estava confuso. Com voz firme e pausada, disse:

— Sei que a senhora consegue me ajudar.

— Claro que consigo — resmungou Selene. — Mas onde você conseguiu essa informação? Só meus clientes mais antigos sabem disso. Invadiu o sistema de algum deles?

O jovem não respondeu.

— O que foi? Por que quer ir aos confins? Você é uma dessas pessoas desiludidas com a Terra? Ou foi rejeitado por alguma garota bonita? Ou, pior ainda, cometeu um crime tão grave que não pode mais voltar? — ironizou Selene, atenta à expressão do jovem.

No entanto, quando prestou mais atenção nele, um pensamento atravessou sua mente: talvez ele estivesse dizendo a verdade. Ele não parecia ter sofrido desilusões ou cometido crimes. Não parecia sequer compreender o que esses termos significavam. O rosto dele expressava uma mistura do entusiasmo ingênuo de uma criança e do cansaço de um velho. Como se ele tivesse passado por experiências difíceis, do tipo que a maioria das pessoas levaria gerações para enfrentar, e, ao mesmo tempo, possuísse a pureza segura de alguém que acabou de nascer. Como se ele tivesse permanecido em uma incubadora, protegido de qualquer contaminação externa. Ela continuou:

— Se você quer viajar para o futuro, vá dez ou vinte anos adiante. Basta dar uma volta por Alpha Centauri ou orbitar o sistema solar cinco vezes. Até lá, o que quer que você ame ou odeie já terá desaparecido.

Sem responder, o jovem voltou a fixar os olhos na Terra.

— Mas não recomendo que você viaje para o futuro — retomou Selene. — As guerras foram longas demais e há muitos lugares inabitáveis para humanos. A maioria dos navegadores já abandonou seus trabalhos. Não há garantias de que você conseguirá voltar.

— Eu sei — disse o jovem com tranquilidade. — Eu quero fazer uma viagem da qual não possa voltar. Para o lugar mais distante de todos.

Selene estalou a língua, desapontada. Já havia conhecido pessoas como ele. Eram como peixes seguindo a correnteza: não buscavam um destino, apenas estar em movimento constante. Da mesma forma que Selene não conseguia suportar mudanças e movimentos no espaço, elas não suportavam ficar paradas em um só lugar.

— Bem, para mim, basta fornecer o programa e pronto. Não me importa para onde você vai. Mas se quer ir para os confins do universo, não será de graça.

— "Faltam sempre coisas, no mundo inteiro. A um isto, a outro aquilo, e aqui: dinheiro."

Selene ficou atônita, sentiu que podia desfalecer a qualquer momento. Aquela frase não tinha vindo da cabeça dele.

— Como você conhece essa frase?

O jovem apontou para a escrivaninha de Selene. Ainda confusa, ela seguiu o dedo que apontava precisamente para um livro grudado à escrivaninha com fita adesiva.

— Eu tinha esse livro na minha nave.

— Mentira. Sou a única pessoa no universo que possui este livro — respondeu Selene de forma brusca.

— Ó, sábia vovó, "que dos astros sabe o ciclo, a casa, a hora", acha mesmo que eu tentaria enganar a senhora?

Selene congelou, boquiaberta.

— Esse livro foi meu pagamento adiantado à vovó Lily. Ela disse que eu poderia retornar mais tarde, pois deixaria a neta dela avisada.

— Então quer dizer que... — começou Selene. Ela tateou na gaveta da escrivaninha à procura de alguma coisa e colocou na boca um punhado de tabaco, na tentativa de se acalmar, depois continuou: — ... você é um "viajante do tempo"?

O jovem fez que sim.

Desde que as naves para viagens na velocidade da luz foram criadas, muitas pessoas haviam fugido para o futuro. Era simples: bastava viajar dez ou vinte anos-luz e voltar. Muitos desses viajantes eram criminosos. Antes que as leis para viagens espaciais se tornassem mais rigorosas, eles fugiam para o futuro, aguardando a prescrição de seus crimes. Contudo, a comunidade internacional acabou proibindo voos civis na velocidade da luz. Qualquer piloto de uma nave não registrada que pousasse em um porto seria imediatamente preso, qualquer que fosse a data de partida ou o planeta de origem. Com isso, os infratores das leis de velocidade da luz não podiam mais retornar à Terra, sendo forçados a vagar pelo espaço. Os poucos que conseguiam voltar clandestinamente sofriam para se adaptar à nova era da Terra e acabavam fugindo de novo para o futuro.

Selene já havia cruzado com alguns viajantes desses. Eram como mariposas atraídas pela luz, correndo incessantemente atrás do futuro.

Eles acreditavam que o futuro guardava algo melhor e que lá poderiam achar o que não conseguiram encontrar no presente. Ela também conheceu pessoas vindas do passado. Assustadas como alienígenas, temiam tudo a seu redor e, incapazes de suportar o presente, acabavam fugindo para o futuro. Claro, elas não encontrariam descanso em lugar nenhum. Onde quer que pousassem, acabariam fugindo outra vez.

O problema é que enquanto as naves de velocidade da luz foram desenvolvidas há cinquenta anos, o livro ao qual ele se referia estava na estação-satélite havia pelo menos cem anos.

— De que ano você vem?

— O calendário que eu uso não é compatível com o usado na Terra hoje em dia — respondeu o jovem, coçando a cabeça. — O que eu uso tem como base o nascimento de Cristo.

Era a primeira vez que Selene ouvia essa palavra.

— Cristo? O que é isso?

— Uma espécie de encarnação de Deus — começou o jovem, hesitante. — Algo que não existe mais nesta época. Para ser mais preciso, trata-se de uma história que data da época dos meus pais. Afinal, eu nasci em uma nave espacial.

Selene pegou mais um punhado do tabaco de mascar, colocou na boca e aguardou o sabor se espalhar enquanto examinava o rosto do jovem mais uma vez. Havia algo muito genuíno em sua expressão. Parecia alguém que nunca havia aprendido a mentir.

Uma antiga lenda, do tipo que circula nos lares de navegadores espaciais, falava de meteoritos oriundos das Plêiades ou da Grande Nuvem de Magalhães. São fragmentos de estrelas tão distantes que, mesmo que alguém tivesse embarcado na primeira nave de velocidade da luz e estivesse viajando até hoje, ainda estaria longe de alcançá-los. Muitos tratavam essas histórias como exageros típicos dos navegadores. No entanto, alguns historiadores mais românticos e mineralogistas que afirmavam ter visto os meteoritos de perto acreditavam que os humanos já existiam em épocas pré-históricas, assim como naves espaciais já realizavam viagens na velocidade da luz havia milênios. E que os viajantes dessas épocas antigas ainda vagavam pelo cosmos.

— A morte de uma civilização não é tão diferente da morte de uma pessoa. Assim como ocorre na reencarnação, você esquece suas memórias, renasce, morre e repete o mesmo ciclo — disse ele com um sorriso, como se tivesse lido a mente de Selene. — Da mesma forma que uma criança herda algo dos pais, a humanidade também parece guardar memórias inconscientes, permitindo que se recriem atos que, um dia, já foram realizados pela primeira vez. Acertos e erros. É como assistir ao mesmo filme muitas e muitas vezes, com pequenas alterações a cada edição. Por isso acredito que a humanidade irá sobreviver novamente. Dará origem a uma nova civilização. Não seja tão pessimista.

Selene arregalou seus olhos enrugados, depois fechou a cara em dúvida e, por fim, relaxou em contemplação. Repetiu esse ciclo algumas vezes antes de balançar a cabeça para clarear a mente.

— Quer dizer que você sempre volta à Terra? Por que não baixou todos os programas de uma vez? — perguntou ela, tentando se concentrar.

— Já explorei todas as rotas conhecidas pelos programas da minha época. Se quero novas rotas, preciso voltar aqui.

Selene assentiu lentamente. Fazia sentido.

— Então você voltou na hora certa. Diga-me: como conseguiu vir exatamente para esta época, onde ainda existem navegadores? Há algum tipo de... sistema de previsões?

O jovem balançou a cabeça.

— Eu só esperei. Desta vez, rodei o sistema solar por vinte mil anos, aguardando que a humanidade voltasse a explorar o espaço. Foi um tempo tão longo, e esperei tanto, que achei que ela nunca mais voltaria seu olhar para as estrelas.

Selene colocou a mão no peito e soltou um suspiro profundo. Aquele visitante estava deixando-a exausta. Não trazia nada de bom para o seu coração.

— E os programas? — perguntou ela, sua voz cheia de dúvidas. — Vocês usavam os mesmos que usamos agora? E quanto às frequências de rádio? Como você consegue compatibilizar as configurações das portas de conexão?

— É por isso que sempre fui eu quem forneceu as informações sobre naves de velocidade da luz.

Selene inspirou profundamente, esforçando-se para manter a compostura.

— Ok, nem sempre sou eu — admitiu o jovem, abaixando a cabeça como se estivesse confessando um crime. — Às vezes, quando tudo já está ajustado antes de eu chegar, percebo que outro viajante do tempo já passou por ali antes de mim. Significa que não sou o único com esse tipo de demanda.

Ele olhou para a janela, depois prosseguiu:

— Algumas vezes, voltei à Terra e a encontrei totalmente congelada. Outras vezes, dei a volta no planeta e encontrei apenas algumas tribos de terráqueos sobreviventes. Nesses casos, desci para tentar protegê-los. Se não tivesse feito isso, a humanidade poderia ter se extinguido. Já me peguei ensinando a fazer fogo, a escrever, até a cultivar a terra. Mas nunca fiquei muito tempo. Sempre partia logo, como um fazendeiro que espalha sementes e foge, rezando para que germinem em abundância.

O jovem abaixou novamente a cabeça. Selene percebeu uma tristeza em seus olhos que parecia fruto de experiências inimagináveis. Eles refletiam visões de incontáveis catástrofes. Florestas carbonizadas, terras férteis transformadas em desertos, cidades destruídas por terremotos, tsunâmis, erupções vulcânicas e guerras atrozes.

— Houve um tempo em que eu acreditava que a humanidade sobrevivia graças a mim — disse o jovem de modo suave. — Que sem meus esforços eles não teriam sobrevivido. Mas hoje não penso mais assim. Talvez seja justamente por minha causa que a humanidade continua repetindo seu destino fatídico. Acredito que, se eu não tivesse interferido, eles teriam demorado mais para se desenvolver, mas talvez pudessem ter progredido de forma diferente.

Em silêncio, Selene observou o rosto do jovem, enquanto ele mantinha o olhar voltado para a janela. Ela então perguntou:

— Por isso você não quer mais voltar?

O jovem não respondeu.

Selene deu de ombros, deixando o silêncio preencher o espaço.

— Isso significa que, se o pagamento já foi feito, não tenho escolha. Minha mãe, inclusive, deixou bem claro no testamento que havia uma dívida a ser honrada com a senhora. Sendo assim, vou carregar o programa e lhe entregar o que veio buscar.

— Este programa foi encomendado há vinte anos por um cientista maluco — disse Selene enquanto pegava um lápis e uma folha em sua escrivaninha.

O jovem flutuou até a escrivaninha de Selene, tomando um leve impulso ao empurrar a parede com os dedos.

— Ele queria ser como Magalhães. Entende o que quero dizer?

— Entendo — confirmou o jovem. — Esse dispositivo não só traduz idiomas, mas converte termos simbólicos e técnicos para alguma coisa que faça sentido para mim. Prossiga.

— Quando perguntei por que ele queria ir tão longe, mesmo sabendo que, quando voltasse, não haveria ninguém para aplaudi-lo, nem jornalistas para tirar fotos nem revistas para publicar seu rosto na capa, ele respondeu que a ciência não é feita por vaidade. É feita para satisfazer a profunda curiosidade humana.

O jovem sorriu enquanto Selene rodava o lápis entre os dedos.

— Vamos lá... — disse ela, desenhando um círculo na folha de papel. — Você sabe que a luz viaja em curvas, certo?

O jovem hesitou por um momento.

— Acho que sim.

— Como "acho que sim"? — Um pouco irritada, Selene estalou a língua e prosseguiu: — É como uma esfera. Uma esfera, teoricamente, é um objeto tridimensional, não tem uma representação bidimensional. Na teoria, tal objeto não deveria existir. O universo é parecido com isso. Então, se você partir da Terra e seguir em linha reta... — ela apontou para o círculo na folha de papel — ... acabará voltando para a Terra.

Quando olhou para o jovem, Selene percebeu uma coisa curiosa. Pela primeira vez, ele parecia estar vendo algo verdadeiramente "estranho". Era como se tivesse acabado de perceber que o conceito de um programa para ir aos confins do universo refletia a visão do universo de uma época específica.

— Certo — assentiu ele, como quem tenta se convencer.

— O problema é o seguinte: quando você voltar, não terá como saber se voltou à Terra. Em cinco bilhões de anos, o Sol e a Terra terão se apagado, queimado ou explodido; simplesmente deixado de existir. O sistema solar desaparecerá e o mesmo acontecerá com a Via Láctea; ela talvez seja absorvida pela galáxia de Andrômeda e se torne algo completamente diferente ou, quem sabe, desapareça por completo. Uma nova galáxia pode surgir, assim como um novo sistema estelar pode se formar onde a Terra estava. Mas nada será igual, nem uma molécula nem um único átomo. Não haverá referência alguma para comparação. Mapas do universo não servirão para nada. E por mais que deixem algum tipo de sinalizador nos caminhos das estrelas, ele já terá se desintegrado há muito tempo.

O jovem assentiu novamente.

— Pois bem. Com isso em mente, cheguei à conclusão de que a única coisa que poderia subsistir até lá seria um objeto se deslocando na velocidade da luz.

Dessa vez, o jovem assentiu com ainda mais convicção.

— Imaginei, então, naves espaciais gêmeas partindo da Terra em direções opostas. Ambas emitiriam ondas de rádio identificáveis entre si enquanto seguiriam suas rotas, com programas idênticos e se movendo na mesmíssima velocidade.

Selene pegou dois lápis, segurou um em cada mão e traçou linhas em direções opostas a partir de um ponto no círculo que ela havia desenhado na folha de papel. As duas linhas se encontraram no lado oposto do círculo.

— O ponto onde as duas naves se encontrarem novamente será, do ponto de vista da Terra, os confins do universo. O ponto antipodal à Terra no espaço.

O jovem parecia impressionado com a ideia, quase emocionado.

— Uma nave viajando à velocidade da luz não encontrará obstáculos que possam mudar seu trajeto. Você sabe disso, certo?

— Sei.

— As naves que atingem a velocidade da luz entram em outra dimensão. Caso contrário, seriam destruídas ao colidir com materiais interestelares ou átomos de hidrogênio. Nunca ouvi relatos de uma nave que tenha alcançado a velocidade da luz e colidido com qualquer objeto.

— Mas como vou sobreviver até alcançar meu destino? — perguntou o jovem.

— Você irá acelerar até atingir a velocidade máxima. Isso deve levar cerca de um ano.

— Meus pais já aceleraram por cinco anos.

— Nossa! — disse Selene, parecendo intrigada. — Mas há um limite para a aceleração. A massa aumenta proporcionalmente à velocidade. É possível alcançar uma velocidade tão próxima à da luz que, em um ano, o atraso seria de apenas um metro. Mas ainda assim não será exatamente a velocidade da luz. O tempo quase para, mas não completamente. A compressão do tempo pode chegar a uma taxa de um para duzentos e cinquenta milhões, mas ele continua fluindo.

— Certo — disse o jovem, levantando a cabeça. — Porém, ainda que o tempo flua a uma taxa de um para duzentos e cinquenta milhões, eu não conseguiria dar uma volta completa no universo enquanto estiver vivo, não é?

— Por que não? — disse Selene calmamente. — Os confins do universo estão a cinco bilhões de anos-luz. Se levarmos em conta o tempo de desaceleração, você chegaria lá em apenas vinte anos. Você é jovem o suficiente para isso.

O astronauta ficou parado por um tempo, como se estivesse processando a informação na mesma proporção que o tempo comprimido de um para duzentos e cinquenta milhões. Por fim, acelerou aos poucos e disse, com a voz cheia de descrença:

— Como é que é?

— Cinco bilhões de anos-luz. O que ensinaram a você nas suas aulas de astronomia?

O jovem ficou com uma expressão oscilante, entre confuso e curioso.

— Espera aí... Como é que esse tipo de teoria surgiu? Mesmo com a tecnologia desta época, somos capazes de observar corpos celestes a treze bilhões de anos-luz?

— Claro que sim. Você está falando das "imagens refletidas", não é?

O jovem parecia ainda mais desorientado. Os dois se olharam por um momento, percebendo que seus conhecimentos sobre o universo estavam em total descompasso.

— Vocês não sabiam disso na sua época? — perguntou Selene.

— O que são imagens refletidas?

— Para ser sincera, nunca precisei explicar isso — respondeu Selene, olhando para ele como se tivesse acabado de ouvir uma pergunta absurda como "Onde exatamente o Oceano Atlântico se separa do Pacífico?" ou "Como é possível saber se o Polo Norte está mesmo no Polo Norte?", ou ainda "Qual a distância entre os últimos molares e as narinas de um homem?".

Tocando a folha de papel com o lápis, ela explicou:

— Pense assim: mantendo o ângulo de partida, duas linhas retas, mesmo que não paralelas, eventualmente se encontram em algum ponto, certo?

Ele confirmou.

— E a soma das curvas, se a curvatura for constante, inevitavelmente forma um círculo. Sendo assim, se a luz continuar viajando, ela eventualmente dará a volta no círculo e retornará ao seu ponto de partida. Entende o que quero dizer?

O jovem fez que não com a cabeça.

— Isso significa que o universo que vemos a bilhões de anos-luz de distância é, na verdade, uma imagem tridimensional refletida de nós mesmos em um espelho.

Ele olhou fixo para Selene, claramente tentando processar o conceito.

— Veja bem — continuou ela. — Imagine que alguém está vivendo na superfície de uma esfera. Agora imagine a luz viajando ao redor da superfície dessa esfera. Se você usar um telescópio para olhar "para longe", a luz eventualmente retornará e o que você vai ver é a parte de trás da sua própria cabeça.

Selene desenhou uma esfera simples com uma pessoa em sua superfície e tracejou um círculo de linha pontilhada ao redor.

— Mas você nunca teria certeza de que está vendo a si mesmo. A imagem que você percebe no telescópio pode ser a sua, mas mostraria você como um bebê, porque muito tempo já passou. Quando a luz completa sua volta e retorna ao ponto de partida, já não é possível traçar comparações de nada. Estrelas, galáxias, moléculas e átomos — até mesmo o Sol — não serão mais os mesmos. Então, se olhássemos para o sistema solar a cinco bilhões de anos-luz de distância, mesmo com o telescópio mais avançado e o maior grau de ampliação possível, a única coisa que veríamos seria, talvez, o Sol. E até o Sol, daqui a cinco bilhões de anos, não existiria mais, muito menos a Terra. Mesmo que você viajasse direto para lá, a fim de "ver com os próprios olhos" o que aconteceu, ao chegar, cinco bilhões de anos teriam se passado e você encontraria uma nuvem de poeira estelar, um buraco negro ou outro sistema estelar. Não existe medida para calcular mudanças em um intervalo de dez bilhões de anos. Tudo no universo se modifica de maneira imprevisível. Por isso ele parece infinito para nós. E mesmo que você volte ao ponto de partida, será completamente diferente. O universo é como dois espelhos colocados frente a frente. A luz se reflete infinitamente entre eles e quanto mais longe você olha, mais densa a imagem parece. Isso porque à medida que a distância aumenta, as imagens refletidas pela luz se multiplicam.

O jovem manteve os olhos fixos em Selene por um bom tempo. Por fim, disse:

— Então, essa era a visão do universo daquela época.

— O que você quer dizer com "daquela época"? — perguntou Selene, frustrada.

A expressão do jovem era de contemplação.

— Mas como descobriram isso? — ele perguntou, quebrando o silêncio.

— Do que você está falando?

— Se não há nada para comparar, como podemos ter certeza de que é a nossa própria imagem refletida?

— Ah, era só o que me faltava... Você estava me ouvindo? Expliquei que a luz viaja em curvas. Se a luz se move em curvas, é lógico que a nossa imagem aparece em algum lugar do universo — disse Selene rispidamente.

Nos olhos do jovem, era possível ver pensamentos conflitantes como: "Ah, é isso mesmo", "Ok, mas espera aí...", "Então, como é exatamente...?". Por fim, ele falou:

— Deixe eu reformular: como sabemos que a luz viaja em curvas?

Selene refletiu um pouco, tentando lembrar como aprendeu que a Terra orbitava o Sol ou que o Sol estava a cento e cinquenta milhões de quilômetros da Terra.

— Pelo efeito Doppler — respondeu Selene, esperando que ele não entendesse.

Porém, a reação do jovem a surpreendeu. Ele pareceu genuinamente chocado.

— A senhora disse "efeito Doppler", não foi? Espere, gostaria de ter certeza de que meu dispositivo não traduziu incorretamente. A senhora disse efeito Doppler?

— Soa bem parecido com o que eu disse — respondeu Selene, seca.

— Certo, é que meu tradutor também adapta termos técnicos. Poderia me explicar com mais detalhes?

— Estou falando sobre a impressão de que o universo está se expandindo. E quanto mais longe o universo, mais rápido ele parece se afastar.*

— Certo. Acho que meu dispositivo-tradutor me deu uma interpretação parecida.

---

* Na realidade, trata-se do fenômeno segundo o qual a frequência de uma onda muda quando a fonte emissora e o observador dela se movem, aproximando-se ou afastando-se um do outro. No mundo de Selene, acredita-se que o espaço curvo também causa mudanças na frequência da onda. (N. A.)

Apesar de os olhos do jovem novamente indicarem questionamentos como "Sei, e então?" e "Mas e aí, qual é a conclusão?", ele apenas perguntou:

— Mas então isso prova que a luz viaja em curvas?

— Claro — respondeu Selene com um olhar de pena, como quem explica algo básico para alguém de outra época. — Pense um pouco: "O universo não pode estar se expandindo de verdade".

O jovem encarou Selene com uma expressão carregada de pensamentos conflitantes. Por fim, murmurou um "ah..." ambíguo, que poderia ser interpretado como tudo ou nada. Selene prosseguiu:

— Se aplicarmos literalmente os cálculos da lei de Hubble — ao ouvir esse nome o jovem fez uma careta —, as estrelas em distâncias extremas pareceriam se mover mais rápido que a velocidade da luz. Isso não é real. Apenas parece assim.

— Certo — concordou o jovem, mas a expressão em seu rosto podia ser interpretada de muitas maneiras. Em seguida ele perguntou:
— E por que parece assim?

Selene girou os dedos como se estivesse tentando vasculhar a biblioteca interna de sua mente.

— Imagine que você está em um carro na Terra, observando a paisagem à distância. Objetos mais distantes parecem se mover devagar, assim como parecem estar mais próximos uns dos outros, certo?

O jovem assentiu com a cabeça. Selene pegou outra folha de papel e esboçou alguma coisa. Desenhou linhas longas e grossas na parte inferior da folha; acima delas, no centro da folha, linhas mais finas, curtas e mais próximas umas das outras; e linhas ainda mais finas e curtas, e ainda mais próximas, na parte superior da folha. O desenho lembrava uma paisagem sumindo ao longe.

— Em distâncias curtas, como na Terra, a luz se comporta quase como uma linha reta, então objetos distantes parecem não só se mover mais devagar como mais próximos uns dos outros. Porém, em distâncias imensas, como entre as estrelas, o efeito se inverte, porque a luz se curva; quanto mais distante um objeto está, mais rápido ele parece se mover, e parece ainda mais distante do que realmente está. Como é possível? Imagine que você está no lado mais estreito de um funil, observando as longitudes e latitudes desenhadas por dentro. Quando observamos o universo a partir da Terra, vemos algo semelhante. É o mesmo princípio da projeção de Mercator.

Mais uma vez, o jovem parecia confuso. Selene pensou que talvez seu tradutor tivesse confundido "projeção de Mercator" com algum outro termo estranho.

— Se você converte a superfície curva de um globo em um mapa plano, a Groenlândia vai parecer maior que a América do Norte, certo? O mesmo acontece quando observamos o universo do ponto de vista da Terra. No fim, o que os olhos humanos veem é apenas uma projeção achatada. Agora imagine que a luz viaja em curvas ao longo da superfície da Terra, de forma que seria possível observar o Polo Norte a partir do Polo Sul. Nesse caso, um único ponto no Polo Norte pareceria envolver a si próprio por completo. Veja, é apenas um ponto, mas pareceria infinitamente grande aos olhos.

O jovem refletiu por um momento antes de finalmente abrir a boca:

— Não é algo que possamos enxergar a olho nu, certo?

— O princípio é o mesmo.

— Já pensou sobre a ideia de o universo estar se expandindo?

A pergunta irritou Selene. Era como se o jovem a estivesse tratando como uma adepta da ultrapassada teoria de expansão do universo, que havia sido descartada há séculos.

— Essa teoria já existiu. Mas fazer o quê? — disse ela. — As pessoas preferem acreditar apenas no que os olhos podem ver. Por quanto tempo acreditaram que o Sol orbitava a Terra?

Selene fez uma pausa antes de continuar:

— A visão nada mais é do que uma projeção da luz nos olhos humanos. Uma ilusão criada pelos raios de luz refratados na retina, uma sombra que reflete fenômenos reais. Uma imagem distorcida do mundo real. Uma mosca vê o mundo como uma combinação de hexágonos. Para uma vaca, o mundo é preto e branco. Se as moscas tivessem evoluído, poderiam ter ficado obcecadas tentando entender os hexágonos que compõem sua visão do mundo. E por mais que as vacas tivessem evoluído, nunca inventariam algo como o semáforo. Não se deve confiar apenas no que os olhos veem. Para entender o mundo de verdade, é preciso olhar atentamente para os olhos humanos. Precisamos estudar o sistema nervoso humano e a natureza da luz, em vez de contarmos apenas com o que se enxerga. A questão importante não é "como as coisas parecem ser?", e sim "por que elas parecem ser assim?".

O jovem ouviu em silêncio e depois assentiu.

— Então esta é a filosofia que prevalece em sua época.

— Filosofia? Fala sério... — murmurou Selene, balançando a cabeça, exasperada.

O jovem sorriu.

— A senhora está certa, vovó. Mesmo vendo a mesmíssima coisa, as pessoas as interpretam de formas diferentes.

Ele ficou em silêncio, com ar pensativo. Uma quietude profunda tomou conta de suas feições, algo mais profundo do que calmo. Um silêncio tão vasto que parecia fazer parte do próprio universo. O tipo de silêncio que atraía para as profundezas até mesmo o pensamento dos que estavam ao redor. Devagar, ele abriu a boca:

— O tempo é como uma dimensão. Diferentes fluxos temporais pertencem a diferentes dimensões. Se mesmo em dez ou vinte anos o mundo muda completamente, imagine em dez mil ou vinte mil anos. E, como a senhora disse, em dez bilhões de anos...

O jovem começou a rir, depois prosseguiu:

— Não seria mais o mesmo mundo. Não é o espaço que mudou, é o tempo que transformou o mundo. Pensamos estar no mesmo espaço, mas talvez não seja verdade. Fico acreditando que estou sempre voltando à Terra, mas talvez já tenha entrado em outro universo completamente diferente.

— Muitíssimo obrigado por tudo — disse o jovem, por meio de um holograma, após ter voltado à sua nave. Enquanto ouvia o som do dispositivo tradutor, ele tocou de leve no aparelho em seu pescoço e acrescentou:

— Não ficou formal demais, ficou?

— Não, não. Está perfeito — respondeu Selene, sorrindo satisfeita.

O jovem pronunciou algumas palavras de teste, mas sua expressão parecia preocupada:

— Não quero parecer formal demais.

— Para quem?

— Quem sabe, né? — respondeu ele, com um leve sorriso otimista, como se tivesse certeza de que, no futuro, a humanidade sobreviveria e reapareceria em seu caminho, não importasse para onde ele fosse.

De repente, um pensamento atravessou a mente de Selene. Por curiosidade, mas também por um vago sentimento de dever humanitário, ela disse:

— Posso fazer mais uma pergunta?

— Claro.

— Existe algum planeta por aí onde a humanidade poderia viver?

Uma sombra de tristeza passou pelos olhos do jovem, que respondeu:

— Já existiu.

Ele utilizou o tempo passado, Selene pensou. Sem conseguir decifrar o semblante dele, insistiu:

— E você não vai me contar onde era?

— Mas eu já contei... Foi há cerca de cinquenta mil anos.

Selene permaneceu em silêncio por um momento.

— Não deu certo, né?

— Foi como fazer uma cópia do mesmo filme.

Se um jovem Deus tivesse aparecido diante de Selene e começado a falar com ela, provavelmente teria a mesma expressão cansada daquele jovem à sua frente — distante, profunda.

— O mesmo enredo se desenrolou, simultaneamente, em dois planetas, como se um universo paralelo tivesse sido criado. Cidades foram construídas, depois destruídas. Os sobreviventes recomeçaram a civilização, desde a era primitiva. Na última vez que voltei lá, ambos os planetas não eram mais habitáveis para os humanos.

— Humanos são sempre iguais, não importa onde estejam — murmurou Selene, como se isso fosse inevitável.

Enquanto observava a nave espacial se afastar, Selene se sobressaltou de repente, parecendo acordar de um sonho.

— O que foi que eu acabei de encontrar? — murmurou, segurando a cabeça entre as mãos, perplexa. — Que coisa mais estúpida eu fiz. Aquele jovem precisa continuar voltando à Terra, para que a humanidade tenha chances de sobreviver. Toda vez que ele retorna procurando por um navegador celestial, ele reconstrói a civilização. E acho que, desta vez, pode realmente ter sido a última.

Selene sacudiu a cabeça, parecendo lutar contra seus pensamentos. Depois de alguns instantes, ela se lembrou do rosto feliz do jovem em sua nave e suspirou.

— Não, não. Aquele sujeito está certo. Interferir no futuro é tão injusto quanto se intrometer no passado. Não é à toa que voos individuais na velocidade da luz foram proibidos. É como deve ser. Pensando bem, ele disse que viajou milhões de anos para me encontrar, não foi? Como último visitante, ele foi perfeito, porque, mesmo depois que a Terra desaparecer, meu programa continuará viajando pelo universo. Que incrível!

Selene pressionou um botão em sua cadeira, que liberou um leve jato de ar, movendo-a suavemente em direção à escrivaninha. Ela se recostou e fez a cadeira dar um giro completo, permitindo que seu corpo flutuasse no espaço sem gravidade, e abriu a última página de seu livro.

Suspende-te, tu que és tão belo!
O rasto dos trabalhos e dos dias,

nem eternidades podem apagá-los.

A Terra, de um azul profundo, foi ficando cada vez mais distante, até desaparecer de vista. Depois, também o Sol recuou no horizonte, seguido por todo o sistema solar, sumindo de seu campo de visão. Por fim, tudo se reduziu a um único ponto, que, por sua vez, desapareceu além do tempo. Ele sabia que a velha cartógrafa já teria chegado ao fim da vida. Quando retornasse, aquela embarcação-satélite também teria desaparecido, substituída por algo completamente diferente.

Seongha, o jovem que agora flutuava no vazio, relembrava as palavras da cartógrafa. Este lugar pode ser outra dimensão. Talvez seja um mundo regido por outras regras e trajetórias. O tempo e o espaço são uma única e mesma coisa. Ninguém poderia se mover pelo espaço sem percorrer o tempo. Qualquer pessoa que viajasse pelo espaço também deixaria o tempo fluir. O mundo em que ele viveu talvez já tivesse se extinguido em alguma dimensão distante... Pensando nisso, fechou os olhos e se entregou ao sono, tranquilo.

SEGUNDA HISTÓRIA (OU PRIMEIRA HISTÓRIA)

承 – O que devem fazer aqueles que desceram do céu

承 (Seung): Honrar, respeitar e reverenciar, suceder.

Enquanto as pessoas largavam seus utensílios agrícolas e, em fila, se ajoelhavam no chão, curvando a cabeça, Seongha sentiu-se visivelmente desconfortável. Na última vez que havia aterrissado ali de forma emergencial, foi perseguido pela polícia, que confundiu sua nave com um óvni. Agora ele se perguntava por que sua chegada, cercada da poeira e fumaça resultantes do impacto de uma aterrissagem forçada, tinha sido confundida com a aparição de uma divindade.

Certamente, algo semelhante já havia acontecido antes. E essa situação anterior fez as pessoas acreditarem que se tratava da chegada de um deus. Será que alguma nave anterior tinha pousado de forma dramática sobre a cabeça de um líder tribal que eles odiavam? Ou quem sabe tenha causado um incêndio florestal que devastou tudo pelo caminho, deixando-os impressionados com o poder do visitante "celestial"?

Um dos homens, que pareceu mais corajoso, saiu da fila e, com uma reverência respeitosa, fez um gesto para que o seguisse. Ele olhou para sua nave, receoso. Como se respondessem a um comando não verbal, dois homens mais fortes se levantaram da fila e foram até a nave, posicionando-se um de cada lado do veículo. Impressionante, eles pareciam saber que a nave era preciosa para Seongha. Ele, então, decidiu deixar a nave aos cuidados daqueles homens. Afinal, ela não se moveria sem antes ser reabastecida com Equiontes, e também não era como se aquelas pessoas, a julgar pelo nível de tecnologia disponível, pudessem levantá-la ou levá-la dali. Seongha decidiu seguir seu guia sem soltar uma palavra.

Seongha caminhava com dificuldade. Apesar de ter passado um mês adaptando-se à gravidade simulada pela aceleração da nave, a gravidade da Terra era esmagadora. Os nanorrobôs em seu corpo trabalhavam freneticamente, liberando substâncias químicas em seus músculos e ossos, mas cada passo ainda era como mergulhar as pernas em lava fervente. O guia, talvez em consideração à divindade que o acompanhava, ou talvez apenas para manter uma postura cerimoniosa, caminhava deliberadamente devagar, como um monge.

O sol derramava seus raios na terra como fogo. Até onde era possível ver, o céu azul continuava suspenso sobre os campos dourados, vibrante como uma pintura e, ao longe, moinhos de vento giravam lentamente. Parecia ser época de colheita, pois, de crianças a idosos, todos trabalhavam juntos nos campos, suados, felizes, sob o sol. Inconscientemente, Seongha teve uma visão daquele cenário transformado. Visualizou o campo dourado coberto de gelo, as montanhas ao longe envoltas por uma enorme muralha de neve, o rosto sorridente das pessoas tornando-se sombrio e cheio de desespero. Em vez de roupas leves de algodão, todos estavam embrulhados até a cabeça em peles grossas de animais. A única maneira de sobreviver era compartilhando o calor do corpo. E de um horizonte a outro uma tempestade de neve fatal soprava, ceifando vidas a cada sopro. O estoque de comida estava acabando e já não havia animais para caçar. Para sobreviver, eles precisavam uns dos outros...

O som de risadas de crianças trouxe Seongha de volta à realidade. No centro dos campos dourados, havia uma grande estrutura de pedra. Ela se erguia imponente, com pelo menos vinte metros de altura, e parecia um amálgama de estilos arquitetônicos de várias civilizações, com ares de um templo maia ou inca. Na entrada do templo, um guardião grotesco, esculpido como uma esfinge, observava a paisagem, ladeado por totens que remetiam a culturas indígenas. Uma longa escadaria levava ao topo da estrutura, também ladeada por totens, doze ao todo, representando os animais do zodíaco.

A mera ideia de ter que subir aquela escadaria sob o peso da gravidade deixou Seongha tonto por um instante. Mas, felizmente, uma porta de pedra se abriu na base da estrutura. Seja lá quem morasse naquela excêntrica construção provavelmente também não gostava da ideia de precisar subir e descer aquela escadaria toda vez. De ambos os lados da porta, homens estavam posicionados, provavelmente monges, ou pelo menos pareciam, de cabeça raspada e túnica que descia até os tornozelos. Com a cabeça inclinada em reverência e as mãos cruzadas diante do corpo, eles saudaram Seongha com um gesto de respeito profundo. Ele ficou surpreso ao se dar conta de que aquelas pessoas pareciam ter se preparado para sua chegada. Seu guia havia caminhado bem devagar provavelmente para que os outros tivessem tempo de organizar a recepção. Tudo fluía de maneira tão meticulosamente ensaiada que já parecia ter sido executado antes. Ao chegar diante da porta, o guia deu um passo para o lado e, com um gesto, indicou que Seongha deveria entrar. Ficou claro que seu guia não tinha permissão de transpor aquela porta.

Por um instante apenas, Seongha se perguntou como as pessoas ali reagiriam se ele simplesmente desse meia-volta e caminhasse na direção oposta, mas decidiu não testar a reação delas. O corredor era iluminado nas laterais por jarros com tochas, e as paredes adornadas com baixos-relevos que pareciam contar histórias de deuses e suas conquistas. Uma das imagens mostrava um deus do Sol descendo de algo semelhante a uma nave espacial. Ele queria olhar mais de perto, examinar os detalhes, mas não ousou interromper a caminhada.

Quando o que parecia um cortejo chegou a uma espécie de altar, alguém ali, já à espera, rufou um tambor. Esse sinal fez com que todos os monges se prostrassem no chão com as mãos voltadas para o céu. Sem entender se devia ou não imitá-los, Seongha, por fim, resolveu permanecer de pé. O tambor rufou novamente e portas se abriram, revelando uma grande chama azul acima do altar. Ele tentou olhar mais de perto, mas a luz era tão intensa que ofuscava seus olhos.

— Qual é o seu nome?

Uma voz grotesca ecoou pelo teto. Seongha levou um susto, não podia acreditar no que estava ouvindo: era a língua de uma civilização havia muito extinta na Terra, cujos rastros haviam desaparecido.

— Qual é o seu nome? — repetiu a voz, enquanto os monges no chão tremiam como folhas de salgueiro, como se aquele som invocasse espadas flamejantes e pudesse atacá-los. Olhando em volta, Seongha percebeu pequenos alto-falantes embutidos nas paredes. Já a chama azul parecia ser apenas uma projeção holográfica, a julgar pelo zunido estático que emitia.

— Seongha — respondeu ele, finalmente abrindo a boca.

Depois de um momento de silêncio, o holograma se apagou com um leve ruído. A chama desapareceu e as portas se fecharam.

Parecia ter sido um teste. E, aparentemente, Seongha havia passado. A seguir, mulheres se aproximaram para conduzi-lo a um banho, lhe ofereceram roupas limpas e depois o levaram a um quarto com uma cama. Uma sequência de pratos variados foi trazida, claramente preparados com os frutos daqueles campos dourados. Seongha tomou banho, mas não tocou na comida. Sabia muito bem o perigo de provar algo, pois não podia prever como seu sistema digestivo reagiria, já que os órgãos desse sistema não eram usados apropriadamente fazia muito tempo. Passou alguns dias no quarto, esperando que alguém que entendesse sua língua o chamasse novamente. Não acreditava que precisaria esperar muito. Afinal, não era o único ali movido pela curiosidade.

Três dias depois, Seongha foi conduzido, com os olhos vendados, por galerias até uma escada em espiral. Poucos degraus depois, foi deixado em frente a uma porta, já com a venda retirada de seus olhos. A porta era muito alta e ornamentada com entalhes de rosas, uma flor que claramente não crescia naquele clima. À direita da porta, a estátua de um cão de três cabeças e um homem de guarda dentro de uma armadura pesada; à esquerda, a estátua de uma mulher de túnica em uma concha. Era um contraste curioso: o deus da Guerra e a deusa da Beleza podiam estar ligados por um romance vivido em um passado mítico, mas e o Cérbero? Francamente. Quem quer que tivesse escolhido o arranjo daquelas estátuas parecia não ter o mesmo senso estético do escultor. Se elas representassem planetas separados pelo cosmos, haveria um simbolismo interessante. Contudo, os entalhes florais na porta sugeriam que não houvera essa intenção. Seongha se perguntou como aqueles fragmentos de mitos esquecidos teriam sido reinterpretados nas novas narrativas daquele mundo.

A porta se abriu com um deslizar silencioso, surpreendendo Seongha por um momento. As pessoas que o haviam guiado até ali recuaram, temerosas. Quando ele entrou, a porta se fechou sozinha. Ele observou, curioso, cordas e roldanas se moverem para ativar o mecanismo que atravessava o teto.

Estava no interior de um enorme salão. Tochas queimavam em cada pilar, iluminando o teto abobadado, e a disposição do cômodo lembrava uma sacada voltada para o centro. A noite começou a cair e o luar iluminava suavemente o ambiente.

No centro, de frente para Seongha, havia uma longa mesa que poderia facilmente acomodar vinte pessoas. Sobre ela, uma grande variedade de pratos, capaz de alimentar muitas pessoas, exalava cheiros e vapor quente. Numa das extremidades da mesa, havia um homem sentado. Conforme Seongha se aproximava dele, ficou claro por que o homem se escondia atrás de um holograma de chamas. Ele parecia um palhaço de circo. Um mecanismo chamativo, com um letreiro neon de um clube noturno barato, estava preso às suas costas. Parecia feito à mão e, nesse sentido, podia ser considerado até bem criativo. Canos semelhantes a escapamento de carro — provavelmente usados para expelir fumaça — saíam do mecanismo, apontando para várias direções, enquanto luzes coloridas formavam um círculo ao redor da cabeça do homem. E, suspenso acima dele, pendia um grande globo luminoso, provavelmente ativado quando alguém precisava vê-lo com mais clareza.

— Eu sempre soube que, mais cedo ou mais tarde, alguém viria. Se consegui chegar aqui, outros também conseguiriam — disse o palhaço, quebrando o silêncio.

Seongha se sentou na extremidade oposta da longa mesa. Era a única cadeira disponível, e ele também não via motivo para se aproximar mais do homem. O palhaço cerrou os olhos enquanto examinava o rosto de Seongha, deixando suas rugas ainda mais visíveis. O sujeito era pequeno e corpulento. Sua estatura parecia ser um traço hereditário, mas sua corpulência parecia ter mais a ver com a quantidade de comida disposta na mesa. Sua barriga protuberante descansava entre a mesa e seu rosto rechonchudo.

— Você é... só um garoto, não é? Não, me perdoe. Mesmo sendo tão jovem, você deve ser muito mais inteligente que qualquer pessoa desta época.

Seongha permaneceu em silêncio.

— Neste lugar só tem idiotas. As mulheres são bonitas, mas não têm nada na cabeça. Os homens são fortes como touros, mas não sabem fazer nada direito. As crianças, assim que aprendem a andar, são jogadas nos campos ou mandadas para caçar. Podem ter braços, pernas, olhos e boca, mas não são diferentes dos animais. Se não fosse por mim, eles nem saberiam como construir uma casa. Quando cheguei, eles viviam como toupeiras, cavando buracos no chão para se abrigar.

— ...

— Você provavelmente está se perguntando como é que essas criaturas primitivas conseguiram construir um templo tão esplêndido, certo? Antes de vir para cá, eu era construtor. Todos os edifícios daqui foram projetados por mim. Para ser sincero, fazer esses idiotas selvagens entenderem o que eu queria foi extremamente cansativo, mas consegui. Sou mesmo alguém com uma paciência de ferro.

Como Seongha continuava em silêncio, ele franziu novamente o rosto, levantando as sobrancelhas grossas.

— Você por acaso não é mudo, é?

Seongha fez que não com a cabeça, indicando que o entendia. O homem, então, lambeu os lábios e pegou um mandu grande que estava no prato à sua frente.

— Estou cansado de me comunicar por gestos e sinais. Esperei muito tempo para conversar em uma língua humana novamente. Este lugar é como uma ilha deserta cheia de gente. Eu sou a única pessoa inteligente aqui, rodeado por gado. Sou um homem civilizado solitário no meio de um deserto.

Ele mastigou o mandu de maneira barulhenta.

— Meu único prazer aqui é comer... E você, por que não está comendo?

— Recebi um tratamento de nanorrobôs — respondeu Seongha, finalmente abrindo a boca. — Eles convertem luz e um pouco de água em nutrientes por meio de fotossíntese dentro do meu corpo. Não preciso consumir alimentos.

O palhaço deixou escapar uma risada.

— Não estou interessado em brigar com você.

— Nem eu — assegurou Seongha.

— Você é capaz de compreender os "milagres" que faço aqui, porque você é parte de uma sociedade civilizada, sobrevivente de uma época gloriosa. É o único humano neste mundo com capacidade de fazer o que eu faço. Ou melhor... aqui não somos humanos. Somos seres transcendentais, de outra dimensão. Criaturas celestiais.

Seongha olhou fixamente para as luzes piscantes nas costas do homem, que mais pareciam pisca-piscas em uma árvore de Natal, e disse:

— Não pretendo me tornar um deus.

— Mas você já desceu do céu.

— Vim buscar Equiontes para abastecer minha nave. Assim que a reabastecer, irei embora.

O combustível conhecido como Equiontes (aqueles que correm rápido) era utilizado para abastecer naves espaciais que viajavam na velocidade da luz. No início, recebeu o nome de Táquion ou Áxion, nomes um tanto imprecisos. A mudança de nome foi uma homenagem ao filho de Hermes, um argonauta — um dos tripulantes da embarcação Argo. O mais exato é dizer que Equiontes não era exatamente um combustível, mas algo próximo a cavalos celestiais que puxam uma nave espacial. Uma substância amorfa, um organismo semelhante a vagalumes, que usa toda a sua energia com o único propósito de acelerar. Normalmente, os Equiontes permaneciam em um estado cristalizado, hibernando, porém bastava alimentá-los com uma pequena quantidade de compostos proteicos e lipídicos para que eles despertassem, brilhantes, e acelerassem a nave. Ela, por sua vez, regulava sua velocidade com base nos tipos e quantidades de substâncias químicas oferecidas para alimentar os Equiontes.

— Você planeja voltar? — perguntou o palhaço com expressão confusa. — Para onde?

— Para outro lugar — respondeu Seongha. — Já explorei todas as rotas registradas na minha nave. Agora preciso encontrar outro cartógrafo, alguém capaz de calcular rotas que eu desconheço.

— Esse tipo de pessoa não existe nesta época.

— Eu sei. Por isso preciso ir um pouco mais para o futuro. Para uma época com civilizações mais avançadas. Acho que cheguei cedo demais.

O homem ficou em silêncio, encarando Seongha com um olhar feroz.

— Para o futuro... — murmurou, mastigando lentamente um mandu, como se quisesse digerir tanto o alimento quanto o que acabara de ouvir. — Eu também pensava assim. Achava que o futuro seria diferente, que, aonde quer que eu fosse, as coisas seriam melhores do que na porcaria da época em que eu vivia. Era como comprar uma passagem só de ida, esperando começar uma vida nova.

Enquanto o homem falava, Seongha se pegou pensando no mundo que havia deixado. Um lugar que os habitantes da Terra chamariam de celestial, onde o espaço era fluido e o tempo parecia suspenso. Para alcançar esse mundo, era preciso abandonar tudo o que se conhecia sobre espaço e tempo. Um mundo repleto de luz.

Nele, os Equiontes reduziam a massa da nave espacial, que os protegia e alimentava, ao nível de um elétron, permitindo que a nave alcançasse a velocidade da luz em órbita definida. E para obter a aceleração (a) desejada, tudo isso enquanto satisfazia a solução da equação (F = ma), reduzia-se a massa (m) no lado direito sem aumentar a força aplicada (F) no lado esquerdo.

Para reduzir a massa, os Equiontes elevavam a nave da terceira para a quarta dimensão,* assim como se fazia para ganhar velocidade no plano bidimensional da Terra, em que era preciso elevar para uma dimensão acima, a tridimensional. Na segunda dimensão, o espaço em que um avião está voando e o espaço em que um carro está correndo são, ao mesmo tempo, um só espaço e dois espaços distintos. São adjacentes, não se sobrepõem. Era por esse motivo que as naves espaciais que alcançavam a velocidade da luz não colidiam com partículas de hidrogênio no espaço. Os átomos de hidrogênio e outras partículas permaneciam abaixo, ou seja, em uma dimensão inferior. O que Seongha via de dentro da nave era o espaço, mas não o espaço como era percebido por aqueles que estavam "abaixo". Da mesma forma que as paisagens que alguém vê de um avião ou de um carro em movimento não são as mesmas.

Seongha respirou fundo, pensando no quanto ansiava aquele mundo, no quanto desejava voltar para lá. Porém, ali na Terra, a dezenas de milhares de anos-luz de distância do mundo em que ele tanto lamentava não poder estar, uma criatura do passado não parava de tagarelar:

— É como uma droga. Depois que você começa, não consegue parar. Volta uma vez, mas logo parte de novo, achando que o próximo futuro será melhor. Você não consegue abandonar essa esperança, por menor que ela seja. É como investir toda a sua vida em uma aposta. E, quando você volta, não tem mais identidade, endereço nem ninguém esperando por você. Quanto mais avança no futuro, menos você consegue se estabelecer. Você é tragado para dentro de um pântano

---

* Einstein se refere à quarta dimensão como sendo o tempo, mas aqui o termo é usado com um sentido mais geral. (N. A.)

profundo, até que sua única escolha seja viajar para sempre, como o capitão de um navio fantasma, condenado a jamais tocar no solo da Terra.

Depois de dizer tudo isso, o palhaço ergueu seu copo, como se brindasse, e declarou:

— É isto que somos. Viajantes do tempo.

A última frase foi claramente direcionada a Seongha.

— De fato é uma maldição. Só viajei por algumas dezenas de milhares de anos. Apenas algumas dezenas de milhares, e o curso da civilização virou de cabeça para baixo! As cidades gloriosas desapareceram e agora só restam selvagens cavando buracos na terra. Como é possível que monumentos grandiosos, que compunham cidades e países, tenham se desintegrado completamente?

O palhaço bateu seu copo de argila com força na mesa. Sua expressão era uma mistura de embriaguez e loucura. Por trás dessa loucura, havia medo. E, por trás do medo, uma solidão tão esmagadora que poderia deixar qualquer um louco.

— De que época você vem? Antes ou depois de mim?

Seongha não respondeu, apenas olhou para o luar que se derramava na varanda. A imagem o transportou novamente à terrível visão de pouco tempo antes: uma tempestade de neve devastadora, engolindo tudo. Após o pouso, abrir a porta significava morte certa, pois o ar carregava o gelo da morte, capaz de congelar pulmões e vísceras.

— Vamos fazer assim, meu amigo — declarou o palhaço, esboçando um sorriso enviesado. — Vou ceder uma parte do meu território para você. Construirei um templo só para você, assim como designarei alguns sacerdotes para fazer tudo funcionar. Pode criar suas próprias regras de adoração. Se quiser, pode obrigá-los a dançar tango ou ficar de ponta-cabeça. Você só precisa seguir algumas regras que estabeleci. Afinal, fui eu quem chegou primeiro, então acho justo que eu tenha alguns privilégios.

— Não pretendo ficar aqui por muito tempo.

O palhaço fez uma pausa e depois retomou a palavra:

— Você não entendeu. Estou lhe oferecendo algo grande. Tudo que existe neste lugar foi obra minha. Estou pronto para aceitá-lo como colega, um membro da divindade.

— Não quero me envolver com seja lá o que você estiver fazendo.

O homem inclinou e balançou a cabeça, rindo de maneira contida, depois tomou mais um gole de sua bebida e voltou a falar:

— Se preferir, há terras virgens ao norte.

Seongha piscou, intrigado.

— Quase virgens, vai. Há um povo lá que as pessoas daqui chamam de "Tribo das Penas Vermelhas". Eles vivem nas montanhas rochosas, sobrevivendo da caça. Recusaram minha proteção, por isso estão fora do meu território. — O palhaço soltou um suspiro teatral, como se estivesse lamentando algo profundamente trágico. — Afirmam que eu não sou um deus. Como se atrevem? Não faço ideia. Talvez sejam mais espertos do que parecem. Ou talvez sejam antigos xamãs e sacerdotes que já tinham sua fé antes de eu aparecer. Eles perderam o sustento por minha causa. E sabe por que são chamados de Tribo das Penas Vermelhas? Porque usam penas na testa para que o deus que prometeu retornar possa reconhecê-los quando descer do céu — disse ele, batendo na própria testa, onde sua calvície brilhava sob a luz. — Afirmam que essa é a comprovação de que são filhos do deus deles. Nunca entendi por que os deuses criam regras tão absurdas para atormentar as pessoas. "Lave as mãos antes do café da manhã", "Bata na porta três vezes antes de abrir", "Dance sapateado antes de dormir". Quer saber? Acho que eu entendo. Os deuses estão entediados. Não têm nada para fazer, então inventam regras idiotas para observar suas marionetes obedecerem como cães.

— ...

— Uma vez aqueles sacerdotes e eu fizemos uma aposta. Eu disse que destruiria a estátua do deus deles sem tocar nela, enquanto eles prometeram derrubar uma pedra a leste. Eles oraram por vinte e quatro horas, e a pedra continuou intacta. Eu joguei uma bomba e, pronto, tudo se resolveu em um segundo. Você precisava ter visto a cara deles.

— ...

— Mesmo depois de serem banidos daqui, eles continuam atacando meu povo. E sabe o que eles querem? Coisas insignificantes! Dizem que os rostos devem ser pintados de verde, não de dourado, por exemplo. Que os símbolos no templo devem ser linhas retas, não rosas. Que as flores plantadas no pátio devem ser vermelhas, não amarelas.

— ...

— Sabe por que estou contando tudo isso a você?

Seongha permaneceu em silêncio.

— Porque não querem que você construa uma casa em algum canto, aqui ou ali, que beba leite em vez de álcool pela manhã, que dance nos domingos de manhã em vez de dormir, ou que plante flores vermelhas em vez de brancas em seu quintal. Essas pequenas coisas podem dividir o mundo em dois, criar duas crenças e até começar uma guerra religiosa que durará dezenas de milhares de anos.

— ...

— Eu quero paz, meu amigo.

O palhaço abriu os braços. Por um instante, Seongha pensou que as luzes piscantes nas costas dele se acenderiam junto com suas palavras.

— Não pretendo ficar aqui — repetiu Seongha, como se só soubesse dizer essas palavras.

O palhaço se mostrou definitivamente surpreso.

— Não tenho qualquer intenção de dificultar sua empreitada — continuou Seongha — nem de me intrometer no que quer que você esteja fazendo. Partirei assim que encontrar o que estou procurando.

— Ok — murmurou o palhaço, passando a língua pelos lábios. — É uma pena.

Seguiu-se um longo silêncio. Seongha ficou observando a enxurrada de pensamentos e emoções que devia estar inundando a mente do homem diante de si. Por fim, tentando se recompor, o homem engoliu em seco e disse:

— Bem, não há mais o que fazer. Os sacerdotes o acompanharão para fora.

O palhaço puxou uma corda próxima à mesa, fazendo uma campainha tilintar. Um sistema de roldanas acionou a abertura das portas. Em seguida, pressionou o botão que acendia a luz acima de sua cabeça, iluminando sua figura ridícula e teatral. Seongha permaneceu impassível, aguardando o próximo passo. Um sacerdote, vestido com um traje tão extravagante quanto o do palhaço, entrou às pressas e se ajoelhou. Até então, Seongha não tinha notado sua presença.

— Acompanhe nosso visitante até a saída — disse o homem, com uma entonação lenta e cuidadosa, como alguém explicando alguma coisa para uma criança. Ao que parece, o sacerdote tinha um vocabulário limitado. O palhaço, então, proferiu mais algumas ordens em outra língua, enquanto o sacerdote tremia visivelmente e recuava, tornando a se ajoelhar. Depois se dirigiu a Seongha: — Pode ir agora.

Seongha se levantou, inclinando ligeiramente a cabeça em despedida.

— Pense bem antes de ir. Não encontrará outro lugar como este. Em épocas mais avançadas, o que nos espera é ser tratados como imigrantes ilegais ou, pior, como alienígenas a serem dissecados. Não existe uma época como esta, em que as pessoas recebem alguém que veio do céu com tamanha reverência.

Seongha não respondeu.

— Que pena... — repetiu o homem, suas luzes piscando de forma inquietante.

Depois de descer apenas três degraus, Seongha retirou a venda que cobria seus olhos e olhou para trás. Os três homens encapuzados que o seguiam recuaram em choque, claramente surpresos com o gesto. Pareciam convencidos de que o "véu divino" não poderia ser removido. O sacerdote que liderava o cortejo parou abruptamente, confuso. Não era o mesmo que havia conduzido Seongha ao salão, e sim alguém de uma ordem mais elevada, a julgar por sua túnica mais elaborada. Como o caminho de volta parecia ter um significado mais "sagrado" que o caminho de ida, que levava ao deus daquelas pessoas, Seongha desconfiou que algo diferente e "sagrado" estava sendo cuidadosamente preparado para a sua saída.

Seongha rapidamente ergueu o manto de um dos homens encapuzados e viu que ele levava um punhal na mão, com símbolos elaborados esculpidos no cabo. Era provavelmente um objeto "sagrado", destinado a "combater demônios" ou a cumprir outra função ritualística. O sacerdote hesitou, mas parecia prestes a atacar.

Vindo de um mundo sem gravidade, e sabendo que não poderia enfrentar fisicamente os habitantes deste mundo, Seongha manteve a compostura e tirou do bolso um pequeno artefato: fogos de artifício simples. Sua experiência de incontáveis encontros com povos de outras épocas havia lhe ensinado que aquele era um item que ele sempre deveria ter consigo ao pousar em mundos primitivos, ainda que ele preferisse não usá-lo.

O artefato explodiu e uma pequena nuvem de faíscas envolveu Seongha em um círculo de luz e sons. Os homens recuaram aterrorizados, enquanto o sacerdote tropeçava e caía de costas no chão. Seongha olhou para cima, verificando se o homem no salão tinha percebido alguma coisa. Não havia sinais de alerta. E, ainda que houvesse, o "deus" desse território precisaria de tempo para colocar em ação suas ordens, puxar cordas, acionar roldanas, acender luzes, reunir os sacerdotes e transmitir suas instruções lentamente. Tudo isso antes de reagir.

Seongha acendeu a lanterna em seu anel e apontou o feixe de luz para o rosto do sacerdote caído. Este, ao ver a luz saindo da mão de Seongha, entrou em pânico, arrastando-se desesperadamente para longe. Era evidente que o "deus" os havia condicionado a temer objetos desse tipo. Caminhando devagar em direção ao sacerdote, Seongha aumentou o feixe de luz que saía do anel, fazendo o homem se mover de um lado para o outro, tentando escapar do alcance da luz — o que era impossível, ainda mais de uma luz que viajava a trezentos mil quilômetros por segundo. Seongha então modulou sua voz para imitar o tom e a cadência do homem no salão, falando de forma lenta e autoritária:

— Conduza-me para fora.

O sacerdote começou a se debulhar em lágrimas, transtornado. Seongha sabia o que aquela língua significava para o outro. Talvez ele fosse o único qualificado para se comunicar com o deus daquele território, e essa "língua" era a prova disso. Seongha podia ver o sacerdote em conflito entre dois deuses.

— Conduza-me para fora.

Seongha deixou cair mais alguns fogos de artifício na frente do sacerdote, o que não ajudou muito. O homem começou a chorar ainda mais quando as faíscas dos fogos de artifício caíram em seu corpo.

Assim que saiu do templo, Seongha correu em uma direção, enquanto o sacerdote se apressava rumo à direção oposta, gritando a plenos pulmões. Seongha acelerou o passo para o norte, atravessando arbustos. De acordo com o que o próprio palhaço tinha dito, ele não havia dominado aquele território. Seongha estava levemente preocupado com sua nave, mas não conseguiria movê-la por um bom tempo. Aquelas pessoas também não. Além disso, não havia um lugar nessa planície onde algo tão grande pudesse permanecer escondido. E não seria difícil encontrar a nave, se ele conseguisse voltar.

Enquanto subia uma colina, Seongha se virou e viu o templo totalmente iluminado. Seus perseguidores não iriam incomodá-lo tão cedo. O "deus" deles iria precisar de tempo para demonizar seu concorrente, que ele havia acabado de aceitar como amigo, seu igual. Ele teria que inventar uma história, ligar ventiladores, soltar fogos de artifício, acender centenas de lâmpadas. Mas esse atraso não estava sendo suficiente para Seongha. Correr contra a gravidade era uma experiência excruciante. Ele precisava parar a fim de recuperar o fôlego. Quando recomeçava a correr, desabava novamente. Por fim, Seongha desistiu de correr e começou a rastejar, escondido entre os arbustos.

O sol da manhã derramou sua luz sobre o rosto de Seongha, que acordou de um sono profundo. Ofuscado pela luz solar, levou um momento para distinguir o que estava à sua frente. Por fim uma sombra se projetou sobre ele, permitindo-lhe avaliar a situação.

Seongha notou que não havia conseguido se afastar tanto quanto imaginava.

O palhaço devia ter sido mais rápido do que o esperado. Ele se viu cercado por homens com lanças na mão. Estavam quase nus, exceto pela tanga de couro presa à cintura. Seus pés também estavam descalços. Seongha considerou usar a lanterna de seu anel, mas abandonou a ideia. Afinal, assim como os deuses, os diabos também deviam usar magia. O "deus" palhaço devia tê-los assustado o suficiente para deixá-los de prontidão. Realizar um "milagre" nesse momento poderia resultar em uma condenação à morte.

Eles pareciam temê-lo. Sem ousar se aproximar, mas também sem recuar, permaneceram imóveis, com as lanças trêmulas nas mãos. Em pouco tempo, o círculo se abriu ligeiramente e um homem apareceu. Ao contrário dos outros, tinha cabelo longo e trançado e estava vestido de branco, com mangas longas que cobriam as costas de suas mãos. "Ele deve ser de uma guarda avançada, dessas que têm um 'poder especial para combater demônios'", pensou Seongha. E começou a refletir sobre que tipo de rituais sagrados aquele homem poderia realizar para matá-lo.

Ele apontou a lança para Seongha e começou a falar. Se fosse um deus, ele entenderia aquelas palavras. O homem parecia esperar algum tipo de resposta, mas Seongha não fazia a menor ideia do que dizer. Incapaz de "demonstrar poderes superiores", permaneceu sentado em silêncio, esperando que o outro iniciasse algum tipo de "castigo sagrado".

De repente Seongha percebeu uma pluma vermelha balançando no alto da lança. Ele ergueu os olhos e viu outra pluma vermelha presa à cabeça do homem parado à sua frente. Ao seu redor, todos tinham as mesmas penas vermelhas.

Afirmam que essa é a comprovação de que são filhos do deus deles.

As palavras impregnadas de desprezo do palhaço retornaram à sua mente.

Nunca entendi por que os deuses criam regras tão absurdas para atormentar as pessoas.

Os olhos de Seongha se voltaram, então, para o grande arco vermelho que o homem carregava no ombro. Pintado com sangue de animal, sem dúvida. Havia um desenho tradicional gravado no arco, o do baguá, ou oito trigramas, que existia na época de Seongha.

Que os símbolos no templo devem ser linhas retas, não rosas.

Uma nova visão se projetou na mente de Seongha. Pessoas de pé no topo de uma montanha de gelo enfrentando uma tempestade de neve devastadora. A primeira flecha voou no ar, emitindo um prolongado lamento, e perfurou o coração de um pássaro vermelho. A carne desse pássaro tornou-se o alimento que seria colocado na mesa de crianças famintas. O fogo usado para assar a carne do pássaro foi a primeira chama a brilhar naquela casa. Eles arrancaram as penas do pássaro e as prenderam em suas testas, para simbolizar que eram filhos do deus que lhes havia concedido o fogo e o arco. Era o símbolo de que eles, para sempre, serviriam e obedeceriam a esse deus.

Seongha se levantou. As lanças ao redor reagiram, aproximando-se de seu corpo. Algumas machucavam sua pele, deixando feridas. O homem à sua frente levantou a mão para deter os outros, e as lanças recuaram. Nos ferimentos de Seongha começaram a surgir gotas de sangue, um sangue esverdeado, resultante da mistura do vermelho da hemoglobina dos glóbulos vermelhos com o verde da clorofila dos nanorrobôs que circulavam em seu corpo. O rosto do homem à sua frente congelou, incrédulo, pois ele reconhecia o significado daquela cor.

Dizem que os rostos devem ser pintados de verde, não de dourado.

Agora Seongha sabia o que fazer. Ele se abaixou e desenhou diante de si os oito trigramas na ordem "correta". Fez isso da mesmíssima forma que já havia feito quinhentos anos atrás, antes de deixar aquele lugar, quando ensinou àquele povo sem escrita um símbolo que comprovaria sua identidade.

Este era o propósito de um deus ao deixar um símbolo: marcar sua presença.

Seongha foi preso em uma cela de madeira, mas libertado cinco dias depois. Temia ser colocado em um local sem luz, mas felizmente preferiram mantê-lo à vista, para vigiá-lo com os próprios olhos. Quando saiu da cela sem demonstrar qualquer sinal de cansaço, os membros da tribo se prostraram diante dele em reverência.

Ser reconhecido como um deus não era exatamente algo positivo — na verdade, era um fardo —, mas ele já havia perdido tempo demais. O "deus" daquele mundo, que claramente não planejava deixar o local, sem dúvida ficaria curioso ao ver a nave espacial em perfeito estado. Ele provavelmente aguardava o retorno de Seongha, planejando um confronto épico contra "Lúcifer", com hologramas chamativos e alto-falantes potentes. Ao mesmo tempo, com certeza estaria preparando algo capaz de matar Seongha, o que não seria difícil. Uma flecha ou uma clava seria suficiente, tendo ou não nela a inscrição de que se tratava de uma arma para "demonstrar poderes superiores".

Enquanto pensava em como recuperar sua nave, todos que viviam no Vilarejo ao Norte — como Seongha o chamava — dedicavam seus esforços, suas almas e mentes às ações e a cada pequeno movimento dele. Até mesmo o movimento de uma folha de grama na qual Seongha pisasse. Eles observavam cada lugar para onde seu deus olhava, onde ele descansava, cada suspiro que dava, e buscavam significados ocultos até mesmo em gestos banais como enxugar o suor da testa. O local onde ele se sentava era depois decorado com flores e o lugar para o qual ele olhava era adornado com pinturas. Com o tempo, Seongha foi percebendo uma única expressão surgir na mente das pessoas que o observavam, escondidas em suas cavernas. Eram palavras gravadas nos olhares ansiosos lançados em sua direção.

"Guerra Religiosa."

O momento havia chegado. Era hora de punir com a morte os exilados e os hereges. Era chegada a hora de julgar de maneira implacável os que tinham abandonado o verdadeiro deus daquele território para adorar um falso deus. Estava claro que esse era o significado de o deus ter descido para aquele povo. Não podia haver outra explicação. Não havia a menor chance de aquilo ser algo casual, como alguém pousar ali apenas por ter ficado sem combustível no meio de uma viagem. Deuses só se revelam em prol da humanidade.

O líder vestido de branco — que se chamava Atta-Ha-Nik e que Seongha decidiu abreviar para Nik — passou dois dias ajoelhado aos pés de seu deus, com a palma das mãos voltadas para cima. Sem clorofila no corpo, Nik devia estar faminto. Ele não precisou falar, Seongha sabia o que ele queria: receber o poder divino. Fossem coisas simples, como luzes piscantes, um ventilador ou uma lanterna, não importava para Nik, desde que tivesse um ar de poder divino.

No vilarejo, Seongha notou um jovem pintor desenhando em uma parede. Era uma obra magnífica, feita com tintas, cuja estética superava a dos edifícios do construtor que o povo do Vilarejo ao sul chamava de deus. A pintura mostrava uma figura semelhante a um pássaro pousando em um campo, cercado por pessoas armadas com lanças. O líder vestido de branco o reconhecia e lhe oferecia o objeto ritualístico com os oito trigramas gravados.

A pintura estava só parcialmente terminada. O lado esquerdo da parede havia sido preenchido, mas o direito permanecia vazio, claramente reservado para uma continuação. Seongha percebeu que o pintor aguardava um "acontecimento" para completar a obra, como se tivesse certeza de que algo notável estava para ocorrer. Os deuses nunca apareciam para os humanos sem um propósito. O lado vazio da parede parecia observá-lo com olhos ansiosos, como se à espera de ser preenchida com novos significados. Seongha desviou o olhar rapidamente.

No terceiro dia, não foi Nik, mas um garoto, que entrou na caverna onde Seongha estava alojado. Ele se ajoelhou da mesma forma que seu antecessor havia feito. Ficou evidente que Nik havia concluído que não era o escolhido para se comunicar com o deus e enviado o menino, que, a julgar pelos olhos, devia ser filho dele. O garoto estava determinado a receber qualquer coisa, por isso permaneceu imóvel, como se estivesse disposto a morrer ali se necessário. Seu nome era Eohos-La-Noya, mas Seongha decidiu chamá-lo de Noya.

Seongha observou o garoto em silêncio. Os alimentos para os Equiontes já haviam sido coletados. Em qualquer lugar onde houvesse terra naquele vilarejo, flores vermelhas cresciam. Essas flores produziam frutos, que eram exatamente o que Seongha estava buscando. Esses frutos eram os alimentos dos Equiontes. Essas flores não se desenvolvem bem no espaço, então Seongha plantava suas sementes na Terra sempre que retornava. As pessoas do vilarejo, com sua lealdade ingênua e fervorosa, haviam honrado o acordo, transformando algo tão simples quanto as ferramentas pessoais de Seongha em objetos sagrados, e elevando a planta que produzia os alimentos dos Equiontes ao patamar de planta divina, essencial para mover sua nave.

Plante flores vermelhas em vez de brancas em seu quintal.

Não havia mais razão para Seongha permanecer naquela época. Sua pátria estava no céu, no cosmos, movendo-se na velocidade da luz, atravessando o tempo e o espaço. Aqueles humanos que habitavam a Terra morreriam em um instante cósmico. Quando Seongha voltasse à Terra, eles já teriam desaparecido, sem deixar vestígios de sua existência. Não importava qual dos dois vilarejos venceria a disputa. O tempo reduziria tudo a pó.

Seongha não deixaria mais nenhum "milagre" nesse mundo. Sabia que qualquer coisa que deixasse ali os prenderia, comprometendo a liberdade de seus espíritos ao vinculá-los à narrativa de um viajante do tempo. As flores vermelhas, tão vitais para os Equiontes, sufocariam outras belas flores. As pessoas gastariam seu precioso tempo decorando e reverenciando a caverna onde Seongha havia ficado pouquíssimos dias. E qualquer objeto que ele deixasse ali, como a simples lanterna do anel, acabaria nas mãos de pessoas violentas, transformando-se em um instrumento de opressão imbuído de uma falsa aura divina.

Ele observou os lábios do garoto ficarem azuis e seu corpo quase colapsar de exaustão. Um sentimento de tristeza envolveu a alma de Seongha. Quando o crescente azul da lua apareceu sobre as montanhas, ele se levantou e foi até Noya. Com o garoto olhando para ele, aliviado e tenso ao mesmo tempo, Seongha começou a desenhar no chão os caracteres do alfabeto fonético de seu tempo e de sua nação.

No início, Noya pareceu confuso, mas, como era ágil e inteligente, logo começou a copiar os caracteres de Seongha, que primeiro escrevia a letra e depois pronunciava o som dela em voz alta, e assim por diante. Ele repetiu o processo todo sem falar uma única palavra. Primeiro por não conhecer a língua local e, ainda que conhecesse, não queria deixar "palavras sagradas" ali. Sabia muito bem o poder que as palavras podiam ter. Qualquer palavra que saísse de sua boca seria tomada como lei absoluta, perdendo seu significado original e se transformando em dizeres tolos que escravizariam as pessoas.

Provavelmente, o "deus" palhaço jamais transmitiria qualquer conhecimento ao povo sob seu domínio. Preferia que os humanos permanecessem ignorantes, para que, em uma manhã qualquer, ninguém fosse até ele questionar as tolices de seus "milagres". Além disso, tribos alfabetizadas avançavam mais rápido do que as que não possuíam escrita. Isso resultaria, inevitavelmente, na dominação do povo de Seongha, ao norte, sobre o povo ao sul, e na saída deles dessas montanhas áridas mais cedo ou mais tarde.

Dois dias depois de Noya ter transcrito sua própria língua nos caracteres recém-aprendidos, Seongha sentiu um arrependimento. Quem era ele para decidir quais povos deveriam governar e quais deveriam ser governados? Só porque havia se lembrado de sua última visita fazia uma eternidade? As pessoas ao sul também não tinham culpa, não havia razão para que sofressem. Se fosse um verdadeiro deus, jamais teria feito algo assim.

Quando Seongha voltou à caverna e se deitou, Noya ficou visivelmente constrangido. Era um garoto inteligente e percebeu que Seongha não tinha a intenção de incitar uma guerra. Embora ainda não soubesse o sentido do que havia recebido de Seongha, parecia entender que aquilo não serviria para batalhas.

Enquanto observava a situação no Vilarejo ao Sul, Seongha percebeu que o "deus" palhaço, em vez de estar se preparando para a guerra ou para uma fuga, estava se divertindo. Investia na construção de um abrigo para a nave espacial. Aparentemente, o "deus" planejava construir um castelo esteticamente bonito, baseado em seu não tão preciso conhecimento mitológico. Sabendo que era época de colheita, Seongha a princípio se incomodou com a decisão do palhaço, mas logo concluiu que ela poderia funcionar a seu favor. A força de trabalho daquele pequeno vilarejo ao sul era limitada, e se todos se mantivessem ocupados com a construção, não teriam como, ao mesmo tempo, mobilizar um exército. Quando a construção começasse, oportunidades para agir apareceriam. Ao longo desse projeto, repleto de cerimônias e rituais, o "deus" palhaço deixaria seu sistema de alto-falantes e hologramas muito bem posicionado. Obviamente as pessoas que cuidavam dessas instalações não faziam ideia do que estavam instalando. Seongha decidiu, então, agir no final da cerimônia de conclusão da construção. Após o evento, os homens retornariam às suas casas para descansar, deixando as tarefas de limpeza e arrumação para as mulheres e crianças. As defesas estariam mais vulneráveis.

No entanto, Seongha também sabia que o "deus" local provavelmente havia antecipado sua ação e que aquela cerimônia poderia ser uma armadilha preparada para ele. Ainda assim, não tinha outra escolha.

Seongha acordou de um cochilo no meio da noite e se preparou para partir. Porém, ao sair da caverna, percebeu que algo havia mudado na atmosfera do vilarejo. Pessoas com máscaras alinhavam-se diante de seu refúgio, segurando lanças. Seus olhares não eram de despedida nem de quem esperava acompanhar seu líder em um ataque. Elas estavam tomados por uma intensa hostilidade, indicando que haviam descoberto a traição.

Era evidente que Noya havia revelado aos outros o "poder divino" que recebeu de Seongha. E, com bom senso, provavelmente transmitiu a mensagem de que o "deus" deles não desejava guerra, que havia decidido perdoar os inimigos ao sul e que não pretendia puni-los.

De acordo com a arrogante crença dos homens, os deuses só descem à Terra com um propósito e só aparecem para os humanos a fim de ajudá-los. Por isso os humanos veneram os deuses. E se um deus não vai ajudar os humanos, ele não é digno de ser adorado. Aquele que não pretende ajudá-los não é um deus.

Se eles levantassem as lanças para atacá-lo, Seongha não teria chance de escapar. Sua morte seria uma prova irrefutável de que ele não era um deus. Impossibilitado de fugir ou resistir, aguardou em silêncio a decisão deles.

O grupo mascarado se agitou quando Noya surgiu, acompanhado de outros jovens. Empunhando uma lança adornada com penas vermelhas, ele começou a gritar, aparentemente ordenando que recuassem. Mas ninguém parecia disposto a se mover. A tensão era palpável, como se uma batalha pudesse começar a qualquer momento. Seongha fechou os olhos e, quando abriu novamente, lanças estavam se chocando umas contra as outras. Noya lutava com grande habilidade, mesmo aos olhos de um total ignorante de combates como Seongha. O número de adversários era esmagador. Quando Noya finalmente caiu, a maioria do grupo ainda nem havia se movido.

Seongha deu um passo à frente, rompendo a multidão. Desconcertadas, as pessoas hesitaram nervosamente, mas nenhuma delas o atingiu. Se uma única pessoa tivesse tido a coragem de agir, todas teriam percebido como sua pele era fácil de perfurar, como um mero pedaço de carne. Uma simples pedrada poderia romper suas veias e fazer o sangue escorrer.

Seongha se ajoelhou ao lado de Noya, caído no chão. Dentro de sua mente, vários egos brigavam de forma intensa. Que relação ele tinha com os infortúnios daquele povo? Que culpa tinham as pessoas da tribo ao sul? Embora aquelas pessoas clamassem por guerra, ele era apenas um viajante de passagem por este mundo.

— Eu não sou um deus — Seongha sussurrou no ouvido de Noya. — Sou um ser humano como você.

Não importava o que ele tinha acabado de dizer. Os homens em volta não entendiam nada do que ele dizia, por isso não se atreviam a agir. Suas palavras seriam recebidas como uma espécie de oração, mesmo que sem significado. Se era para ele deixar alguma coisa como legado, que fosse uma lição assim. Talvez em outra época um ser humano mais sábio pudesse decifrar seu significado.

Ao sul, o fervor para o ritual não parava de crescer, tornando-se cada vez mais intenso. Um altar de pedra fora erguido ao lado da nave, ela havia sido decorada com cortinas enormes. Ao redor, pessoas dançavam meio entorpecidas de cansaço e embriaguez. Os sacerdotes murmuravam encantamentos em um quase estado de transe, absorvidos pelo calor e pela excitação. Perto do altar, alguns se curvavam, outros cantavam, arrancando o próprio cabelo ou rolando no chão. A julgar pelo carisma pouco marcante do sumo sacerdote, de que Seongha se lembrava, era provável que todos tivessem consumido alguma substância alucinógena ou algo semelhante. No topo do altar, uma chama azul brilhava, enquanto dos alto-falantes ecoava uma música estranha e pulsante.

Como esperado, cada alto-falante e projetor de holograma estava sob vigilância, assim como a nave. A segurança era reforçada. Estavam claramente esperando por Seongha, antecipando seus movimentos, prevendo cada passo dele. Monitoravam a nave, os moinhos, o templo, os geradores e os transformadores. O "deus" deles conhecia o lugar e as pessoas dali melhor do que Seongha. A única rota que eles não previram era aquela mais absurda, arriscada e desesperada.

Reprimindo o desejo de se esconder e escapar discretamente da Terra, Seongha se ocultou entre os arbustos. A multidão do sul, perdida em êxtase, não percebeu o aumento de meio porcento de sua população. Começou, então, a escalar o altar sem chamar atenção. Quando o notaram, ele já havia percorrido metade do caminho.

Um silêncio começou a tomar conta do local. Tanto aqueles que conheciam Seongha como os que não o conheciam prenderam a respiração. Quem ainda seguia tagarelando e gesticulando fervorosamente parou, confuso, ao perceber o silêncio que se instalava. Em um movimento mimético, olharam para a mesma direção que seus companheiros estavam olhando. Sem prestar atenção às pessoas que o observavam, Seongha continuou subindo.

A multidão permaneceu em um completo silêncio. Os olhares de transe foram substituídos por expressões sóbrias de olhos fixos no altar. Os sacerdotes, surpresos, congelaram, e os soldados, que não haviam recebido nenhuma instrução prévia, se mantiveram imóveis, sem saber o que fazer.

Seongha repetia a si mesmo "Não tenha medo". Ou, pelo menos, "Não demonstre medo". Um só instante de medo é o bastante para que o frágil gelo sob seus pés se rompa e tudo colapse. Basta apenas um momento.

Chegando ao topo, Seongha se aproximou do holograma. Rapidamente avaliou a posição dos projetores e o microfone acoplado à túnica do sumo sacerdote. Quase ao mesmo tempo, o sacerdote covarde gritou ordens aos soldados mais corajosos, que ergueram suas lanças. E antes que qualquer um deles pudesse reagir, Seongha chutou dois projetores, que tombaram para trás. O holograma, que antes brilhava intensamente em chamas azuis, ficou embaçado, enquadrando Seongha em uma aura divina.

Ao se virar, Seongha percebeu o medo percorrendo todos que assistiam à cena, desde os sacerdotes no altar, o medo descendo os degraus, até os que estavam aos pés da construção. Por mais que desconhecesse muita coisa daquela época, Seongha sabia que o "deus" dali havia condicionado seu povo a temer esse tipo de espetáculo com truques baratos. Antes que a adrenalina se dissipasse e o medo fizesse morada, Seongha arrancou o microfone da mão do sumo sacerdote e o jogou contra o alto-falante. O som agudo e rasgante do retorno explodiu, espalhando-se pela praça. A partir daí, tudo virou um caos. Seongha não perdeu tempo e arrancou todos os fios e cabos ao seu alcance. Faíscas elétricas explodiram no ar, ao mesmo tempo que o holograma se apagou e a praça mergulhou na escuridão. O medo tomou conta da multidão. Pessoas começaram a gritar e a correr em todas as direções, atropelando umas às outras. Até mesmo os sacerdotes abandonaram suas túnicas e adereços sagrados e fugiram desesperados.

Os habitantes do Vilarejo ao Norte deviam estar observando tudo à distância. Agora cabia a cada um deles decidir como tirar proveito daquela confusão. Seongha, por sua vez, estava satisfeito com a sua demonstração de que era um deus, isso salvaria a vida de Noya e a de seu pai, Nik, que não precisariam mais temer os vizinhos ao sul. O que cabia a Seongha estava feito. E agora só competia ao seu povo escrever a própria história.

Seongha suspirou. Se Noya, o garoto sábio, um dia se tornasse líder do vilarejo, ele iria se lembrar que o seu deus não havia tido intenção de lutar. E, assim que dominasse a escrita, ele guiaria seu povo para a paz. Era a única coisa que podia esperar.

Seongha deixou para trás toda a gritaria e o pânico ensandecido e finalmente entrou em sua nave. Os homens que salvaguardavam a nave não estavam mais lá, divididos entre os corajosos que tentaram conter o tumulto da multidão e os que fizeram parte do tumulto, caindo de joelhos e gritando histericamente. O cheiro familiar da nave estreita encheu de conforto o coração cansado de Seongha. Tudo o que ele precisava fazer agora era alimentar com alguns nutrientes os Equiontes cristalizados, que hibernavam pacientemente, e logo, logo conseguiria escapar daquela Terra tão pesada. Ao descer para o porão da nave, ele procurou se manter alerta, pois estava exausto em razão dos últimos acontecimentos. Em breve reencontraria o seu mundo, aquele dominado pela velocidade, que nunca está imóvel, onde poderia se mover sem encostar os pés no chão. Rumo ao seu mundo. Ao céu.

Descer a escada que levava ao porão não foi uma tarefa fácil. A sensação era que o mundo tinha virado de ponta-cabeça: o leste estava a oeste, o norte estava ao sul. Seongha foi tateando as paredes pelo caminho, como se andasse ali pela primeira vez, e mal conseguiu entrar na sala de máquinas da nave, pois suava muito. A sala possuía uma estrutura diferenciada, distinta daquelas em que eram queimados combustíveis fósseis, mais comuns em naves tradicionais. Os Equiontes, combustível daquela nave, flutuavam no ar, pelas paredes da sala, entrando em todos os espaços que necessitavam de energia. Havia ali um dispositivo que fornecia nutrientes, ou que "alimentava" os Equiontes. Ofegante, Seongha injetou uma quantidade pequena de nutrientes no dispositivo e, pouco depois, as luzes se acenderam na sala.

— Eu sabia que você viria para cá.

Uma voz em uma língua de uma civilização já esquecida ecoou no ar. Seongha se virou abruptamente. Com uma arma na mão e carregando nas costas uma estrutura de luz que mais parecia uma árvore de Natal, o "deus" palhaço surgiu em frente ao tanque de água. Seongha não se surpreendeu. Se ele não havia aparecido durante todo aquele tumulto, a nave seria o único lugar onde ele poderia estar. Apesar de inesperada, a presença em carne e osso dele ali fazia sentido. Afinal, somente um deus pode matar outro deus. Confiar essa tarefa a humanos que temiam até uma simples lanterna seria arriscado e provavelmente infrutífero. Sem contar que somente o "deus" palhaço sabia que Seongha era, na verdade, incrivelmente frágil.

— E eu sabia que você estaria me esperando aqui — disse Seongha com um tom meio fingido.

O "deus" deu uma risadinha debochada e o questionou:

— Então por que você veio?

— Para negociar.

— A negociação já acabou.

Com um brilho ameaçador nos olhos, o "deus" avançou com passos firmes em direção a Seongha. A cada movimento, as luzes, os tubos e as baterias em suas costas chacoalhavam.

— Você se mostrou mais agressivo do que eu esperava. Bom, no final, foi inútil. O que aconteceu agora não passou de uma pequena provação, e o "demônio" será subjugado por Deus. Ah, não se preocupe. Esta arma não vai matá-lo.

Os dedos de Seongha tremeram instintivamente por um momento. O cano da arma do "deus" palhaço acompanhou aquele movimento.

— Claro, se você se mexer de forma imprudente, quem sabe o que pode acontecer... Confesso que não me lembro muito bem como usar esta coisa. Mas não se preocupe. Não quero matá-lo. Mas não posso prometer que você será tratado com a mesma gentileza e cooperação de antes. Vou prendê-lo com correntes fortes e bem pesadas, e colocá-lo em um lugar escuro no subsolo, para garantir que nunca mais possa fugir. Pelo menos deixarei você viver até que sua vida termine naturalmente. Afinal, nós dois somos grandes "homens do passado", não é mesmo, meu amigo?

— ...

O rosto do "deus" palhaço assumiu uma expressão diabólica ao fingir um olhar de tristeza. Então ele continuou:

— Por que você fugiu, meu pobre amigo? Como poderia imaginar que eu lhe faria algum mal, meu amigo? Acha mesmo que eu seria capaz de destruir a maior inteligência que encontrei nestes últimos quinze longos anos entediantes que passei aqui? Você, que tem memórias do mito de Gdeco e das dinastias Aramathea e Dikar? Não compreende o quanto sinto falta dessas épocas? Não sabe o quanto me arrependo de ter saído de lá? Não entende o quanto desejei que alguém de alguma dessas épocas aparecesse, para eu poder conhecer outro ser humano como eu?

— Você está enganado.

— Ah, ah! É mesmo? E no que estou enganado?

Os dedos de Seongha tremeram novamente.

— Não se mova.

Mas Seongha se moveu. E uma luz de laser explodiu na ponta dos seus dedos, fazendo Seongha cair para trás e rolar, segurando a mão esquerda.

— Eu disse para você não se mover! — gritou o "deus", desacostumado a ter suas ordens desobedecidas. Ele caminhou até Seongha e, quando pôs o cano da arma entre os olhos dele, gritando histericamente, as luzes da sala de máquinas se apagaram. O "deus" começou a tremer, mas sem entrar em pânico.

— Não se faça de bobo, garoto. Ainda acha que vai conseguir escapar? Posso ver com meus olhos que você é inteligente...

Então o chão desapareceu.

O "deus" prendeu a respiração e se esforçou para manter a sanidade.

— O seu monitor é melhor do que o meu? Ok, entendido. Mas acha mesmo que pode me assustar com isso? Não sou como os selvagens desta época, hein?

No instante seguinte, o "deus" ficou sem voz. Um sentimento de medo como ele nunca havia experimentado foi dominando sua mente. Como se estivesse vivendo uma espécie de paralisia do sono, seu raciocínio foi ficando cada vez mais distante, sussurrando que aquilo não passava de uma ilusão, de pura ficção, de um delírio. Mas o medo acabou por engoli-lo e sua mente já não conseguia pensar em mais nada. Ele estava perdendo a capacidade de respirar, de pensar, de ouvir, de ver, e até se mover e entender era difícil. Jurou repetidas vezes que daria qualquer coisa se o deixassem sair dali com vida.

E o mundo voltou.

O "deus" palhaço, derrotado, estava agachado, imóvel, junto ao tanque de água, pálido como uma folha de papel amassada e jogada fora. Enquanto isso, Seongha ainda estava deitado no chão e na mesma posição de antes.

O "deus", não, o ser humano olhou para Seongha. Tomado por um medo irracional, cobriu o rosto com as mãos, chorando. A cabeça do palhaço vomitava um turbilhão de palavras por segundo: "Me deixe viver, por favor", "Farei qualquer coisa", "Por favor, perdoe este ser humano idiota", "Não reconheci você...", ainda que nenhuma dessas palavras tivesse saído de sua boca, cuja língua parecia imóvel. Ele só conseguia gritar a plenos pulmões. Seongha então se levantou, com uma expressão triste.

— Por que você acredita que chegou aqui primeiro? Já cogitou que, assim como você veio parar neste lugar, o seu mundo também pode ter sido visitado por alguém de outra época? Quantas civilizações já passaram pela Terra e quantas desapareceram? Alguma vez você pensou que alguém pode ter trazido a "língua" para este mundo?

Já sem condições de recuperar a razão, o palhaço seguiu mergulhado no medo, sem conseguir parar de chorar.

— Você fez com que as pessoas deste mundo temessem sua língua e o piscar de uma lâmpada... Isso permanecerá gravado como um arquétipo de fé por dezenas de milhares de gerações. Eu mesmo fiz algo semelhante no seu mundo.

Seongha olhou para trás. A sala de máquinas estava mergulhada na escuridão, com exceção de uma luz fraca de emergência, sob a qual um móbile se movia, brilhante. Um objeto decorativo tão banal que operava segundo regras muito simples. Porém, quando as luzes eram apagadas, ele emitia ondas de rádio que reagiam à escuridão como fosforescência, despejando fluxos de imagens na mente humana — querendo ou não. Tinha sido presente de um artista desconhecido de uma época pacífica, mas as imagens armazenadas nele eram da época em que aquele pobre palhaço tinha vivido. Tratava-se de um protótipo com todos os registros visuais de deus e do diabo dessa mesma época, e a aparência de todos os deuses e demônios da época atual se transformava com base nesse protótipo.

— Não foi algo que planejei, mas, se eu permanecer aqui por mais tempo, acabarei repetindo exatamente os mesmos erros. Todas as minhas ações, por mais insignificantes que sejam a princípio, se transformarão em regras e irão aprisionar essas pessoas. Não quero me envolver com o que você faz nem quero deixar mais nada neste mundo. Além disso, não conheço o suficiente sua época, então nem sequer posso ser o tipo de pessoa com quem você deseja conversar.

O palhaço ainda chorava quando olhou para Seongha. Medo e fragilidade estampados no rosto. Quando Seongha deu um passo em sua direção, ele recuou, pressionando-se ainda mais contra a parede, como se estivesse diante de um predador feroz e implacável.

— Vou pedir um favor a você.

Sem hesitar, o palhaço assentiu freneticamente, apavorado.

— Se pensar bem no que aconteceu hoje, verá que não seria sensato me considerar um inimigo. Talvez eu seja mais forte que você. Então, aceite-me como seu aliado. Faça de mim a sua encarnação... Não, de você mesmo. Una as duas doutrinas em um único credo. Você é inteligente o suficiente para fazer isso. As pessoas ao norte só querem mudanças simples, como você mesmo disse. Então pinte o rosto deles com tinta verde em vez de dourada, adote padrões de linhas retas em vez de rosas, e não se esqueça de plantar flores vermelhas no quintal em vez de brancas.

Desesperado para escapar daquela situação, o palhaço voltou a assentir de maneira frenética, pronto para aceitar qualquer coisa. Seongha abriu um sorriso amargo e acrescentou:

— Afinal, fui eu quem chegou aqui primeiro, então acho justo que me conceda alguns privilégios.

Quando Seongha regressou um mês depois, ou o equivalente a dois mil anos no tempo da Terra, os vestígios das pessoas que viveram ali tinham desaparecido. No entanto, o jovem pintor havia deixado algo. Sua pintura na parede ainda estava lá, preservada pelo tempo. Ao lado do primeiro desenho, que retratava Seongha descendo do céu, havia uma cena da ascensão dele em sua nave espacial. Cercando a figura do "deus" ascendente, pessoas com e sem penas na cabeça formavam um círculo. E, abaixo dessas imagens, viam-se os caracteres cuidadosamente entalhados que narravam a história, como um testemunho. Seongha não conseguia ler o texto, mas reconheceu dois nomes em meio às palavras: Noya e Nik. E quando voltou novamente, dois mil anos depois, uma tempestade de neve cobria tudo, inclusive as montanhas áridas, agora soterradas sob o gelo eterno. Desta vez, não havia um só vestígio de civilização ou de pinturas. Nada havia restado.

TERCEIRA HISTÓRIA

轉 – O que acontece na velocidade da luz

轉 (Jeon): mover, mudar, deslocar-se,
transformar ou alterar.

Havia um pequeno sistema girando dentro de outro sistema maior. Nesse sistema menor, havia um pequeno sol e, preso à sua órbita, um planetinha. Esse planeta, em sua juventude, talvez tenha aberto caminho através das lavas e dado origem a vulcões, ou talvez tenha visto criaturas primitivas nadando em oceanos repletos de nutrientes, ou talvez, em algum momento, tenha testemunhado organismos que desenvolveram uma grande civilização. Mas agora não passava de um astro-cadáver, completamente frio, onde toda a atividade vital havia cessado.

E esse planeta tinha uma peculiaridade: embora fosse um cadáver, havia uma grande quantidade de naves espaciais em sua órbita, girando como um enxame de satélites. Algumas estavam quebradas, despedaçadas, partidas ao meio, outras intactas; eram pontiagudas, arredondadas, grandes, pequenas. Uma variedade que cercava o planeta como os anéis de Saturno. Restos mortais de aves que, em busca de sua terra natal, acabaram morrendo, indo de encontro ao próprio túmulo.

Entre todas as naves, uma se destacava. Ela tinha o formato de um pião com eixo grosso e achatado e era pelo menos trinta vezes maior do que as demais. Observando mais de perto, era possível ver luzes, além de qualquer reflexo da luz solar, escapando de vez em quando de suas janelas. Parecia que alguma coisa "viva" se movia lá dentro ou que a energia interna ainda não havia se esgotado. Uma das portas no final do eixo estava completamente aberta, e sua área de descarregamento parecia grande o suficiente para acomodar uma nave menor, de um único tripulante.

Uma nave desse tipo, em formato de disco, se aproximou da maior e entrou silenciosamente no cais. Braços robóticos se estenderam e se prenderam habilmente à parede interna.

Quando a nave menor pousou, sua porta se abriu e uma pessoa com traje espacial saiu dali. Ela olhou ao redor, usou sua própria nave como trampolim e saltou, flutuando para dentro da nave maior.

Quando se virou e olhou para o espaço através da escotilha aberta, o astronauta viu uma vastidão escura se espalhando até onde seus olhos alcançavam. Uma escuridão congelante. Por mais que olhasse, apenas uma ou duas, talvez três, partículas brancas brilhavam no vazio. Embora o universo fosse inerentemente silencioso, o silêncio que pairava naquela vastidão escura era perturbador, como se ele estivesse dentro de um túmulo ou do cadáver de uma criatura gigantesca. Aquela galáxia parecia estar morrendo. Não por poluição ou doença, mas simplesmente por ter envelhecido, exausta e incapaz de suportar o peso da eternidade.

O astronauta deslizou para dentro da nave e a escotilha se fechou automaticamente atrás dele, bloqueando a luz solar e mergulhando o ambiente na mais completa escuridão. Em seguida, jatos de gás começaram a ser liberados pelo teto.

Quando os jatos de gás cessaram, o astronauta tirou o capacete sem sequer verificar a pressão da nova atmosfera. O rosto que emergiu era o de um homem na casa dos trinta anos respirando profundamente. Esperou que seus olhos se ajustassem à escuridão e tateou calmamente a parede até encontrar uma porta que levava para o interior da nave. Ele parecia já ter estado ali ou talvez fosse alguém que não se deixava abalar facilmente.

Depois de passar por alguns compartimentos, a pressão do ar caiu novamente e ele recolocou o capacete.

Quando o astronauta virou uma esquina, uma intensa luz amarela o atingiu. A repentina explosão de luz atacou seus olhos, forçando-o a fechá-los e a levantar a mão para proteger o rosto.

— ☆◎◇□▽! ☆◎!

Uma voz em língua desconhecida era ouvida, e o jovem apertava os olhos tentando identificar a fonte da luz. Através de todo aquele brilho, ele viu a silhueta de uma figura, também vestida com um traje espacial. A luz vinha do alto do capacete dela, que segurava algo indistinguível em uma das mãos.

A voz começou a ficar cada vez mais alta e o jovem tateou o peito e ativou seu dispositivo tradutor. Contudo, antes que pudesse entender o que estava sendo dito, ela saltou sobre ele e golpeou seu capacete. Pego de surpresa pelo ataque, ele foi arremessado no chão. Seu oponente rapidamente o imobilizou com um pé enquanto encaixava o outro em uma corrente comprida solta no corredor. Então, quando o jovem finalmente entendeu as palavras dele, se deu conta dos motivos do ataque. Além disso, conseguiu ver mais claramente o que o outro segurava.

— Mandei você não se mexer!

Embora um pouco lento, o jovem obedeceu, permanecendo imóvel. De qualquer forma, já estava preso sob o pé do oponente, imobilizado. Seu traje lhe oferecia alguma segurança, claro — era à prova de balas —, mas ele não sabia que tipo de arma o outro carregava. No entanto, considerando que não queriam danificar a nave, provavelmente era algum tipo de laser ou algo queimante.

— Tire o capacete! — ordenou seu oponente.

O jovem se lembrou da baixa pressão de ar no corredor, mas não teve escolha a não ser remover o capacete. Por causa do ar rarefeito, precisou engolir saliva e respirar fundo. Tentou observar aquela figura, mas a luz intensa brilhava direto em seu rosto, impedindo-o de enxergar direito. A luz percorreu devagar o cabelo curto do jovem, os olhos fixos à frente, seus lábios cerrados.

— O que você está fazendo aqui?

O jovem, sentindo que poderia perguntar a mesma coisa, não disse nada.

Sem uma resposta, seu oponente, ainda apontando a arma, tirou algo brilhante de um bolso interno. A expressão do jovem mudou ligeiramente, pois uma lâmina afiada que refletia um brilho cortante se aproximava de seu rosto. Era uma situação perigosa, algo que ambos, como astronautas, sabiam muito bem.

Sem se importar com o olhar frio do jovem, seu oponente deslizou a lâmina em sua bochecha, fazendo um pequeno corte. Gotículas de sangue esverdeado se espalharam pelo ar como se estivessem flutuando na água. Ele recuou por um momento, mas logo passou a observar as gotas de sangue verde com interesse, como que assistindo a algo fascinante.

— Vejam só isso... Você não é um terráqueo?

Ele claramente não sabia nada sobre nanorrobôs que continham clorofila. Afinal, a civilização que os desenvolveu havia passado pouquíssimo tempo na Terra e depois partido.

— De que planeta esse monstro vem?

O jovem permaneceu em silêncio, observando as gotículas de sangue, uma a uma, se espalharem. O corte era mais profundo do que havia imaginado. Ele queria estancar o sangue, mas estava evidente que o outro não o deixaria se mover. Mais uma vez sem resposta, a raiva de seu oponente, que havia diminuído um pouco ao ver a cor verde do sangue, agora aumentava.

— Não sabe falar?

— O que você está fazendo, Nyx? — a voz despretensiosa ecoou pelo corredor.

Nyx afastou a arma da testa do jovem, pôs na cintura e se virou. Os olhos de Seongha também se voltaram na direção da voz e mais uma vez sua expressão mudou ligeiramente. A pessoa que vinha flutuando pelo corredor curvo, segurando-se nas alças, tinha menos de um metro de altura. Mais exatamente, não possuía a metade inferior do corpo. Como seu traje espacial era claramente projetado para alguém sem pernas, tudo indicava que não se tratava de um acidente ocorrido durante a viagem.

Não havia nada de estranho em um astronauta com deficiência. Afinal, no espaço, as pernas poderiam ser um incômodo e a ausência delas certamente não era um obstáculo. Seongha sabia que algumas civilizações pelas quais havia passado proibiam que pessoas com deficiência se tornassem astronautas, enquanto outras priorizavam a seleção delas em viagens espaciais.

— Capturei um alienígena que estava se infiltrando na nave.

O homem sem pernas se aproximou, olhando de cima para o jovem.

— Para mim parece um humano.

— Mas o sangue dele é verde.

O homem sem pernas tocou as gotículas de sangue verde que flutuavam no ar, aproximando-as de seu capacete.

— Já passamos por muitos lugares. E já faz tempo que todos que encontramos vêm do futuro. Vai saber se, no futuro, todos os humanos não têm sangue verde?

— Não diga bobagem.

— Só há um jeito de descobrir. Ei, você é terráqueo?

Não havia hostilidade na voz. O segundo homem daquela nave parecia manter um estado mental relativamente normal, considerando que estava em um lugar como aquele. Embora incomodado com a situação, e sem muita vontade de discutir, o jovem abriu a boca e respondeu laconicamente:

— Sim.

Os outros dois não acreditaram, porque a voz dele ecoou duplamente, saindo tanto da boca quanto do dispositivo tradutor.

— Ele não conhece a nossa língua? Está usando um tradutor!

Enquanto Nyx tornava a se irritar, sacando a arma novamente, o jovem continuou, calmo como a superfície de um lago:

— Se eu não conhecesse seu sistema linguístico, seria impossível fabricar um dispositivo tradutor. Seja eu um alienígena ou um terráqueo, isto aqui prova que houve algum tipo de interação entre o meu mundo e o de vocês.

Os outros dois ficaram em silêncio por um momento.

— Olha só para isso. Ele é bem inteligente, hein? Gostei dele.

— Não me faça rir.

O homem sem pernas ultrapassou Nyx flutuando com um deslizar habilidoso. Ele parecia nadar pelo mar da microgravidade com mais facilidade do que o companheiro.

— Pare com isso e saia da frente, seu lunático. Que diferença faz hoje em dia gastar uma bala para matar um alienígena, um humano ou um sapo? O que ganharíamos com isso? Por acaso há algum mercado para vender corpos de alienígenas? Pare de besteira e saia da minha frente!

Por mais que o capacete escondesse seu rosto, era bem provável que ele estivesse fazendo uma expressão intimidadora, pois Nyx o obedeceu imediatamente, fingindo uma risada e tirando o pé da barriga do jovem. Assim que a arma foi afastada de seu rosto, o jovem pressionou a mão contra o ferimento em sua bochecha. O sangue seria reposto, mas os nanorrobôs fotossintéticos não. Perder sangue não era perigoso apenas pela baixa pressão do ar. Havia outros riscos.

— Me desculpe por essa primeira impressão ruim. Nyx não é um cara mau, só é louco mesmo.

A explicação não era particularmente tranquilizadora.

— Sou Filémon. E você?

— Seongha.

Filémon segurou uma das alças do corredor com um braço e estendeu a outra mão para cumprimentá-lo.

— Muito bem, meu amigo. Bem-vindo aos Confins do Universo.

Após passarem por dois compartimentos, eles chegaram a uma sala iluminada por lâmpadas fluorescentes. A luz, que irradiava de tubos em uma parede, fez Seongha fechar os olhos por um momento. Ao olhar para o chão, percebeu que a luz fluorescente não vinha exatamente de um teto. Impressionante! Um jardim. No chão havia plantas chamadas de "flores de Equiontes", que produziam os frutos usados como fonte de nutrientes para eles. O solo estava firmemente contido em caixas de plástico transparente, evitando que se espalhasse no vácuo. E, apesar de serem plantas baixas, as flores estavam saudáveis e bem vermelhas. Era realmente impressionante que tivessem sido cultivadas em um ambiente sem gravidade. Claro, as plantas, tal qual os humanos, podem se adaptar a novos ambientes, mas o cultivo em gravidade zero apresenta uma série de problemas, conhecidos como "enjoo de movimento das plantas". E a variedade das flores em cada compartimento sugeria um trabalho extenso de aprimoramento genético.

— Por causa dessas coisinhas, acabei virando jardineiro — disse Filémon, removendo o capacete.

Ele parecia ter pouco mais de quarenta anos, com cabelo loiro e cacheado, queixo protuberante e olhos castanhos tão pequenos que quase não eram visíveis. As rugas que se formavam ao redor de seus olhos e boca sugeriam que ele tinha um sorriso fácil. Se fosse mais jovem, seria um homem bem bonito. Ao olhar para Seongha, Filémon pareceu surpreso, como se estivesse vendo seu rosto pela primeira vez.

— Caramba, você é mais jovem do que eu pensava.

— Parece que as pessoas do futuro nem envelhecem — emendou Nyx, tirando seu traje espacial.

Nyx tinha um cabelo branco desgrenhado que descia até o pescoço e costeletas espessas que se estendiam até o queixo. Parecia ter entre quarenta e cinquenta anos e tinha o dobro do tamanho de Filémon, tanto em altura quanto em porte. Seus olhos pretos eram como se fossem feitos de gelo, e cada vez que abria a boca seus dentes grossos pareciam prontos para devorar um tubarão.

Com uma expressão de quem achava que tudo aquilo era uma grande perda de tempo, Nyx flutuou para o canto da sala. A parede estava parcialmente coberta por um enorme microscópio, que ocupava um décimo daquele espaço. Ao lado, dezenas de frascos plásticos com números de série etiquetados estavam cuidadosamente organizados em suportes. Nyx pegou um deles, colocou sob o microscópio e começou a examiná-lo.

— Parece que vocês estão trabalhando em um aprimoramento genético.

Os equipamentos estavam dispostos de forma um tanto caótica, sem considerar a gravidade, o que indicava que o trabalho não havia começado durante a viagem.

— Sim, estamos tentando melhorar a velocidade. No ritmo atual, eu morreria de velhice antes de chegar à Terra.

A Terra.

Ao ouvir o nome daquele planeta havia muito esquecido, Seongha fez uma expressão levemente surpresa.

— Vocês vão voltar para a Terra?

— Sim — respondeu distraidamente Filémon, que estava se preparando para ir ao jardim de flores com seu pulverizador. Mas logo pareceu surpreso com a pergunta e devolveu:

— Para onde mais poderíamos ir?

— A Terra está morta.

Nenhum deles demonstrou qualquer emoção ao ouvir essa afirmativa. Filémon fez um gesto indiferente com os lábios e Nyx olhou fixamente para Seongha por alguns instantes e depois voltou a atenção para o microscópio, como se nada tivesse acontecido.

A Terra estava morta.

Se havia colidido com um cinturão de asteroides, sido engolida pelo Sol e derretido, escapado da gravidade solar para se perder no espaço ou nada disso tivesse acontecido, pouco importava. O imenso fluxo do tempo teria sido suficiente para consumi-la e, a àquela altura, ela já não existia.

— Eu sei. Nossa galáxia deve ter se fundido com Andrômeda, transformando tudo em algo irreconhecível. O Sol irá explodir um dia e o sistema solar se espalhará em milhares de pedacinhos. Ainda assim, não temos outro lugar para ir. Chegamos ao nosso destino... que é voltar para casa. É um instinto humano, não é? O de retornar ao lar.

Seongha sorriu. Estavam a cinco bilhões de anos-luz da Terra, cinco bilhões de anos no futuro desde a época em que viveram, à beira do colapso da galáxia e do universo. Ainda assim, os humanos pareciam determinados a preservar a mesma mentalidade de quando penduravam câmeras no pescoço e passeavam em parques. Independentemente do tempo transcorrido, era impressionante que, depois de pelo menos vinte anos de viagem, eles ainda tivessem esse nível de sanidade.

— O que aconteceu? — perguntou Seongha de forma quase automática.

Filémon pareceu confuso:

— Do que você está falando?

— Aconteceu alguma coisa inesperada, não foi? Vocês não planejavam vir para cá.

Filémon não respondeu. Nyx, ainda inclinado sobre o microscópio, lançou um olhar pouco amigável para Seongha.

— Por que você acha isso? — perguntou Filémon, visivelmente intrigado.

Foi a vez de Seongha lançar um olhar que demonstrava que ele não havia entendido a surpresa do outro.

— Pelo fato de a nave ser imensa — ele respondeu.

— E o que há de errado em a nave ser imensa?

— Para construir uma nave desse porte, é preciso um orçamento governamental. Nenhum governo investiria tanto em uma nave que não fosse retornar. Esta nave deveria ter voltado, não é? Pelo menos enquanto o governo que a construiu ainda existisse.

Filémon olhou para Seongha em silêncio por um instante, depois deu uma risada baixinha e disse para Nyx:

— Olha só isso. Eu falei que ele era bem inteligente, não falei?

— Ser inteligente demais para coisas inúteis é pior do que ser burro — resmungou Nyx sem tirar os olhos do microscópio.

Filémon flutuou para perto de Seongha.

— Você está certo. Esta nave foi construída para encontrar um planeta habitável para a humanidade. Pelo plano original, deveríamos ter encontrado um em dez ou vinte anos-luz. Mais do que isso, o processo de migração se tornaria problemático. Acima de tudo, precisávamos voltar para a Terra a tempo de não sermos esquecidos.

— E então...

— Problemas de navegação, digamos assim. São coisas que acontecem.

Filémon balançou a cabeça como se não fosse nada sério. Mas Seongha conseguiu ler as dolorosas memórias enterradas profundamente no olhar do outro.

— Conflitos entre tripulantes, motim, colapso da cadeia de comando, caos, violência, claustrofobia, depressão, alucinações, doenças... Tudo de pior que poderia acontecer, aconteceu. Durante o mês em que uns malucos tomaram o controle da sala de comando, a nave não parou de acelerar. Quando finalmente conseguimos arrancá-los de lá, já haviam se passado cinquenta mil anos.

Filémon fez uma pausa, coçou a cabeça, depois prosseguiu:

— Cinquenta mil anos. Consegue imaginar? Uma dinastia não dura mais que quinhentos anos, certo? A história da civilização humana tem, no máximo, vinte mil anos. Quando finalmente voltamos, a Terra estava congelada. Não havia nenhum rastro de sobreviventes. Não seria surpresa se encontrássemos dinossauros cultivando plantações. Depois disso, por mais que tentássemos encontrar um planeta habitável para a humanidade, como planejado... bem...

Filémon fez outra pausa e coçou a cabeça novamente.

— ... não havia mais mulheres. A última mulher da tripulação morreu durante todo aquele caos. E sem a possibilidade de preservar a espécie, ninguém mais teve motivação para continuar. No fim, decidimos apenas continuar viajando. Acontece que, no sistema de dados da nave, havia um programa que nos levava aos Confins do Universo. Parecia uma boa ideia. Soava romântico e, ao mesmo tempo, era um objetivo adequado para uma nave sem destino. Viemos parar aqui seguindo esse programa. No caminho, vários tripulantes morreram e agora só restamos Nyx e eu.

Seongha assentiu. De todo modo, Filémon sozinho não seria capaz de preservar a espécie.

— Sendo bem sincero, fiquei um pouco desapontado. Eu realmente acreditava que haveria um paraíso nos confins do universo.

— Que cara maluco... — disparou Nyx sem nem piscar.

— Mas e você, como chegou até aqui? Era algum cientista maluco defendendo a teoria do universo circular? Ou estava em uma viagem suicida? Ou apenas cansou da Terra?

— Então, era só uma viagem — respondeu Seongha com tranquilidade, sem dar mais detalhes.

Filémon ficou olhando para Seongha por um tempo, coçando o queixo com o polegar.

— Bom, se esse foi o caso...

Sem insistir, Filémon continuou:

— ... então o que acha de continuar a viagem conosco? Manter esta nave em funcionamento tem sido uma dor de cabeça e tanto para nós dois. Eu até estava dizendo ao Nix que não iríamos muito longe se não encontrássemos outro navegador.

— Que cara maluco — repetiu Nyx, sua voz gélida. — Tire-o daqui agora mesmo.

Fazer isso à moda antiga seria realmente complicado, já que o peso extra é um obstáculo à velocidade. Mas tendo os Equiontes como combustível, era outra história. Eles reduziam a massa dos objetos à escala dos elétrons, aumentando a velocidade. Mesmo uma diferença de centenas de quilos se reduziria ao peso de um único elétron. A questão, portanto, não era física, mas o quanto os Equiontes poderiam comprimir a massa de um objeto. Ao longo da história da humanidade, inúmeros combustíveis eram capazes de diminuir suas propriedades físicas sem que as propriedades químicas fossem totalmente comprimidas. O mesmo valia para a equação de compressibilidade dos Equiontes. Na verdade, a compressibilidade de massa dos Equiontes era determinada pela estrutura química do composto de carbono que ele alimentava. Se Nyx exigia expulsar Seongha da nave, claramente não era um problema de física.

— Nyx, não seja rude. Esse sujeito pode ser o último humano que vamos encontrar.

— Pouco me importa. Tire-o daqui agora mesmo.

— Não precisam se preocupar com comida — Seongha interveio com voz calma. — Com luz fluorescente e água, consigo me alimentar. Os nanorrobôs no meu corpo fazem fotossíntese. Um pouco de fosfato simples seria bem-vindo, mas também posso me virar sem isso.

Os dois astronautas olharam para ele surpresos. Filémon ficou boquiaberto por um momento, depois abriu um sorriso incrédulo.

— Você é mesmo uma figura, hein! — disse, dando dois tapinhas no ombro de Seongha. — Não ligue para o Nyx. Então, vamos buscar suas coisas?

Com as luzes do corredor ligadas, Filémon pôde usar as barras de apoio para se deslocar. Quando as luzes se acenderam, ficou claro que o corredor parecia mais um gigantesco depósito de lixo industrial. Caixas, livros, trajes espaciais, lenços, bolas de borracha e todo tipo de quinquilharia flutuavam como nuvens caóticas. De acordo com o regulamento vigente, em todas as naves espaciais era estritamente proibido deixar objetos soltos, pois qualquer inversão da gravidade poderia transformá-los em armas mortais. Contudo, após décadas de viagem, era inevitável que os coisas acabassem se acumulando e as regras se tornassem inaplicáveis.

— Desculpe pela bagunça. Já faz muito tempo que não limpamos. Como você vê, esta nave é grande demais — disse Filémon ao abrir a escotilha que levava à área de descarregamento. — É melhor não entrar aqui quando a aceleração começar. Vai chover uma boa quantidade de lixo do céu.

— Vocês fixaram essas coordenadas para manter a nave presa à órbita desse planeta? — perguntou Seongha.

— Não. Foi só para ver o nascer do sol — respondeu Filémon, rindo. — Os outros provavelmente tiveram a mesma ideia, pois escolheram a mesma órbita. Aqui, a única coisa que se parece com a Terra é o nascer do sol. Deve ter sido nostalgia. Vir até aqui de tão longe.

Ele coçou a cabeça, depois continuou:

— Para ser sincero, fiquei bem surpreso com a quantidade de naves que vieram para cá. Achei que fôssemos os únicos loucos a fazer uma coisa dessa.

— Há muitos terráqueos. E os programas que existem foram feitos para ser usados. Além disso, essas naves foram se acumulando por gerações, não vieram juntas.

— Faz sentido.

Quando a porta da câmara de descompressão se fechou, o ar foi expelido para ajustar a pressão. Enquanto Filémon pressionava botões no painel de controle da segunda escotilha, inclinou a cabeça e chamou Seongha.

— Pode vir aqui, por favor? Parece que não está abrindo direito.

Seongha se aproximou do painel. A energia parecia ter sido cortada. Marcas de algo pontiagudo, como uma faca ou coisa do tipo, indicavam que o corte de energia tinha sido intencional. Provavelmente, aconteceu durante o motim mencionado por Filémon, para impedir que outros tripulantes escapassem da nave. Seongha, então, tentou abrir a escotilha manualmente, mas algo parecia bloqueá-la com firmeza por dentro e ela continuou travada.

— Não há outro caminho? — perguntou Seongha.

— Parece que quebrou de vez, né? Há um corredor do outro lado. Basta seguirmos até o próximo bloco e passarmos pela passarela de observação.

Enquanto Seongha continuava examinando o painel defeituoso, a voz de Filémon ecoou ao fundo, afastada dele e próxima à escotilha traseira:

— Ah, droga! O que vamos fazer agora?

Apesar das palavras usadas, o tom dele não parecia preocupado.

— Parece que a escotilha traseira também está trancada.

Ao se virar, Seongha viu que agora era Filémon que apontava uma arma para ele.

Nesse momento, Seongha reconsiderou sua avaliação sobre a saúde mental dele.

— O que você quer?

— Respostas sinceras às minhas perguntas.

— Existe algum motivo para eu não responder com sinceridade?

— Pois é, justamente, não tem como eu saber.

Filémon esboçou um sorriso. Ele segurava firmemente a escotilha com uma das mãos, para não ser arremessado para trás caso disparasse a arma. Por mais que ele soubesse que armas com recuo eram quase inúteis no espaço, sendo usadas mais como ameaça, o peso do dedo no gatilho indicava que ele estava falando sério.

— O que você quer saber?

— Quantos anos você tem?

Seongha flutuava calmamente, como se estivesse à deriva em um rio. Em um espaço sem gravidade, uma pessoa pode ser mais rápida do que uma bala, pois a trajetória de um projétil era imprevisível ali. No entanto, como a pergunta era simples, ele permaneceu imóvel ao responder:

— Trinta e três anos.

— Mais velho do que eu pensava — disse Filémon, dando de ombros. — Quantos anos você tinha quando partiu?

Foi então que Seongha percebeu o raciocínio por trás das perguntas de Filémon.

— Se eu me basear apenas no meu relógio biológico, foi sete anos atrás.

— Sete anos para vir da Terra até aqui? — indagou Filémon, estreitando os olhos até que eles se transformassem apenas em duas frestas em seu rosto. — Como é possível?

— A velocidade máxima da minha nave é cerca de $0,5 \times 10^{-18}$ porcento menor que a velocidade da luz. A taxa média de compressão do tempo é de um para dez bilhões. Isso é mais ou menos o tempo que levou a viagem, somando o tempo de aceleração.

Filémon ficou atordoado por um instante, como se seu cérebro precisasse de tempo para processar tudo o que Seongha acabara de explicar.

— Isso é porque eu venho de um futuro ainda mais distante que o de vocês.

Seongha decidiu não mencionar detalhes mais complexos. Assim como um cavalo treinado corria melhor após longas distâncias percorridas, os Equiontes tendiam a aumentar progressivamente de velocidade quanto mais se viajava. Embora a diferença fosse mínima, algo como um centímetro por ano, ela fazia grande diferença quando se viajava a noventa e nove porcento da velocidade da luz, reduzindo a compressão temporal exponencialmente. Ou seja, por mais longe que os Equiontes da nave de Filémon e Nyx tivessem viajado, dificilmente teriam viajado por mais tempo ou mais longe que os de Seongha. Mesmo após cinco bilhões de anos funcionando, os Equiontes deles provavelmente haviam acelerado uma única vez. E com exceção de alguns leves ajustes de trajetória, não havia uma diferença significativa entre a rota que os Equiontes deles fizeram e um percurso de ida e volta até o aglomerado estelar das Plêiades.

— Quando partimos, não havia mais humanos na Terra.

— Se tivessem procurado melhor, teriam encontrado. A humanidade sobreviveu a várias eras glaciais sem ser extinta. É verdade que os registros históricos das civilizações anteriores foram perdidos. Porém, se tivessem esperado mais dez mil anos, poderiam ter visto a humanidade prosperar outra vez — observou Seongha.

Claramente abalado com todas aquelas respostas, Filémon precisou respirar fundo, acalmando-se, antes de murmurar com uma expressão vazia:

— De fato, poderíamos ter feito isso.

Ele refletiu por um momento antes de fazer a pergunta seguinte:

— Que tipo de alimento você usa?

— Apenas frutos de flores dos Equiontes tradicionais.

Seongha recitou a fórmula química ali mesmo. Filémon inclinou a cabeça, intrigado.

— Parece uma fórmula química clássica, mas não estou reconhecendo.

— Digamos que meus Equiontes sejam um pouco mais eficientes.

— Precisamos ir lá buscá-los — Filémon disse com uma expressão subitamente feliz.

Com cautela, Seongha o observou guardar a arma.

— Tem mais alguma coisa que você gostaria de perguntar?

— Não, já basta. Podemos transportar seus Equiontes para cá, não é? Afinal, você já pretendia mesmo se mudar para esta nave.

— Então você não desconfia mais que eu seja um alienígena?

— Não — disse Filémon, sorrindo. — Alienígena ou terráqueo, eu gosto de você.

Luzes emitidas pelos inúmeros Equiontes brilhavam como lâmpadas fluorescentes no ambiente. A sala tinha uma grande esfera de vidro transparente fixada à parede, onde eles flutuavam como vagalumes. Moviam-se livremente, entrando e saindo das paredes e dos espaços na nave de Seongha. Esse sistema parecia funcionar como um coração, enquanto as paredes da nave eram como vasos sanguíneos. Se o sangue fornecia oxigênio, os Equiontes forneciam velocidade. Além de receberem os nutrientes orgânicos que não encontrariam no espaço, apenas na Terra, haviam encontrado na nave uma forma de simbiose, um "organismo vivo". Para eles, a nave era um corpo e os humanos eram, ao mesmo tempo, seus fornecedores de nutrientes e uma espécie de células.

Ao entrar na sala de máquinas, Seongha começou a reunir os Equiontes para armazená-los no dispositivo de compressão. Uma vez comprimidos, ocupavam apenas o espaço equivalente ao interior de um galão grande de combustível, sendo fácil transportá-los manualmente. Sem um fornecimento constante de nutrientes, eles se cristalizavam, entrando em um estado de hibernação semelhante ao de um vírus. No estado atual, parte dos Equiontes de Seongha já estava em hibernação, enquanto outros ainda se mantinham ativos. Estes pareciam confusos e se agitavam dentro da esfera de vidro ao serem sugados pelo dispositivo de compressão.

Filémon, que havia seguido Seongha até ali, observava os movimentos dos Equiontes com um sorriso, como se estivesse vendo crianças brincar em um parque de diversões. Encostou o rosto na esfera vidro para vê-los mais de perto.

— Meu instrutor de navegação costumava dizer que não fomos nós que os encontramos, mas eles que nos encontraram — disse Filémon, girando o corpo entre os braços, um movimento impossível para alguém com duas pernas, ainda mais em um ambiente com gravidade. — O que você acha?

— É bem possível. Os nutrientes que os Equiontes precisam são compostos de carbono, que podem ser criados com melhoramento genético simples na Terra. Porém, fora da Terra, compostos como esses são praticamente inexistentes.

Filémon assentiu levemente antes de fazer outra pergunta:

— Na sua época, já sabiam como os Equiontes moviam as naves espaciais?

— Existiam muitas teorias. Uma dizia que eles impulsionavam as naves estimulando as moléculas dispersas no espaço. Outra sugeria que esses organismos estavam conectados à quarta dimensão e se apoiavam em algo existente lá para se moverem. Mas, quando parti, uma teoria mais interessante ganhava força.

— Que teoria?

— A ideia era que os Equiontes se moviam obedecendo a uma espécie de energia espiritual.

— Energia espiritual? — repetiu Filémon, encolhendo os ombros.

— O princípio é semelhante ao que diziam sobre monges que, por meio de muita oração e meditação, conseguiam levitar, desafiando as leis da gravidade. Mas ninguém sabia como isso se relacionava com a quarta dimensão. Era essa a hipótese.

— No fim, ainda não é algo que possa ser explicado.

— É possível interpretar assim.

— Você já atingiu a velocidade da luz?

O tom trêmulo na voz de Filémon chamou a atenção de Seongha, que se virou para olhá-lo. O rosto de Filémon estava sério, mas carregado de uma tensão quase desesperada, como se estivesse prestes a agarrar Seongha e despejar uma enxurrada de perguntas caso a resposta fosse "sim".

— Até agora, tenho viajado próximo à velocidade da luz.

— Não. Não estou falando de uma velocidade próxima à velocidade da luz. Estou falando de atingir exatamente a velocidade da luz, sem o menor desvio ou margem de erros, nem nos décimos de milésimos. Você já a alcançou?

Seongha não entendeu por que Filémon tinha feito essa pergunta. Qualquer viajante espacial que usasse Equiontes deveria saber a resposta. Era um senso comum.

— Não.

— Eu já imaginava.

Filémon suspirou, parecendo decepcionado.

— É praticamente impossível.

— Atingir a velocidade da luz?

Havia um leve tom de dúvida na voz de Filémon, como se ele não estivesse totalmente convencido do que tinha ouvido. Então Seongha acrescentou:

— É impossível, principalmente porque, se eu tivesse atingido a velocidade da luz, não haveria a menor chance de eu estar vivo e conversando com você agora.

Filémon endireitou o corpo ligeiramente. A julgar por sua expressão de perplexidade, era provável que, na sua época, eles não tivessem nenhuma teoria sobre isso. Era comum que civilizações altamente avançadas carecessem de explicações para questões simples. Depois de alguns segundos, ele riu de forma irônica e disse:

— Como você pode ter tanta certeza? Você mesmo disse que nunca alcançou a velocidade da luz.

— Sobre isso não há dúvida, pois o tempo pararia completamente.

Filémon parecia esperar uma explicação mais detalhada.

— Em outras palavras, quando o tempo para completamente, você não pode mais desacelerar. Mesmo que tentasse desacelerar um milionésimo de segundo depois de atingir a velocidade da luz, uma eternidade já teria se passado. Mesmo que você programasse um sistema automático para tentar contornar isso, o tempo numérico também pararia. Você vagaria pelo cosmos até os confins do universo e desapareceria com ele, junto com a última gota de luz. Para nós, seria como morrer instantaneamente. Se fôssemos capazes de perceber alguma coisa, seria sorte.

Filémon coçou a bochecha, pensativo, e disse:

— Entendi.

Depois disso, ele mergulhou em um silêncio profundo, perdido em pensamentos, até retornarem à nave maior.

Seongha quase foi lançado ao espaço. Tudo começou quando Nyx apontou uma arma para a testa dele, enquanto Seongha trabalhava na manutenção da nave, e começou a gritar para que saísse. Contudo, Seongha não se mexeu, sabendo que, saindo ou ficando, o resultado seria o mesmo: ele morreria. No meio da confusão, Filémon surgiu, agarrou Nyx pelo pescoço e o girou desajeitadamente no ar.

— Nunca mais encoste em ninguém, seu lunático! — gritou Filémon, segurando uma faca contra o pescoço de Nyx. — Ninguém! — Essa palavra soou impactante.

— Seu maluco! — vociferou Nyx com desprezo, como se cuspisse as palavras. Depois de se desvencilhar de Filémon, ele voltou para o interior da nave como se nada tivesse acontecido.

À medida que a nave se aproximava da velocidade da luz, o efeito da paralaxe fazia com que a luz das estrelas atrás deles se concentrasse na frente. Aos poucos, a luz das estrelas começava a mudar para a direção em que viajava e, conforme se aproximava da velocidade da luz, se aglomerava em um enorme "sol". Seongha já vinha sentindo que o peso da gravidade estava um pouco mais intenso do que o esperado.

— Dizem que é isso que as pessoas veem quando estão prestes a morrer, né? — disse Filémon atrás de Seongha, olhando pela passarela de observação.

Quando a velocidade começou a aumentar, os três viajantes se deslocaram para o convés de aceleração. A parte externa da nave, semelhante a uma ponta de pião, era dividida em dois níveis: o externo, projetado para gerar gravidade por rotação, e o interno, adaptado à gravidade gerada durante a aceleração. O convés externo seria usado quando a aceleração diminuísse, à medida que a nave se aproximasse da velocidade da luz. A passarela, localizada na ponta do eixo da nave, foi projetada em formato semicircular para se adaptar a qualquer direção de gravidade.

Seongha precisou olhar para baixo para ver Filémon. Em ambientes com gravidade, ele não media mais que um metro de altura. Parecia tão incomodado com a gravidade quanto Seongha. Para se locomover, Filémon usava um pequeno veículo, parecido com um carrinho de bebê.

De repente, flashes de luz intensa perfuraram a visão de Seongha. Ele fechou os olhos instintivamente, mesmo assim os flashes atravessaram suas pálpebras. Filémon também franziu as sobrancelhas.

— Você viu? Você também viu, não viu? — perguntou Filémon, animadíssimo, por mais que não fizesse ideia do que tinha visto.

— Você está falando dos raios cósmicos?

— Sim... — respondeu Filémon, embora parecesse não ter certeza do que estava afirmando. — O que são, exatamente? Imagino que seja algo que vocês conheciam na sua época, certo?

Mais um exemplo sobre civilizações altamente avançadas carecerem de explicações para questões simples.

— Pode-se dizer que são partículas que se movem pelo espaço...

Intrigado, Filémon coçou a cabeça e tornou a perguntar:

— Então por que isso acontece quando nos aproximamos da velocidade da luz? Também são raios cósmicos?

Quando uma nave se aproxima da velocidade da luz, ela fica rodeada de partículas luminosas, criando um efeito visual semelhante ao de uma névoa envolvendo uma nave. Como se a nave estivesse flutuando em um mar de nuvens celestiais. Às vezes, partículas que se desprendem de uma nave refletiam a luz do sol, causando um fenômeno semelhante. Contudo, naves que viajam à velocidade da luz não estão perto de sol algum.

— Pelo que sei, essas partículas se tornam visíveis ao olho humano porque elas também estão viajando na velocidade da luz. É o que diz a teoria mais comum.

Ainda intrigado, Filémon sorriu e perguntou:

— E o que dizem as teorias menos comuns?

— Partículas que viajam na velocidade da luz não deveriam ser visíveis a olho nu, por serem muito pequenas. Alguns dizem que esse fenômeno de distorção no tamanho das partículas é causado por distorções na curvatura do espaço. Porém, se fosse esse o caso, nossa própria imagem também estaria distorcida. Há quem fale em distorções visuais... e alguns até alegam que essas imagens são projeções da quarta dimensão.

Ao ouvir "quarta dimensão", Filémon inclinou a cabeça. Sem dúvida, ele não tinha familiaridade com esse conceito. Seongha continuou:

— Sabe-se que os Equiontes deslocam uma nave de um espaço tridimensional para um espaço da quarta dimensão durante o movimento, onde a deixa flutuar. Sem isso, a nave seria destruída ao colidir com partículas em alta velocidade. Acredita-se ainda que o que vemos seja apenas uma representação de alguma coisa da quarta dimensão, captada pela retina humana, que só consegue perceber três dimensões.

— Então quanto mais rápido viajamos, mais intensamente isso brilha, certo?

— Sim.

Seongha continuava intrigado com a mudança na gravidade, que parecia mais pesada do que o normal. Ele tinha medido no início e não havia qualquer anomalia na velocidade, mas agora a balança só conseguia captar diferenças na casa dos nanogramas. Um ser humano normal perceberia apenas variações de quilos, mas, com experiência acumulada, os sentidos humanos poderiam superar a precisão das máquinas.

— É lindo, não é? Acho que me apaixonei por essa loucura de viagem espacial por causa desse tipo de paisagem.

— O que vocês vão fazer quando voltarem para a Terra?

Na verdade, Seongha estava um pouco preocupado. Seu conceito sobre o tamanho do universo ainda era bem diferente do deles. Se o universo fosse maior que cinco bilhões de anos-luz, continuar viajando na direção atual não os levaria para a Terra, e sim para ainda mais longe dela. Claro que, para Seongha, esse fato era irrelevante, pois ele já tinha planejado isso desde o início. Mas para Filémon e Nyx, poderia ser um problema.

— Sei lá — começou Filémon, coçando a cabeça. — Quando isso acontecer, estarei velho demais. Mas, se ainda estiver vivo... bem, posso muito bem voltar de novo.

— De novo...?

— Parece que Nyx está decidido a dedicar o resto de sua vida a aprimorar a velocidade da nave. Então... para isso, vamos precisar ir para algum lugar. A questão é que, entre as rotas que tínhamos no nosso tempo, essa ainda é a única que podemos usar.

Seongha teve um pressentimento ruim. Ele já tinha encontrado várias pessoas assim antes: não tinham paixão pelo espaço, mas eram obcecadas pela ideia de velocidade, a ponto de serem consumidas pela própria viagem. De repente, pensou na gravidade novamente, e Filémon, notando sua expressão, sorriu de forma irônica.

— Sei no que você está pensando. Sim, Nyx é um alucinado por velocidade. Na verdade, um maníaco por velocidade que faz pilotos de corrida parecer amadores.

— Mas a gente não consegue sentir a velocidade no espaço.

— Foi exatamente o que eu disse.

Seongha não insistiu no assunto e ficou em silêncio, perdido em pensamentos.

Nyx foi até a sala de comando procurar Seongha, que parecia ter desaparecido, e olhou as câmeras de vigilância para localizar o jovem. Ao entrar na sala, resmungando sobre o gasto desnecessário de energia, Nyx ficou paralisado, quase sem respirar. As paredes estavam cobertas por uma infinidade de equações matemáticas que começavam no monitor do lado esquerdo e se estendiam em um círculo ao redor da sala, terminando no chão à direita. E não apenas ali; as equações continuavam à medida que se avançava para a esquerda. Seongha estava em pé, imóvel, diante do monitor, com a expressão concentrada. Talvez precisasse de mais alguns metros de superfície.

— O que você está fazendo?

— Tentando substituir a fórmula química que vocês estabeleceram na equação de conversão de massa — respondeu Seongha, sem olhar para trás, ainda murmurando sozinho enquanto verificava a fórmula.

— Pensei que eu fosse o único capaz de resolvê-la.

— Sim, foi difícil — respondeu Seongha, em um tom que parecia ser o de um elogio discreto. Nyx deu um sorriso sarcástico, captando a nuance daquela frase. — Houve um pequeno erro de adição bem aqui, nas fórmulas de multiplicação e divisão.

— O que você quer dizer com isso?

— Que precisamos reduzir o tempo de aceleração.

Seongha se virou para encará-lo. Um sorriso apareceu nos lábios de Nyx quando percebeu que não havia raiva ou frustração na voz de Seongha, apenas uma preocupação genuína. Nyx caminhou até Seongha, parando bem atrás dele e o observando de cima. Seongha, que ainda o encarava, já tinha entendido qual era o problema. Nyx sabia do erro. E não tinha intenção de reduzir o tempo de aceleração.

— Por que você diz isso?

— Se continuarmos acelerando assim por mais dois meses, esta nave...

— Vai atingir a velocidade da luz — completou Nyx.

O olhar de Seongha mudou. Nyx prosseguiu:

— Pela primeira vez na história da humanidade... Não, é um pouco tarde, a humanidade já desapareceu no fluxo do tempo. De qualquer forma, seremos os primeiros a atingir a velocidade exata da luz, não uma que seja apenas próxima. Será o último feito da raça humana. E você estará aqui para testemunhar esse momento glorioso.

Nyx sorriu como um fanático religioso. Seongha sentiu a garganta seca. Havia uma insanidade no homem, mas também lucidez. E agora mais do que nunca.

— Isso vai nos matar.

Nyx esfregou a barba e respondeu com um tom despreocupado:

— As centenas de bilhões de almas da Terra que morreram têm se agarrado a essa nave por cinco bilhões de anos, gritando para que cheguemos logo. Já estou cansado disso.

— ...

— Você quer viver, meu jovem amigo? Para fazer o quê?

Seongha não respondeu às perguntas de Nyx. Tentou empurrá-lo para sair da sala, mas ele o segurou com seus braços enormes, impedindo qualquer movimento. Naquele espaço sem gravidade, Seongha não teria qualquer chance se tentasse lutar fisicamente com Nyx.

— Aonde você pensa que vai?

— Precisamos parar a aceleração.

— Isso não vai ser possível.

Nyx estalou a língua em sinal de reprovação. Seongha tentou se mexer, mas o homem o segurou com ainda mais força.

— Você é um sujeito inteligente. Se eu deixar você solto, vai acabar mudando o programa. Isso não pode acontecer. De verdade. Não posso permitir que você estrague o último grande feito da humanidade.

Seongha tentou se mexer uma última vez, mas Nyx o segurou pela cabeça e a bateu contra o painel, deixando-o inconsciente.

— Parece que você realmente não precisa comer.

Quando Seongha por fim acordou, estava deitado com um braço algemado à cama. Ele ouviu uma voz baixa e levantou a cabeça. Filémon estava ao lado da cama, observando-o.

— Preciso de umidade.

Filémon caiu na risada.

— Ah, eu ainda gosto de você — disse Filémon enquanto colocava uma garrafa de plástico com água e um canudo na cabeceira ao lado de Seongha.

Seongha tentou engolir saliva, mas sem sucesso. A falta de água deixava sua mente lenta e ele não conseguia pensar direito.

— Vocês precisam parar a aceleração — disse Seongha, finalmente, mal conseguindo lembrar das palavras.

— Cabe a nós decidir isso.

— Vamos todos morrer.

— Não importa. Nyx e eu não temos quase nada em comum, mas nesse ponto estamos alinhados. Vamos atingir a velocidade da luz. Pela primeira vez na história da humanidade, atingiremos a velocidade da luz.

— Vocês nem conseguirão sentir isso.

— Não faz mal. Sabe? Esta nave está lenta demais. Está insuportavelmente lenta, como uma lesma. Não consigo suportar essa lentidão, entende?

A voz alta de Filémon reverberava no ambiente, causando tontura em Seongha. Após respirar fundo várias vezes, finalmente conseguiu responder:

— ... é a doença dos Equiontes.

— O quê?

— É uma doença que afeta pessoas que viajam por muito tempo próximo à velocidade da luz. A consciência dos Equiontes invade o cérebro da pessoa, transformando-a em alguém obcecado por velocidade. Não é você que quer atingir a velocidade da luz, é a nave.

Filémon ficou encarando Seongha por um longo tempo até responder:

— Bom, pode ser.

Em seguida moveu a garrafa de água para um lugar onde Seongha não a alcançasse e saiu.

A gravidade começou a diminuir gradualmente. Os objetos no chão da nave começaram a flutuar, um por um, como se fossem levitados por magia. Sinal de que a nave estava atingindo sua aceleração máxima. Os Equiontes aplicavam força constante na nave, mas, à medida que ela se aproximava da velocidade da luz, a massa aumentava de forma proporcional, reduzindo aos poucos a aceleração, enquanto a gravidade se aproximava de zero. Uma névoa de luz fluía no ar, parecendo dançar suavemente em volta deles. Agora, até Seongha flutuava, como uma massa de neblina.

A porta se abriu e Filémon entrou, deslizando com uma garrafa de plástico com água na mão.

— Quanto tempo, hein?

Seongha não reagiu, permanecendo imóvel.

— Tenho boas notícias. Estamos prestes a atingir a velocidade da luz. Pode ser em um dia, talvez dois ou até em algumas horas. O importante é que não deve demorar muito. Dá para eu sentir a velocidade na pele agora. Está animado?

Seongha continuou sem reação. Filémon começou a cantarolar algo como: "Este é um pequeno passo para nós, mas um grande passo final para a humanidade". Ele parecia estar parodiando alguma figura histórica de sua época. Depois deixou uma garrafa de água ao alcance de Seongha, mas ele continuou sem se mover. Neste instante, Filémon notou que havia algo errado e se aproximou para examiná-lo com atenção.

— ... ei, o que está acontecendo?

Os olhos de Filémon se voltaram para a garrafa de plástico na mão de Seongha. A mesma que ele havia trazido duas semanas antes, ainda pela metade. Surpreso, abaixou a cabeça para olhar a garrafa mais de perto. De repente, gotas minúsculas de água, como grãos de arroz, foram borrifadas no rosto de Filémon. As gotículas de água não caíram no chão, ficaram pairando no ar e começaram a atacar seu rosto, entrando em seu nariz e boca, impedindo-o de respirar. Desesperado, Filémon esqueceu que Seongha tinha apenas uma das mãos algemada e tateou a própria cintura em busca de sua arma.

No entanto, antes que pudesse estabilizar a mira, Seongha colocou a mão sobre a dele, ativando a arma e puxando o gatilho primeiro. A bala atingiu o chão e o impacto do recúo fez Filémon girar e bater a cabeça contra a parede. Por causa do tamanho minúsculo do cômodo, ele acabou sendo arremessado na direção de Seongha de novo, que segurou o corpo de Filémon, respirou fundo e rapidamente encontrou a chave em seu bolso.

Ao sair do quarto, flashes de luz intensos impediram Seongha de enxergar por um momento. A cena era caótica, como se milhares de imagens de TV estivessem se sobrepondo, precipitando-se umas sobre as outras. Ele parou ali por um instante, cobrindo os olhos com as mãos, tentando entender o que estava acontecendo. Raios cósmicos brilhavam no espaço com uma intensidade jamais vista. Seongha percebeu que a nave estava se movendo mais rápido do que qualquer veículo que ele já houvesse experimentado. Parecia que milhões de anos se passavam a cada segundo. Ele sabia que, mesmo que não atingisse a velocidade da luz, a nave poderia esgotar o tempo de vida do universo em um único dia. Seongha olhou ao redor. O corredor estava inundado de luz. Flashes dourados atravessavam a nave como uma corrente vibrante, enquanto uma névoa arco-íris cintilava como um diamante. Ele não entendia o que estava acontecendo, mas sabia que não havia tempo para questionar nada.

Seguindo pelos corredores da nave, Seongha abriu caminho entre os objetos que flutuavam como se pairassem sem gravidade, rumo à sala de máquinas. Os Equiontes estavam em êxtase. A sala parecia impregnada de uma alegria quase tangível, uma mistura de excitação e prazer que emanava das partículas de energia. Em meio a esse êxtase, os Equiontes resistiam ferozmente a ser reduzidos novamente na escuridão do dispositivo de compressão. Porém, depois de lutar por cerca de dez minutos, começaram a ser sugados de uma forma que não podia ser explicada apenas pela força do compressor. Não havia como comprovar, mas Seongha teve a sensação de que os Equiontes, que originalmente pertenciam à sua nave, estavam retornando para ele com um leve traço de arrependimento.

A escotilha que levava à área de descarregamento continuava sem abrir. Seongha permaneceu diante dela por longo tempo, depois desistiu e voltou pelo corredor.

O cansaço começou a causar alucinações em Seongha. Flashes de luz pulsavam incessantemente em seus olhos e cérebro, como se o universo estivesse imerso em luz. Por um momento, uma imagem tremulante voou em sua direção, atravessando seu corpo e desaparecendo atrás dele. Atordoado, ele hesitou por um instante, depois balançou a cabeça e seguiu em frente.

Nyx estava na passarela de observação, flutuando de braços cruzados. Parecia estar assim imóvel fazia horas. Devia escutado Seongha abrindo a porta e entrando, mas nem sequer olhou para trás. Sem dizer nada, o rapaz parou por um instante, observando-o, depois se virou para a porta que levava ao corredor oposto.

O efeito da paralaxe havia transformado a janela da passarela de observação em um gigantesco "sol". A luz se inclinava em um ângulo máximo, de modo que todas as estrelas do universo pareciam concentradas em um único ponto, na direção do movimento da nave. A impressão era de que eles estavam em um imenso túnel luminoso.

— Dizem que é isso que as pessoas veem quando estão prestes a morrer — murmurou baixinho, mas Seongha não respondeu. Então Nyx continuou: — Você deveria ter saído desta nave quando eu mandei. Já devem ter se passado bilhões de anos lá fora. Se quiser fugir antes que o universo desapareça, melhor se apressar.

Como Seongha continuou sem responder, Nyx finalmente se virou para encará-lo. Por um breve momento, emoções conflitantes surgiram e se misturaram nos olhos de Seongha — raiva, reprovação, empatia, dissuasão e resignação —, para em seguida desaparecerem completamente.

— Caos, o colapso do sistema, pessoas ensandecidas, a aceleração que nunca parou... — murmurou Seongha. — Foi você quem começou tudo isso, não foi?

Nyx o encarou por algum tempo antes de responder lentamente:

— Não me lembro mais. Eu estava louco. Talvez estivesse doente. Viciado nessa droga que é a velocidade da luz.

— ...

— Mas já se passaram vinte anos. Não, fugi por cinco bilhões de anos. Até os confins do universo...

Nyx olhou para a janela.

— Todos ainda estavam aqui...

Ele sabia que estava atrasado. Filémon o esperava diante de sua antiga nave e, quando Seongha passou por ele em silêncio, o homem não lhe apontava uma arma. Parecia já ter aceitado a inutilidade de lutar.

— Para onde você pretende ir?

— Para qualquer lugar.

— Você também está doente.

— Sim.

Filémon jogou a cabeça para trás e riu alegremente, sua figura envolta por uma névoa de luz. Parecia que a própria luz estava viva, dançando ao redor deles. Os flashes que passavam zunindo começaram a desacelerar. Isso significava que estavam cercados não pela "luz" em si, mas por "algo" que se movia à velocidade da luz. Algo que, até aquele momento, não estava visível a olho nu por compartilhar a mesma velocidade da nave. Impossível dizer o que era, mas parecia estar viajando com eles havia muito tempo, seguindo a mesma rota da nave.

— Vá logo.

— Vocês vão morrer.

Filémon, que agora tocava a arma mais uma vez, se deteve e encarou Seongha. Seus olhos pareceram vazios por um momento, mas ele já começava a rir novamente. Luzes azuis, vermelhas e douradas brilhavam ao seu redor enquanto ele ria. Os flashes continuavam desacelerando. Logo seria possível reconhecer alguma forma. Logo... no momento em que atingissem a velocidade da luz...

— Havia uma mulher — disse Filémon, sorrindo. — Eu a amava. Amava muito. E, bem, apesar deste corpo, ela também me amava. Ela morreu.

As palavras de Filémon saíam entrecortadas. Toda vez que abria a boca, era como se estivesse tomando muito cuidado para evitar que alguma emoção escapasse. Seongha percebeu a dor esmagadora contida naquela breve declaração.

— Foi durante um dos surtos de loucura de Nyx. Enquanto ele estava matando pessoas. Foi um acidente. Mas, de qualquer forma, ela morreu por causa da insanidade dele. Acidente ou não. Ele sabe disso. Por isso nunca conseguiu se opor a mim.

— Foi por isso que você decidiu morrer?

Filémon fez que não com a cabeça. Seu rosto irradiava luz.

— Não, decidi encontrá-la novamente.

Naquele exato momento, Seongha viu claramente. O tal "algo".

— Você parece inteligente, mas está enganado sobre essa luz. Eu sei o que é.

* * *

Os flashes agora estavam visivelmente mais lentos. Os raios cósmicos, que antes cortavam o oceano do universo, começaram a se revelar, intensificando aos poucos sua luminosidade. Conforme a velocidade da nave se aproximava da velocidade desses raios, as formas dos raios cósmicos surgiam cada vez mais nítidas. Como eles agora voavam na velocidade da luz, o que antes era invisível, por se mover "mais devagar", podia ser visto claramente.

Filémon arregalou os olhos diante daquele espetáculo. Luzes ofuscantes de um branco puro os rodeavam. Eram incontáveis, cercando-os de todos os lados. Das esferas de luz surgiam braços brancos que desapareciam em seguida. Rostos emergiam e se dissolviam. Ecos de risos e vozes tagarelando ressoavam, mas logo sumiam também.

Como um imenso cardume de peixes brancos e brilhantes nadando junto a correntes oceânicas, um enxame de almas reluzentes os cercava totalmente. Algumas tinham formas humanas, outras vegetais e outras tinham formas ainda indefinidas. Insetos, vermes, seres sem uma definição clara. Habitantes de um mundo onde o tempo havia parado. Filémon abriu um sorriso imenso.

Feliz, estendeu os braços e gritou o nome de sua amada. Um feixe de luz com a forma de uma mulher surgiu, rindo como uma criança, e lançou-se em seus braços. Filémon a abraçou e, naquele instante, se desprendeu de seu corpo físico. Os dois seres de luz se entrelaçaram, fundindo-se em um único feixe de energia brilhante.

Nyx observava, atordoado, tudo que o cercava. Uma nuvem de luz, metade humana, metade outra criatura, flutuava diante dele. Não havia qualquer traço de rancor naqueles rostos iluminados. Pareciam apenas curiosos, observando a expressão perplexa de Nyx com um misto de diversão e interesse. Era como se suas almas tivessem sido moldadas por memórias antigas e transformadas em algo completamente diferente no tempo. Todas as pessoas que havia conhecido ao longo da vida se moviam alegremente ao redor dele. Durante o breve momento em que olhou para elas, uma eternidade se desenrolou. O universo morreu e renasceu dezenas de milhares de vezes. E, junto com a morte do universo, Nyx também se desprendeu de seu corpo, unindo-se ao fluxo eterno de luzes.

À frente da nave, se abria um profundo e deslumbrante túnel luminoso. Lembrava a luz que as pessoas diziam ver no momento da morte. Mas essa era uma passagem visível apenas aos olhos de quem viajava na velocidade da luz. Um portal para o mundo onde o tempo não passava.

* * *

Seongha abriu os olhos e analisou seus arredores. A nave não estava mais à vista. Como haviam alcançado a velocidade da luz, nada mais era visível aos olhos de qualquer criatura que detectasse os objetos apenas pela claridade que emitiam. A nave havia mergulhado no fluxo infinito do tempo, destinada a navegar para sempre em uma jornada até os confins do universo.

Seongha estava sentado em uma cadeira, sem desviar os olhos do vasto universo. O silêncio sombrio ainda se estendia infinitamente diante dele, mas agora ele sentia como se aquele espaço estivesse repleto de almas que se moviam invisíveis à sua volta. Havia uma estranha sensação em seu peito, como se, algum dia, quando sua própria vida chegasse ao fim, após o que pareceria ser um intervalo insignificante no fluxo do tempo, ele reencontraria aquelas duas pessoas, assim como todos aqueles com que havia cruzado em sua jornada.

QUARTA HISTÓRIA

合 – Como ir para a quarta dimensão

合 (Hap): Encontrar, reunir e tornar um só, juntar.

A "consciência" vagava pelo espaço fazia muito tempo — embora fosse impossível determinar quanto tempo esse "muito" representava. Se a palavra "espaço" é sinônimo de "vazio", não haveria palavra melhor do que esta para descrever aquele mundo.

Quando esse ser, dotado de um sistema nervoso, abriu os olhos, pôde ver pequenos pontos brilhantes muito ao longe. Eram os corpos celestes que, havia muito tempo — outro "muito" impossível de determinar com precisão —, eram conhecidos como estrelas, galáxias ou aglomerados estelares. Essas massas brilhantes interagiam umas com as outras sob a misteriosa lei da gravitação universal, orbitando em trajetórias complexas. Contudo, o "ser" compreendia que mesmo aquela luz era uma ilusão. A luz que projetava imagens em seus olhos já havia viajado por milhões de anos-luz, e os sistemas estelares que emitiram essa luz não existiam mais.

Tudo naquele universo estava morto. O tempo antigo, como uma doença, havia arrastado tudo o que era vivo para o abismo da morte. Até os ciclos de morte e renascimento foram interrompidos, pois não restava mais nenhuma forma de vida para acolher almas reencarnadas. O paraíso e o inferno haviam se transformado em pó e até as chamas do submundo, alimentadas pelo enxofre, tinham sido desintegradas em partículas atômicas pela entropia. Somente a "luz", que vivia por tempos infinitos, continuava a sobreviver, transportando de um lugar para o outro imagens dos tempos em que o universo estava vivo. Enquanto a luz continuasse viajando, todas as imagens de cada momento do universo permaneceriam vagando eternamente. Todas as estrelas mortas ainda brilhavam em algum lugar do cosmos. Mesmo depois de trilhões de anos do nascimento deste mundo, a primeira luz emitida no instante em que o universo surgiu ainda viajava, carregando suas imagens. Como o tempo não fluía dentro da luz, ela não podia sentir o tempo. Para a luz, o nascimento e o fim do universo significavam um único instante. A luz vivia por eras infinitas, mas morria no momento em que nascia. Ela ignorava até mesmo que um dia havia existido.

O "ser" fechou os olhos. A luz tênue que vinha de galáxias mortas era insuficiente para iluminar até mesmo a palma de sua mão. Ele precisou tatear para ter certeza de que ainda estava sentado dentro de uma máquina feita de titânio. Não sabia distinguir entre dormir e acordar. Antes costumava sonhar com os tempos em que a luz iluminava o mundo, mas agora até nos sonhos ele vagava por espaços escuros. Não conseguia sentir a diferença entre abrir e fechar os olhos, entre perder e recuperar a consciência, nem mesmo sabia se estava vivo ou morto.

Então, quando uma "onda" se infiltrou em seu interior, ele acreditou que estava sonhando. A sensação parecia quase "viva", algo que ele julgava impossível.

— Quem é você? — a "onda" falou com ele.

A voz não ressoava em seus tímpanos, mas diretamente no centro de linguagem de seu cérebro. Como ele não respondia a estímulos havia muito tempo, seu cérebro demorou para despertar e reagir. Era como se só então tomasse consciência de que ainda tinha um cérebro.

— O que você quer dizer com isso? — ele questionou cuidadosamente.

Se aquele fosse um planeta no qual já tivesse vivido, talvez pudesse simplesmente dizer seu nome. Mas aquele não era seu planeta e nem mesmo a galáxia onde viveu. Se quem tinha se dirigido a ele fosse uma criatura de outro planeta, ele deveria se identificar como humano. Se fosse de outra galáxia, talvez precisasse explicar sobre sua galáxia de origem. Mas e se quem tinha se dirigido a ele não fosse sequer um ser vivo...? Ele então se lembrou de que os símbolos que costumava organizar em padrões faziam sentido apenas no mundo em que vivera havia muito tempo. Lembrou-se também que a comunicação por ondas de ar, ou seja, a fala, era inviável naquele universo "vazio". A "onda" não precisava de palavras e extraiu a resposta das profundezas dos pensamentos dele. Como um pequeno espírito curioso, ela parecia explorar o interior de seu cérebro. Ele permitiu que a onda desconhecida sondasse livremente sua consciência.

— Você está preso em um sistema nervoso feito de compostos de carbono — disse a onda, expressando surpresa ao falar. — Como devo chamá-lo?

— Seongha.

A onda desconhecida pareceu não compreender.

— Seongha? O que isso significa?

— É o nome que uso para distinguir estes compostos de carbono onde estou preso — Seongha respondeu após uma breve pausa, e a onda desconhecia também precisou de uma breve pausa para entender.

— Você tem razão. Sua consciência está tão profundamente ligada a esse sistema nervoso que é impossível penetrá-lo. Nós dois, ao que parece, somos seres "separados". Então, você precisará me dar um nome para me distinguir. Se quiser, pode me chamar de "Cluster". Esse é um símbolo que encontrei na sua consciência. Ele designa meu estado e, de certo modo, tem um significado semelhante ao do seu nome. Não é isso? Assim como "estrelas", seres a quem esse nome originalmente se referia e que não existem mais neste universo.

Seongha sentiu que Cluster era uma presença feminina. Ao refletir, percebeu que até mesmo a ideia de "neutro" com frequência trazia uma sensação feminina. Se tivesse que atribuir um gênero àquela "consciência coletiva", talvez fosse o feminino. Ou poderia ser só uma característica de sua espécie.

— Por que você está preso aí dentro?

Seongha não soube responder. Cluster percorreu cada neurônio de seu sistema nervoso, explorando cada canto de seu corpo. Seongha não conseguia estimar o tamanho de Cluster. Ela era tão vasta quanto uma galáxia, mas menor que uma molécula. Ela envolvia toda a nave espacial e, ao mesmo tempo, fluía por seus vasos sanguíneos. Por outro lado, parecia estar perplexa com o fato de Seongha ter um tamanho tão limitado.

— Não é possível sobreviver nessa forma. Se a estrutura que o envolve liberar os gases que retém, você morrerá em segundos. Além disso, para manter sua composição química, você precisa de energia química. Precisa consumir continuamente compostos com uma estrutura semelhante à sua. A substância em que você está sentado é extremamente rara neste universo... Que coisa!

Não foi difícil para Seongha entender o motivo da surpresa de Cluster. Naquele instante, se lembrou de seu planeta natal, do qual havia se esquecido fazia muito tempo. Lembrou-se das pessoas, das árvores e da grama que proliferavam na Terra. Até mesmo a imagem de dinossauros mordiscando folhas de palmeiras gigantes veio à sua mente.

— Na época em que eu vivia, essa era uma forma evolutiva razoável.

— Incrível. Não consigo acreditar. (Que coisa!) (Impressionante!) (Uau!)

A consciência de Cluster pareceu se dispersar por um momento, como se milhares de almas estivessem tagarelando e nadando ao redor de Seongha antes de se reunirem, zunindo, e formarem um único ser novamente.

— É isto, você é um "viajante do tempo".

— Sim.

— Há muito não encontro um viajante do tempo; nem consigo me lembrar. Além disso, é a primeira vez que vejo uma criatura com as suas características.

— Que tipo de criaturas você via?

— Eram organismos cristalinos semiorgânicos. Chegavam voando do passado, presos a estruturas como essa na qual você está sentado. Já vi substâncias parecidas com essa em que você está preso algumas vezes, mas não eram organismos vivos.

Cluster parecia se referir a cadáveres. Mas o que seriam organismos cristalinos semiorgânicos?

— Você não veio junto com eles?

Equiontes.

— "Combustível"?

Cluster havia lido as profundezas da consciência de Seongha, penetrando até onde se concentravam suas evocações.

— Então é desse modo que funciona... Ainda assim, o corpo desse combustível é mais eficiente que o seu. Apesar de precisar dormir, ele pode congelar o próprio corpo até que o ambiente adequado esteja disponível... Embora esse ambiente provavelmente não volte nunca mais. Os elementos que você e seus companheiros usavam no seu universo já se decompuseram há muito tempo. E aquilo que foi devolvido à desordem não retorna à ordem por si só. Isso requer energia, mas quase não há mais energia disponível para você neste universo. Você...

Cluster examinou cada cantinho do corpo de Seongha.

— Você está vivendo em simbiose com outros organismos. Pequenos seres que habitam seus vasos sanguíneos fixam nitrogênio para você, o que o manteve vivo até agora... Mas eles também estão no limite. Esses organismos também precisam de energia. Os seres que produzem oxigênio para você, dentro dessa sua estrutura, também precisam de energia.

— Eu sei. — Seongha respondeu em pensamento. — Meu tempo está acabando.

Cluster ficou em silêncio. Parou de explorar o corpo de Seongha e recuou para fora dele. O ecossistema no interior da nave havia sido interrompido fazia muito tempo. Não havia mais compostos de carbono para alimentar os Equiontes, então a nave não podia mais se mover nem gerar energia. Sem energia, também era impossível produzir água. O elemento que antes chamavam de hidrogênio quase não existia mais. Os fungos espaciais, geneticamente modificados ao longo de centenas de gerações para decompor dióxido de carbono em oxigênio, mesmo no escuro, também haviam murchado devido à falta de água. O ar respirável na nave se tornava cada vez mais turvo e agora atingia seu limite. Tudo isso era previsível. Seongha tinha vivido e viajado por muito tempo. Podia-se percorrer muito tempo no espaço, mas nem mesmo ele poderia lutar contra a morte do universo.

— Há algo que possamos fazer por você? — perguntou Cluster suavemente.

— Na minha época, costumávamos "fazer companhia".

Cluster levou um tempo para compreender o significado daquela frase.

— Não parece ser algo difícil.

Uma onda suave como uma brisa invadiu a consciência de Seongha e recuou como uma maré. Sentiu a presença de inúmeras vozes sussurrando a seu redor, convergindo para ele. Os pensamentos de Cluster chegavam até ele sem a necessidade de palavras, fluindo diretamente para seu cérebro. Desde seu nascimento, Cluster parecia já ter nascido com a habilidade de lamentar. Quando sua inteligência olhou para fora pela primeira vez, o que ela percebeu de imediato foi que o universo estava chegando ao fim. Apesar de ter evoluído para uma forma que lhe permitia viver quase eternamente, Cluster não podia escapar da morte inevitável do universo. E agora o tempo estava se esgotando.

— Nunca vimos uma alma tão antiga quanto a sua — sussurrou ela.

— O tempo que vivi não foi longo, exceto pelo fato de ter ultrapassado as barreiras do tempo.

— A luz morre sem nem perceber que existiu. Porque vive em um mundo onde o tempo não passa. Ainda assim, foi a fonte de energia que sustentou este universo. Embora você não tenha sentido o tempo, uma eternidade foi incorporada a você. É realmente uma pena. Se você não estivesse preso a esse sistema nervoso, eu o teria recebido dentro de mim.

— Serei libertado logo, logo. — Seongha sorriu.

Cluster processou o significado da palavra "libertado" e, em seguida, se dispersou. Significava que estava confusa.

— Morte. Essa é a morte para uma criatura como você. (Mas ao mesmo tempo.) (Que forma estranha de vida.) (De algum modo...) (Se for isso mesmo...)

Só então Seongha ficou curioso.

— Como vocês encaram a morte?

— Morte. Nós conhecemos o conceito, mas não sabemos que forma ela terá. Nunca morremos e também não encontramos outros que tenham experienciado a morte indiretamente como você. Somos as únicas manifestações de vida neste universo, além de viajantes do tempo. Quando este espaço chegar ao fim, morreremos com ele. Mas não sabemos como será essa experiência.

Seongha sentiu certo arrependimento vindo de Cluster. Enquanto refletia sobre isso, percebeu subitamente que estava sufocando. Tentou inspirar mais fundo, mas não havia mais ar fresco entrando. Então sentiu seus pulmões, as células nervosas dentro deles, transmitindo dor. A ideia de uma morte longa e dolorosa o invadiu como uma lâmina cortante de medo. Seongha se obrigou a manter a calma. Incontáveis formas de vida no universo já haviam experimentado essa mesma angústia antes de se defrontar com a extinção. Todas essas vidas viveram e desapareceram por uma fração muito mais insignificante de tempo do que ele havia vivido. Ele, por outro lado, havia percorrido os caminhos do universo de forma contrária à sua ordem natural, sem pagar nenhum preço por isso. Portanto, se sentia alguma vergonha, deveria aceitar seu destino. Mas...

— Você ainda deseja continuar viajando, não é? — sussurrou Cluster. — Suas consciências, a sua e a de seus companheiros, estão misturadas. Posso sentir o que vocês desejaram a vida toda. Você nasceu para viajar e, mesmo neste momento próximo à morte, ainda quer partir para mais uma jornada. Todos esses anos não foram suficientes para satisfazê-lo? Você atravessou o universo de uma ponta a outra, chegou aos confins dele, mas, ainda assim, continua sedento.

Seongha se lembrou do desejo profundo dos Equiontes, que havia penetrado sua consciência enquanto todos se dissipavam.

— Sim, voei até os confins do universo, mas ainda não sei nada sobre ele.

Cluster escutava em silêncio.

— Eu queria entender, queria saber, mas sou pequeno demais e o universo é imenso. Mal comecei minha jornada, e agora o tempo do universo chegou ao fim.

— O que você quer dizer com "rota para a quarta dimensão"? — perguntou Cluster, capturando um pensamento que vagava na alma de Seongha. Era algo que ele vinha pesquisando fazia muito tempo. No universo, qualquer lugar para onde você fosse sempre o traria de volta ao ponto de partida, porque o universo era curvo. Porém, se o universo tinha limites, deveria haver algo além dele. Um lugar inacessível para seres com corpos tridimensionais.

— Deveríamos chamar isso de um caminho para "cima"?

Seongha sabia o que estava por vir. Em breve estaria sufocando, se contorcendo, com o peito apertado e ofegante. O pouco de oxigênio que lhe restava prolongaria sua agonia. Ele perderia a sanidade, implorando para que alguém o matasse. Mas Cluster, sem um corpo físico, não poderia atender ao seu pedido. Para afastar esses pensamentos sombrios, Seongha continuou pensando:

— No espaço tridimensional, não há 'exterior' do universo. Não há rota de fuga. Aonde quer que eu vá, estarei preso à curvatura do universo, então desenharei uma curva. Porém, ao calcular a curvatura inversamente e desenhar um ângulo alternativo, usando uma quantidade de energia colossal, seria possível escapar do espaço tridimensional. Assim como um foguete supera a curvatura gravitacional da Terra para alcançar o espaço. Dessa maneira, penso que seria possível ver este universo de outro ângulo.

Cluster começou a se movimentar rapidamente, lendo, analisando e recalculando as equações complexas na mente de Seongha, que continuou:

— Mas a energia necessária seria equivalente à de um buraco negro. Esta nave espacial é a mais rápida que conheço, mas necessita de um ano de aceleração para atingir a velocidade da luz. Atingir essa velocidade instantaneamente é impossível. Mesmo que pudéssemos atingir essa aceleração, meu corpo e a nave não suportariam o impacto.

Cluster estava tão ocupada com seus cálculos que seus pensamentos começaram a vazar para Seongha. Símbolos matemáticos que ele nunca tinha visto e equações que ocupariam centenas de páginas passaram rapidamente diante de seus olhos, como um vídeo acelerado. Cluster, com sua atenção absorvida nos cálculos, murmurou em um tom disperso:

— Seus cálculos estão corretos. Mas você não sabe como seus amigos se movem. (Mesmo viajando juntos há tanto tempo.) (Como pode?) Entendo. Porque vocês estão "presos". (Se meus cálculos estiverem certos...)

As palavras de Cluster se sobrepunham de várias maneiras. Por um momento, Seongha teve dificuldade para entender o que ela estava pensando.

— Achamos que podemos ajudá-lo.

— ... Como...? — perguntou Seongha com dificuldade após um longo silêncio. Foi uma simples pergunta. Não havia suspeita, surpresa, gratidão nem uma expectativa otimista. — Como?

— Da mesma forma que seus amigos faziam.

— Mas vocês provavelmente não têm energia física. Nessas condições, como seria possível...?

Seongha ouviu um murmúrio. Cluster parecia estar escolhendo uma linguagem que ele entendesse.

— Nós temos energia vital. Você parece conhecer várias formas de conversão de energia, mas nunca encontrou um modo de transformar energia vital em energia física. Almas têm massa, assim como nós. E a massa, como você sabe, significa energia.

Desta vez, os sussurros fluíram como um riacho, de modo que Seongha começou a entender o que ela queria dizer com "energia vital". De repente, uma dúvida surgiu.

— O que acontece com vocês se usarem isso?

Novamente, Seongha ouviu murmúrios em seu cérebro. Ele sentiu como se houvesse uma resistência dentro de Cluster, como se uma oposição estivesse crescendo. Se a considerasse como uma entidade singular, poderia dizer que ela estava "hesitando". Então, Cluster respondeu, suas vozes dispersas:

— Nós desapareceríamos. (Por isso.) Para colocar em sua linguagem, (Isso seria possível?) (Vamos tentar.) enfrentaríamos a morte.

Seongha inspirou profundamente. A dor começou a se infiltrar de forma lenta em seu cérebro, mas ele lutou para se manter consciente. No mínimo, precisava convencê-la a desistir daquela ideia absurda antes de desmaiar.

— Parem com isso.

— Por quê? — Cluster pareceu surpresa, como se tivesse arregalado os olhos se tivesse um rosto.

— Não há necessidade.

— Não conseguimos entender. Você deseja viajar. Nunca encontramos uma criatura que desejasse tanto viajar como você. Por que está dizendo algo que contradiz o que sente?

Seongha sentiu vergonha, sem saber como explicar sua filosofia de vida para uma criatura com uma filosofia tão diferente da sua.

— Eu sou apenas um e vocês são a última espécie que resta neste universo. Não posso permitir que toda a vida deste universo seja extinta por minha causa.

— Apenas um. (Apenas um?) (O que isso significa?)

Cluster mergulhou novamente na alma de Seongha, tentando entender o significado daquelas palavras.

— É um conceito difícil. Você se vê apenas como uma pequena parte, não como um todo. Pensa em si mesmo como um fragmento, não como a totalidade. Mas, fora o fato de estar preso nesse sistema nervoso, você e nós somos a mesma criatura. Para nós, não há diferença entre você e nós.

— Pode ser assim para vocês, mas não é para mim.

Os murmúrios ao redor cessaram.

— Agradeço por oferecerem, mas não posso aceitar.

Cluster parecia invadir a consciência de Seongha, como se estivesse fazendo uma lavagem cerebral nele. Então, todos os murmúrios se unificaram em uma única voz clara. Parecia que a oposição interna havia desaparecido, como se um "consenso" tivesse sido alcançado.

— Pedimos desculpas. Fizemos um teste por algum tempo.

— Como assim?

— Havia uma posição contrária dentro de nós. E, como você é um ser "separado" de nós, pensamos que poderia estar tentando nos enganar. Mas, segundo nossos cálculos, não precisaremos gastar toda a energia que possuímos. Talvez precisemos de um período de recuperação relativamente longo, mas não será fatal. Além disso, acreditamos que vale a pena tentar esta experiência.

Seongha, sendo um ser "separado", não conseguia discernir se o que disseram antes era mentira ou se o que diziam agora era mentira.

— Não tenho nada para lhe dar em retribuição.

— "Retribuição"? O que significa isso...? Ah. (Um conceito curioso.) Você não poderia nos retribuir com nada. Não temos necessidade de nada. Digamos que não possuímos um "centro de prazer", como você. Nada nos deixa felizes ou tristes.

— ...

— Desde que nascemos, nunca fizemos nenhum "trabalho". Pensar é a única coisa que podemos fazer. Vivemos por eras infinitas na escuridão, perguntando a nós mesmos o motivo de existirmos. Pensamos desde períodos tão longínquos, que seus neurônios nem sequer conseguiriam reter, mas não encontramos significado. Existíamos, e era tudo. Não podíamos influenciar outros seres nem mudar nada, pois não existe nada além de nós neste mundo. Por isso chegamos a essa conclusão. Se pudermos realizar o seu desejo, se pudermos influenciá-lo de alguma forma, acreditaremos que nossa existência no universo teve significado e viveremos o resto de nossa vida com essa convicção.

— ...

— Não se preocupe conosco. Deve se preocupar consigo mesmo. Se você tivesse saído daquela "estrela" sem nenhum equipamento, é quase certo que já estaria morto. Você só está conseguindo sobreviver no espaço porque possui conhecimento sobre ele. Nem mesmo nós sabemos o que acontecerá na quarta dimensão. No momento em que você entrar no espaço da quarta dimensão, sua vida pode chegar ao fim.

— E quanto à aceleração? Meu corpo será capaz de suportar? — Seongha perguntou.

— Não se preocupe com isso. Deixaremos sua "casca" para trás. O que não pode suportar a aceleração é o seu corpo, não você. Você pode.

— ...

Seongha se aquietou. Cluster leu seus pensamentos novamente e respondeu:

— Entendo que isso signifique a morte para você. Mas, de acordo com nossos cálculos, seu corpo continuará vivo após o início da migração. Para dizer em seus termos: pense nisso como uma espécie de projeção astral. Como se houvesse um fio ligando você a seu corpo...

— E quanto à energia? Vocês conseguem gerar tanta energia assim?

— Os cálculos que você fez incluíam a massa da nave e da sua casca. Mas, sem elas, você é muito mais leve.

— Entendi — Seongha assentiu em silêncio.

— Seus amigos já tomaram uma decisão. Se sua migração for bem-sucedida, será a vez deles. Já se decidiu?

— Decidi há muito tempo — Seongha respondeu com um sorriso.

Migrar para a quarta dimensão significava se movimentar em uma direção que não era para cima, para baixo, para os lados nem para a frente ou para trás, mas algo completamente diferente. Seongha não conseguia imaginar como seria ou como, com seu corpo tridimensional, ele poderia experienciar aquele mundo. Ainda assim, seu coração estava tomado não pelo medo, mas pela curiosidade. E sua hesitação foi substituída por uma calma onda de excitação.

Qual seria a direção? Para onde ele iria? Seria capaz de sentir a direção? Enquanto enumerava essas questões, Seongha percebeu que seu interior começava a se reverter para dentro de si mesmo, como que virando do avesso.

Uma breve angústia o atravessou, mas logo se dissipou. Afinal, era um corpo destinado a morrer. Melhor isso do que agonizar sem oxigênio. Seongha observou calmamente o que estava acontecendo.

Como uma ameixa sendo virada do avesso, sua alma começou a se expandir para fora do corpo. Ele não sabia se aquilo estava acontecendo porque havia morrido ou se era apenas parte do processo de migração. Mas podia sentir, vagamente, que aquilo era o que significava alcançar a quarta dimensão. Ir de dentro para fora ou de fora para dentro. Sua alma começou a se libertar do domínio do cérebro e a se espalhar. Foi então que Seongha percebeu que se aproximava da alma coletiva de Cluster. Incontáveis fragmentos de almas vivas dentro de Cluster desceram sobre sua consciência como uma cachoeira.

— Morreu? (Não.) Ainda está vivo. (O coração ainda bate.) (Só o eu "dele" se moveu.) Para onde terá ido? (Não sabemos.)

Instintivamente, Seongha tentou recuar, mas o processo já estava em andamento. Todas as memórias de Cluster invadiram sua alma como ondas. O instante em que Cluster nasceu, seus pensamentos, sua vida e as histórias de todas as almas fragmentadas que a habitavam. Todo o conhecimento que eles possuíam agora fluía para as memórias de Seongha. Por fim, Seongha não conseguia mais dizer se ele era ele mesmo, Cluster ou uma nova entidade que combinava os dois.

A migração continuou. Os Equiontes, que viajaram com ele por tanto tempo, já haviam sido absorvidos por sua alma. Seongha, ou agora "Cluster-Equiontes-Seongha", começou a se expandir, abrangendo galáxias inteiras, aglomerados estelares e, eventualmente, o universo inteiro. Ele encontrou fragmentos de almas que restavam em um universo morto e se uniu a eles, absorvendo todas as suas memórias.

Agora Seongha se espalhava por todo o universo, alcançando cada alma e cada fragmento de existência que persistia no cosmos. Até as memórias do próprio universo fluíam para ele. Sua alma ultrapassou tempo e espaço, alcançando um pequeno planeta azul em uma galáxia distante. Lá, ele tocou as almas de todos os seres humanos que ali tinha vivido, unindo-se a elas. Seongha era o próprio universo, uma dimensão única, a totalidade de tudo que era "alma" ou "vida". E ele compreendia tudo.

Horas depois, o corpo que um dia foi chamado de Seongha, agora apenas um fragmento esquecido de uma existência passada, encontrou a morte em uma dimensão distante. O evento foi tão insignificante que ele nem percebeu. Afinal, já sabia que toda alma humana passaria por algo semelhante na morte.

Fora do universo que morria, novos universos estavam nascendo. A "alma" que Seongha havia se tornado escolheu um desses universos e se fundiu com ele. Dentro dessa "alma", nebulosas de gás começaram a girar, criando novas galáxias. Cem bilhões de galáxias nasceram dentro de cem bilhões de universos. Cada galáxia continha catorze bilhões de estrelas e cada estrela deu origem a cem milhões de planetas semelhantes à Terra.

A "alma" observava, por eras infinitas, os eventos que se desenrolavam dentro de si mesma. Em algum momento, ela decidiu reverter o processo de expansão. A "alma" sabia o que isso significava e não sentia medo. Por eras, foi assim que ela havia evoluído. Os fragmentos da "alma" que envolviam todo o universo começaram a se dispersar, caindo como chuva sob cem milhões de planetas. E um desses fragmentos desceu até o oceano de um jovem planeta azul, onde foi absorvido em um mar denso e orgânico, cheio de tempestades e relâmpagos. Ali, ele começou a agir silenciosamente, sonhando com todas as formas de vida que cresceriam naquele pequeno mundo e com as maravilhas que suas vidas brilhantes trariam ao futuro.

ESTA OBRA FOI COMPOSTA PELA ABREU'S SYSTEM EM CAPITOLINA
E IMPRESSA EM OFSETE PELA GEOGRÁFICA SOBRE PAPEL PÓLEN NATURAL DA
SUZANO S.A. PARA A EDITORA SCHWARCZ EM SETEMBRO DE 2025